빨간 기와집

일본군 위안부가 된 한국 여성 이야기

빨간 기와집

가와다 후미코 지음 • 오근영 옮김

꿈교출판사

머리말 과장도, 꾸밈도 없는 최초의 증언

내가 처음 봉기 씨를 만난 날은 잊을 수 없는 1977년 12월 5일이다. 당시 '위안부'라는 말은 거의 사어가 되어 가고 있었다. 도카시키 섬의 위안소에 직접 관련이 있던 옛 일본 군인과 주민, 그리고 누구보다 봉기 씨 자신의 증언으로 군의 관리·통제하에 위안소가 설치·운영되었다는 사실은 파악하고 있었다. 또 오키나와전戰 연구자가 발견한 산3475부대의 내무규정 중 〈군인 구락부에 관한 규정〉(오키나와 평화기념자료관 소장)과 〈석병단회보石兵團會報〉(일본 방위성 방위연구소 소장) 속 위안소에 관한 기술이 그것을 뒷받침했다.

그러나 위안소에 관한 공식 문건은 패전 당시 소각해 증거를 인멸했다고 하며, 위안소 제도가 어떤 경위로 입안되고 어떤 지휘명령 계통으로 설치되었는지에 대한 체계적인 연구는 진행되지 않고 있었다. 자료를 통한 규명은 지극히 어렵고, 위안소 제도의 실태를 해명하는 방법은 문서밖에 없는 것으로 알았다. 이런 상황에서 암중모색하던 내가 봉기 씨의 이야기를 들었다. 고독한 작업이었다. 그 작업의 어려움은 무엇보다 그것을 위안소 제도가 체계적으로 규명되지 않은 시기에 했다는 사실 때문이다. 그러나 그보다 더한 어려움은, 봉기 씨가 걸어온 인생이 너무나 처절해서 젊은 나로서는 이해할 수 없었다는 것이다. 나는 봉기 씨의 인생을 정확하게, 극명하게 재현하고 싶다는 깊고 간절한 바람을 가졌다. 그러나 10년 가까이 시행착오를 거듭하면서 그 편린을 접했을 뿐이다.

1990년 5월, 한국의 여성 단체가 당시 노태우 대통령의 방일에 즈음해 '노태우 대통령 방일 및 여자 정신대 문제에 대한 여성계의 입장'이라는 제목으로 성명서를 발표했다. 이것을 계기로 군 위안부 문제가 일본 사회에 던져졌는데, 그 뒤 이 문제를 둘러싼 움직임에는 눈을 부릅뜨게 하는 것이 있었다.

한국에서 위안소 제도의 피해자 100여 명이 한국정신대문제대책협의회, 태평양전쟁희생자유족회 및 정부에 신고했다. 북한, 중국, 타이완, 필리핀, 인도네시아, 말레이시아, 네덜란드의 피해자도 잇따라 이름을 올렸다. 이런 사람들의 증언으로 위안소 제도의 실태가 하나하나 그 베일을 벗듯 드러났다. 주오대학교 교수 요시미 요시아키吉見義明 씨를 비롯한 사람들의 연구로 위안소 제도는 군이 기획·입안하고 관리·통제해 설치하고 운영되었다는 사실도 거의 밝혀졌다.

나는 한국의 피해자들이 증언을 이어 가기 시작했을 때 호흡이 멎는 듯 놀라 귀를 기울였다. 그리고 무의식중에 새로운 증언자와 봉기 씨의 체험을 대조하고 있었다. 많은 피해자가 봉기 씨보다 더하지도 덜

하지도 않은 고통을 전쟁 중에 겪었다. 그리고 현재 가난하게 혼자 살고 있다. 이들이 홀로 살아야만 하는 이유는 바로 위안소가 낳은 피해의 결과였다. 어떤 사람은 결혼 생활을 할 수 없을 정도로 자궁이 파괴되었고, 어떤 사람은 무수한 일본군 장병에게 유린당한 몸으로 결혼한다는 것은 상대에게 못할 짓이라며 독신을 고집했다. 결혼을 해도, 위안소에 있었던 사실을 남편이 언제 알게 될지 몰라 두려움에 떨고, 그러면서 과거를 감추고 있다는 사실을 견디다 못해 진실을 밝힌 뒤 부부 관계가 어그러지기 시작해 이혼에 이른 사람도 있었다. 봉기 씨처럼 전쟁이 끝난 뒤에도 무서운 고통의 세월을 살아온 것이다.

피해자 하나하나의 인생은 제각기 달라, '전 위안부'라는 간단한 말로는 결코 정의할 수 없다. 그래도 그녀들에게서 어떤 공통점을 찾아낸다면 한국의 피해자가 유기된 전쟁터에서 (그녀들에게는 해방인) 패전 후 간신히 고국으로 돌아왔다는 것인데 봉기 씨는 오키나와의 폐허에 방치된 채 홀로 남겨졌다. 나는 지금 또 다른 피해자인 재일 한국인 송신도 씨와 거듭 만나고 있다(졸저《황군 위안소의 여자들皇軍慰安所の女たち》참고). 7년 동안 중국의 위안소에 있었던 신도 씨는 어떤 군인에게 잡혀 일본으로 끌려갔다. 봉기 씨가 '재일' 한국인이 된 것은 전쟁터에 버려졌기 때문이다. 중국으로, 아시아 여러 나라로, 또는 오키나와로. 다시 말해, 15년 전쟁 동안 일본군이 침략을 자행한 지역에 유기된 상태로 고향에 돌아갈 방법이 없이 늙고, 그러다가 죽어 간 피해자도 적지 않을 것이다.

봉기 씨는 1991년 10월에 영면했다. 나는《빨간 기와집》을 펴낸 해, 즉 1987년 여름에 봉기 씨를 마지막으로 만났다. 그날 조총련 오키나와 본부의 김현옥 씨도 함께했다. 전화가 없고 글도 모르는 봉기 씨에게 연락할 경우 나는 가능한 한 직접 만나러 가곤 했는데, 앞으로 연락하고 싶을 때는 어떻게 하면 좋을지 물었더니 옆에 있던 현옥 씨를 통하면 된다고 했다. 현옥 씨도, 같은 조총련인 김수변 씨도 봉기 씨를 자기 어머니처럼 여겨 보살피고 있다고 했다. 봉기 씨 옆에 마음을 털어놓을 수 있는 동포를 얻었다는 사실에 나는 안도했다.

내가 아는 봉기 씨는 그토록 더운 오키나와의 여름에도 덧문까지 꼭 닫고서 사람을 피해 살고 있었다. 견디기 어려운 두통이 엄습해 시달리다가, 파스를 잘게 자르는 가위로 목을 찌르고 싶다며 자기 인생을 저주했다. 오키나와에 군 위안부로 끌려오기까지 궤적을 추적하면 여섯 살 때 겪은 어머니의 실종이 불행의 발단이었다. 봉기 씨는 가난한 집에 태어난 자의 숙명이라며 깊은 체념에 잠겨 있었다. 그러나 현옥 씨와 교류하며 오키나와로 와야 했던 이유와 자신이 처한 역사적 위치를 파악하고 나서는 지병인 두통의 주기가 더뎌졌다고 한다.

봉기 씨는 '전 위안부' 최초의 증언자다. '대일본제국'의 신민으로서 1944년 가을 도카시키 섬으로 끌려온 봉기 씨는 패전 후 일본에서 잘려 나간 오키나와에서 아메리카 세상이라 불리던 시대를 살았는데, 1972년에 오키나와가 일본 땅으로 복귀되자 불법체류자 취급을 받고 강제퇴거 대상이 되었다. 3년의 유예기간 안에 신청하면 특별 체류 허가를 내주는 조치가 취해져 봉기 씨는 그것을 신청했다. 그래서 출입국관리사무소 담당관의 취조를 받았다. 그 과정에 위안부로 끌려왔다는 사실이 밝혀진 것이다. 말하자면, 특별 체류 허가를 받는 대가로 '전 위안부'의 증언자로서 전면에 나서게 된 것이다. 봉기 씨는 때로 언론을 기피했다. 뼈저리게 호소하고 싶은 것이 없었다면 몇 년에 걸쳐 반복된 내 취재 작업을 견디지 못했을 것이다. 내 앞에는 봉기 씨의 이야기를 수록한 70여 시간분의 테이프가 남았다.

《빨간 기와집》은 과장 없이, 꾸밈도 없이 봉기 씨의 고지식할 정도로 솔직한 증언에 힘입어 만든 작품이다.

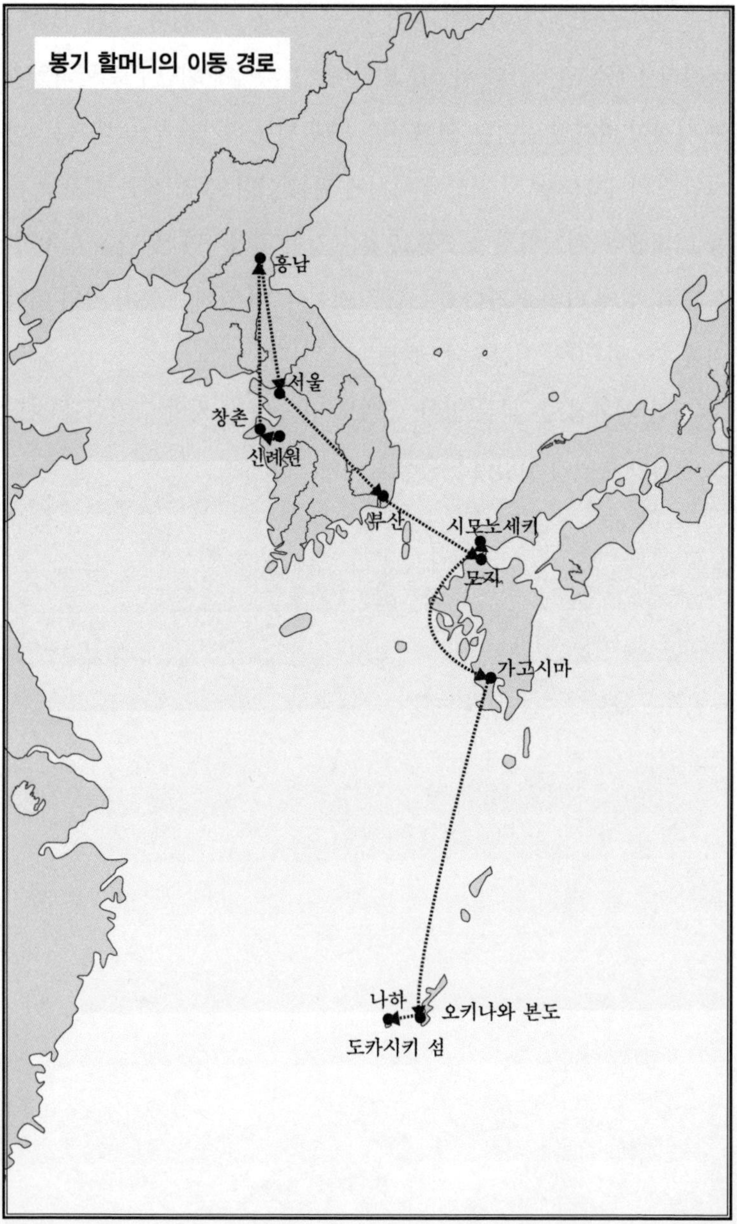
봉기 할머니의 이동 경로
흥남
서울
창촌
신례원
부산
시모노세키
모지
가고시마
나하
오키나와 본도
도카시키 섬

차 례

1

방랑의 세월

만남

서걱서걱, 부스럭부스럭…….

밖에서 누군가 사탕수수를 베고 있다. 얇은 판자벽 너머에서 시원스러운 낫질 소리가 작업하는 사람의 숨소리까지 느껴질 정도로 가깝게 들린다. 이따금 부스럭거리며 낫질 소리를 흩트리는 것은 베어 낸 사탕수수를 묶는 소리일까? 그 소리가 봉기 씨 오두막의 낮은 지붕을 덮는다.

"엿듣는 거야."

봉기 씨는 소리에 눈을 부릅뜨며 입을 꾹 다물었다.

사탕수수를 베고 있는 사람은, 봉기 씨가 월세 2000엔을 내고 사는 한 평 남짓한 넓이에 비닐 장판이 깔린 오두막의 주인이라고 한다. 평소에 찾아오는 사람도 없이 봉기 씨 혼자 조용히 지내는 오두막에서 이야기 소리가 새는 것을 희한하게 여긴 집주인이 귀를 기울일까? 그게 아니라면, 누군가 엿듣는다는 생각은 봉기 씨의 지레짐작이고 작업 순서대로 낫질을 하다 보니 봉기 씨 오두막 옆으로 왔을지도 모른다.

그러나 봉기 씨는 몸을 잔뜩 웅크렸다. 사탕수수를 베는 소리는 그 뒤로도 한참 동안 얇은 판자벽의 오두막을 감싸고 있었다.

내가 봉기 씨에게 끌리게 된 첫 번째 계기가 자장가였다고 하면 엉뚱하게 들릴까? 자장가 중에 마비키間引き(원래 뜻은 '솎아 내기'로, 에도 시대에 갓 태어난 아기를 생활고 때문에 죽이던 일을 가리킨다. – 옮긴이)를 노래한 것이 있다고 한다. 그것은 《일본의 자장가日本の子守唄》(松永伍一, 紀伊國屋書店, 1964.)라는 책을 통해서 알았다. 이 책에 마비키를 노래한 자장가 몇 곡이 인용되어 있었다. 아기를 편안하게 재워야 하는 순간에 아기 죽이는 노래를 불러 준다는 끔찍한 해학에 나는 전율했다. 풍토적 원인·봉건적 착취·경제공황 등으로 기아 상황이 이어지면서 아기의 탄생이 기존 가족의 생명을 위협할 때, 태어나는 아기는 첫 울음을 터뜨리기도 전에 숨통이 끊겼다. 이 자장가들은 엄마 뱃속에서만 숨을 쉬다가 바깥 공기를 맞닥뜨린 순간 말살당한 영아에 대한 추모 따위는 티끌만큼도 없이 영아 살해 모습을 잔인하게 읊는다. 메마른 가사에는 영아 살해에 대한 죄책감이나 죽은 아기에 대한 진혼의 감정 따위는 보이지도 않는다. 그러나 노래가 태어난 배경을 곰곰 생각해 보면, 허구한 날 아기들을 굶길 수밖에 없는 상황에 대한 비분과 그 상황을 어찌 해 볼 도리가 없는 현실에 대한 자조가 엿보인다. 이 자장가들은 결국 죽임을 당한 아기에게 바치는 절망적인 진혼가인 것이다.

그 책의 저자에 따르면, 마비키를 노래하는 자장가가 존재하는 풍토는 딸을 내다 파는 풍토이기도 하다. 마비키를 간신히 면한 아기가 조금 크면 애보개로 남의 집에 보내 끼니를 벌게 하고, 조금 더 크면 하녀나 직공부터 작부나 기생으로까지 판다고 한다. 사는 것이 하루하루 굶주림이기도 한 풍토에서 태어난 딸들은 인생의 어느 시점에 두 갈래길 중 하나를 선택해야 한다. 한쪽은 가혹한 노동에 허리가 휘도록 평생 일에 묻혀 사는 것이다. 그리고 다른 한쪽은 자신의 성性을 파는 것이다. 어머니, 할머니, 증조할머니, 그리고 그 할머니……. 다시 말해, 나와 비슷한 계층 출신의 여인들이 살던 발자취를 따라가 보면 이런 풍경에 아주 가까워진다는 것을 알게 된다.

어린아이가 성에 대해 소박한 호기심을 갖듯이, 나는 작가로서 일을 배우기 시작했을 무렵 까닭도 모르고 여자가 가진 성의 심연에 이끌렸다. 그중에서도 여자의 성을 사고파는, 오래됐지만 이해하기 힘든 문제에 이끌린 것은 바로 이 마비키 자장가를 만났기 때문이다. 그때부터 나는 여자로 태어나면서 짊어지고 살아야 하는 온갖 모순이 예리하게 집약된, 성이 매매된다는 사실에 끊임없이 관심을 기울였다. 그런 내게 사진가인 친구가 신문 기사 하나를 보여 주었다. 전쟁 때 군 위안부로 오키나와로 끌려온 한국 여자가 특별 체류 허가를 받았다는 내용이었다.(《고치신문高知新聞》, 1975. 10. 22.) 나는 그 여자를 만나러 간다는 친구를 따라나섰다. 그 여자가 바로 봉기 씨였다.

그 무렵 봉기 씨는 인가에서 조금 떨어진 곳에 사탕수수밭을 등지고 있는 오두막에 살았다.

버스에서 내려 생선가게·양복점·미용실 등 색 바랜 간판을 걸고 있는 작은 점포 몇 개가 눈에 띄는 한적한 길을 지나 바다에 가까운 자동차학원 옆까지 가자, 거기서부터는 인가가 거의 없었다. 울타리 너머로 보이는 자동차 운전 연습용 도로에도 인기척은 거의 없었고, 가끔 시간을 알리는 요란한 사이렌 소리가 들리겠지만 평소에는 주변이 온통 조용한 숲이었다.

자동차학원 후문을 지나니까 작은 공터가 있었다. 그곳은 걷기에 불편하지는 않을 정도로 무성한 키 작은 잡초 가운데로 하얗게 한 줄기 길이 나 있다. 사람의 발길 때문에 생겼을 오솔길은 뛰어서 건널 정도의 개천을 만나고 작은 다리로 이어진다. 그리고 하이비스커스 울타리를 따라 오른쪽으로 6, 7미터를 가다 보면 오솔길은 자연스럽게 울타리 안으로 들어간다. 그곳에는 집 두 채가 ㄱ자 모양으로 지어져 있다. 서향집과 남향집 사이에 아담한 마당이 자리하고, 그 끝에 잎이 작은 바난나무가 가지를 뻗고 있다. 그 그늘에 우물이 있었다.

남향인 본채에는 어떤 주정뱅이가 살았다는데, 지금은 빈집이다. 봉기 씨가 사는 곳은 그 빈집에 이어 붙인 창고 같은 오두막이다. 수도도 없고, 가스도 없다. 봉기 씨가 누릴 수 있는 문명의 혜택은 전기뿐이었다. 그나마 본채에서 전선을 쉽게 끌어올 수 있었기 때문일 것이다.

처음 찾아간 날 나는 사진기자라도 된 듯, 창문 하나 없고 한 평 정도 되는 그 오두막 구석구석에 눈길을 주었다. 비가 들이치지 않도록 옹이구멍과 모든 틈새에 테이프를 덕지덕지 붙인 얇은 판자벽. 신발 두세 켤레만 놓으면 가득 찰 것 같은 봉당. 그 봉당에서 방바닥까지는

30센티미터나 될까, 큰비나 태풍이 올 때는 물이 봉당에 차고 방바닥 가까이까지 아슬아슬하게 올라온다. 봉기 씨는 그런 날 밤이면 잠도 못 자고 물이 방바닥까지 올라오지 않기를 기도할 뿐이라고 한다.

부엌은 출입구 옆에 마련되어 있다. 베니어판을 덮어 놓은 파란색의 커다란 플라스틱 함지, 같은 색의 큰 양동이, 전기풍로, 주전자……. 함지를 덮은 베니어판 위에는 양은 국자를 엎어 놓았고, 함지에는 식수가 담겨 있다. 마당에 있는 바난나무 밑의 우물물은 마실 수가 없어서, 매일 아침 옆집 부부가 일하러 나가기 전에 그 집에 가서 수돗물을 담아 온다고 한다. 양동이에는 작은 냄비, 컵, 찻잔, 접시 등을 넣고 찬장처럼 쓴다.

끓이는 음식은 모두 방 귀퉁이에 놓인 전기풍로로 만들기 때문에, 높은 화력이 필요한 음식은 할 수가 없다. 오키나와 사람들이 무더위에 지친 체력을 되찾으려고 자주 해 먹는 '찬푸르'(여러 재료를 섞어 볶는 오키나와 대표 음식으로, 특히 여주 열매로 만든 것이 유명하다. - 옮긴이)같이 기름진 음식이 먹고 싶을 때는 조리된 것을 사다 먹어야 한다. 간장 병과 조미료 통 한두 개와 주전자가 있었다. 주전자 주둥이에는 작고 투명한 봉지를 씌워 놓았다. 담뱃갑을 싸고 있던 셀로판 봉지라는데, 어디에선가 기어 나오는 개미나 옆에 붙은 화장실에서 날아드는 쇠파리 같은 벌레가 들어가지 못하도록 봉기 씨가 궁리한 것이었다.

지붕의 기울기는 천장에 그대로 드러나고, 천장이 낮은 쪽에 서면 머리가 닿는다. 그쪽에 놓인 긴 궤짝 위에는 아마 이불이겠지만, 산뜻

한 코발트블루 바탕에 수수한 무늬가 들어간 예쁜 천을 씌운 것이 있었다. 그리고 판자벽에는 일력이 걸렸는데, 봉기 씨가 글은커녕 숫자도 읽지 못하는데도 언제나 정확한 날짜를 표시하고 있었다. 정갈하게 닦아 먼지 하나 없는 작은 방에서 눈에 띈 것은 그게 전부였다.

복지 센터의 담당 직원이 올 때마다 봉기 씨는 "여긴 사람이 살 곳이 아니라니까요." 하며 그 오두막의 불편한 점들을 털어놓았다. 그러나 담당 직원이 제한된 생활보호 예산 안에서 찾아 주는 주거지로는 절대 옮기려고 하지 않았다. 불편한 점은 많아도 사탕수수밭을 등지고 인가에서 뚝 떨어진 이 오두막이, 세상으로부터 몸을 숨기며 살아갈 수 있는 곳이라는 점을 무시할 수 없었기 때문이다.

봉기 씨의 인생은 한반도의 마을에서 도시로, 그리고 오키나와의 마을에서 도시로 떠다니는 방랑의 연속이었다. 긴 방랑 끝에 다다른 이 한 평짜리 오두막에서, 봉기 씨는 사람들의 눈을 피해 숨었다.

"오키나와 사람들은 친절하지요."

봉기 씨가 하는 말이다.

일본의 패전으로 고국인 한국이 해방되었을 때 명분상으로는 '황국신민'이던 봉기 씨가 오키나와의 폐허에 내던져졌다. 말도 통하지 않고 아는 사람도 없는 이곳, 어떤 땅인지 모르는 데다 살 곳과 먹을 것과 변변한 옷가지도 없이, 토박이들조차 하루하루를 살기 힘들던 패전 직후의 오키나와에서 살아야만 했다.

몸뚱이 하나로 살아온 봉기 씨는 오키나와 사람들의 친절을 뼈에 사무치게 느낀 일이 몇 번 있었다고 한다. 그러나 험난한 시련의 세월을 살아온 지금, 뭔가 꺼림칙한 시선을 보내는 사람들이 번거로워 가능한 한 사람들과 섞이는 것을 피해 사탕수수밭 귀퉁이의 오두막에 꼭꼭 틀어박혀 지낸다.

친교를 유지하고 있는 몇 안 되는 지인들은 '봉기 씨는 이따금 정신이 이상해진다'고 했다. 지인 중 한 사람은 그 원인을 전쟁에서 찾았다. 일본에서 유일하게 지상전이 벌어졌던 오키나와에는 육친을 잃고 자신도 생사의 갈림길에서 헤매다가 지금까지도 잊으려야 잊을 수 없는 전쟁의 기억에 심신을 앓는 사람들이 봉기 씨 외에도 적지 않다. 그러나 봉기 씨의 정신을 망가뜨린 것은 그것만이 아닐 것이다. 봉기 씨가 태어난 1914년에 한국은 이미 일본의 식민지였다. 식민지에서 태어났다는 역사의 무력함을 성을 유린당하는 가혹한 운명으로 짊어져야 했던 세월을 살아온 봉기 씨는, 오랜 고난 끝에 지금도 여전히 그 저주에서 풀려나지 못하고 있는 것이 아닐까?

그때부터 내가 봉기 씨의 오두막을 몇 번 찾아갔는데, 작은 다리를 건너 하이비스커스 울타리를 지나 사탕수수밭이 펼쳐지는 오두막 앞에 서서 보면 비바람을 맞아 잿빛이 된 문이 한여름에도 꽁꽁 닫힌 적이 있다. 문을 두드리면 얼굴에, 특히 이마나 관자놀이와 눈두덩에 통증이 심한 듯 잘게 오린 파스 조각을 잔뜩 붙인 봉기 씨가 어둡고 힘없는 눈빛으로 나타났다.

"오늘은 머리가 유난히 아파요."

두통은 지병인 신경통을 치료하러 갔다 오는 길에 넋을 잃고 걷다가 멈춰 있던 자동차에 심하게 부딪친 사고의 후유증이다. 눈 위의 통증은, 신경통이 심하지 않았을 때 음식점에서 허드렛일을 하다가 엉뚱한 곳에 튀어나온 못에 부딪치며 눈꺼풀이 찢어져서 생겼다. 그리고 신경통은 전쟁이 가장 치열했던 5개월 동안 일본군 취사반의 일원으로 도카시키 섬 234고지의 진지에 있을 때 늘 습기가 찬 방공호에서 지내서 생겼다는 것이 봉기 씨의 생각이다.

신경통은 그렇다 쳐도, 단순한 타박상과 눈두덩의 상처가 그렇게 오랫동안 집요하게 낫지 않고 남아 있을 리가 없다. 현대 의학으로도 치유되지 않는, 이따금 엄습하는 두통은 훨씬 더 복잡하고 오랜 방랑 세월 중에 봉기 씨의 몸 깊숙이 파고든 고난이 원인일 것이다.

봉기 씨는 참는 데 이골이 나 있다. 문을 꼭 닫고는 옹색한 오두막 안에서 무겁게 덮쳐 오는 둔탁한 아픔을 속수무책으로 참는다. 그러나 참다못한 신경 다발이 툭 끊어지는 무력감이 찾아올 때도 있다. 하필 그럴 때면 습기를 머금은 돌풍에 사탕수수가 소란스럽게 일렁였고, 본채 벽과 오두막 사이에 생긴 틈으로 쥐가 날뛰었으며, 테이프를 몇 겹씩 발랐는데도 어디로 들어왔는지 도마뱀붙이가 다섯 발가락을 쫙 벌리고 밉살맞게 판자벽을 기어 다녔다.

봉기 씨는 파스를 잘게 자른다. 파스를 자르는 그 가위로 자신의 목을 찌르고 싶은 충동에 사로잡힐 때가 있다고 한다. 그 충동을 애써 눌러 참은 것은 혹시 실패하면 어쩌나 하는, 고통 속에서도 문득 스치는 마지막 제정신 덕이다. 봉기 씨는 기다리는 데도 이골이 나 있다. 사탕수수밭의 어수선함이 잦아들기를 오로지 기다릴 뿐이다. 긴 밤이 지나고 날이 밝아 오면 머리에 가득 차 있는 무겁고 검은 피의 앙금도 조용히 다시 돌기 시작할지도 모른다고…….

소녀 시절

붉은 노을에 물든 햇살이 조금 전까지 길게 꼬리를 남기며 긴 그림자와 희롱하듯 일렁거렸지만 집 안은 이미 어둠이 밀려와 있다. 봉기는 놀다 지치고 배도 고파 남동생과 둘이 집으로 돌아왔다. 그러나 두 칸밖에 없는 초가의 문지방을 넘는 순간 발걸음을 돌려 밖으로 나갔다. 어두운 집에 들어가기가 무서웠다. 봉기는 호롱을 켤 수가 없다. 어둠 속에 있다 보면 안쪽 방에서 사락사락, 쌀을 이는 듯한 소리가 들려온다. 어둠이 집 안의 분위기를 바꿔 놓고 있다. 봉기는 희미한 소리에도 두려움이 밀려와 옆집으로 도망쳤다. 동생도 따라왔다.

그 무렵 봉기는 남동생과 둘이서 살았다. 봉기가 여섯 살, 남동생이 세 살이었다. 봉기는 3남매 중 차녀로, 두 살 위의 언니는 이미 남의집살이를 하고 있었다. 아버지는 농가에서 머슴으로 일했기 때문에, 한 지붕 밑에서 산 기억이 없다. 이따금 밤에 자식들을 보러 오기도 했지만 바로 고용주의 집으로 돌아갔다. 어머니는 없었다.

"어릴 때도 쓸쓸하다거나 뭐 그런 건 몰랐어요. 그저 먹을 것이 그리웠지. 배고프다, 무섭다. 그런 생각만 했으니까."

끼니는 근처에 사는 외숙모가 갖다 주었다. 외숙모도 외삼촌과 갓 결혼한 처지라, 시집을 오자마자 귀찮은 군식구를 떠맡았다는 듯 올 때마다 봉기 남매를 향해 한바탕 푸념을 늘어놓고 돌아갔다. 봉기는 그런 외숙모가 놓고 간 밥 한 공기를 동생이랑 나눠 먹었다. 이제 겨우 기저귀를 뗀 어린 남동생과 부모의 보호도 없이 사는 봉기는 동물적인 후각에 따라 옆집으로 갔다.

"집에서는 별로 안 잤어. 밤이고 낮이고 거의 옆집에 가서 놀았어요. 옆집에도 우리 또래 아이가 있었거든요. 노상 옆집에서 논 기억이 나요. 문을 타고 올라가 그걸 그네처럼 이리저리 흔들면 재미있었지요. 지금 생각하면 그 집에서 꽤나 성가셨을 거예요. 허구한 날 문을 타고 놀았으니까. 밥도 얻어먹고. 옆집 어른들이 싫어도 부모 없는 아이들이니 어쩔 수 없이 봐줬겠지요."

자주 놀러 오는 봉기 남매에게 옆집 식구들이 정색하고 싫은 내색을 했다면, 어려도 눈치는 있었을 테니까 남동생과 어둑한 집에 들어가 두려움에 떠는 한이 있어도 옆집에 꾸역꾸역 가지는 않았을 것이다. 봉기 남매는 옆집 가족의 배려에 큰 도움을 받았다고 기억했다.

1914년생인 봉기가 여섯 살이라면 1919년, 한반도 전역에서 3·1 운동이 들불처럼 번지던 해다. 일본의 침략 이후 계속 끓어오르던 반일 감정이 3월 1일 독립선언으로 결실을 맺고 각지에서 항일운동이 펼쳐졌을 무렵이다.

봉기가 날이 어두워지면 무서워했다는 구석진 뒷방에는 외할머니의 영정이 모셔져 있었다. 봉기는 할머니에 대한 기억은 거의 없다. 딱 한 가지, 어느 해 설날 옆집에 초대받아 가면서 할머니가 봉기는 업고 언니는 손을 잡아 이끈 것은 기억한다. 그때 일이 희미하게 떠오를 뿐, 외할아버지에 대한 기억은 아예 없다.

할머니가 돌아가신 지 얼마 안 되었을 때일 것이다. 조용한 밤이었다. 3남매는 이미 잠자리에 들어 있었다. 그런데 갑자기 어머니가 봉기를 업고 언니에게는 남동생을 업혔다. 뒷방에서 할머니가 생전에 자주 그런 것처럼 탕, 탕 하고 담뱃대로 재떨이를 두드리는 소리가 들리자 어머니는 두려움에 떨었다. 그날 밤은 어머니와 3남매가 옆집에 가서 잠자리를 얻어 잤다. 예전에 어머니도 무서워하던 밤, 어머니도 참다 못해 뛰쳐나왔듯이 어린 봉기는 동생을 데리고 무작정 옆집으로 갔다.

봉기네 가족이 뿔뿔이 흩어진 이유는 무엇보다 어머니의 부재인 것 같은데, 왜 어머니가 없었는지 묻자 봉기 씨는 굳어진 얼굴로 무뚝뚝하게 대답했다.

"죽었는지, 어떻게 된 건지 나도 몰라."

그러고는 얼른 입을 다물었다. 어머니에 관한 이야기는 몇 가지밖에 없다.

봉기는 용곡리라는 마을의 외가에서 태어나 어릴 때는 작은 초가에서 자랐다. 일찍이 한국에는 결혼한 뒤에 처음 얼마 동안은 신랑이 처가에서 지내다가 신부가 시댁으로 들어가거나 부부가 독립된 가정을 꾸리는 풍습이 있었다고 들었다. 그러나 농가의 머슴이던 아버지는 어머니와 부부의 연을 맺고 자식을 셋이나 낳았을 때까지도 일가를 이루지 못하고 가족을 처가에 맡겨 둔 상황이었을 것이다. 어머니가 있었을 때도 아버지는 머슴살이하던 집에서 자주 찾아오기는 해도 같이 살지는 않았다.

아버지는 과묵한 사람이었다. 과묵함이 인격의 전부인가 싶을 정도로 과묵했다. 그리고 그것은 아버지의 유별난 성격으로만 끝나지 않고, 가족이 같이 살 수 없는 가난을 벗어나지 못하는 원인이라는 생각마저 들었다.

"아버지는 지나칠 정도로 순해서 남들이 아무리 무리한 요구를 해도 거절하지 못하고 죽어라 하고 일만 했어요. 너무 순하기만 해서 싫은 소리 한마디도 못한 것 같아요."

봉기 씨는 아버지에 대해 이런 식으로 말했다.

차남인 아버지는 소작할 땅조차 없이 이웃 농가에서 머슴살이를 했다. 봉기의 눈에 비친 아버지는 아무리 불리한 처지에서도 고용주가 시키는 대로 묵묵히 일만 했다. 아버지에 비하면 어머니는 억척스러운 사람이었다. 이웃 농가에서 부르면 바로 도와주러 갔다. 어머니가 남의 집에 일하러 가면 해가 저물고 나서야 밥 한 공기를 들고 어둠 속을 걸어서 왔다. 일하는 집에서 하루 일을 마치고 내주는 식사를 어머니는 조금 넉넉하게 받았다. 그 밥이 봉기네 3남매의 저녁 끼니였다.

봉기는 어릴 때 자신을 남자라고 상상했다. 그래서 일부러 서서 오줌을 누거나 어머니에게 머리를 짧게 잘라 달라고 졸랐다. 그럴 때마다 어머니는 "그래, 그래." 하고 별난 아이 다 보겠다는 듯 웃으며 딸의 요구를 흘려들었다.

이런 일도 있었다. 몇 살 때였던가? 장난으로 물을 퍼 올리려다가 동네 우물에 빠져 버렸다. 두레박을 내려 물을 담는 것까지는 용케 잘 했는데 무거워진 두레박을 끌어 올리지 못하고 끙끙대다 거꾸로 떨어진 것이다. 다행히 근처에 있던 이웃 아저씨가 얼른 건져 준 덕에 큰 사고는 면했다. 소동을 듣고 달려온 어머니가 이불을 덮어 주면서 평소와 다른 얼굴로 봉기를 뚫어지게 바라보았다. 그때 어머니의 다급한 표정이 물을 잔뜩 마셔 찡한 콧속의 감각과 함께 잊히지 않는다.

남편이 가물에 콩 나듯 얼굴을 보였지만, 외할머니가 살아 계실 때만 해도 어머니는 억척스럽게 세 아이를 키웠다. 외할머니는 그때 이미 외손주들과 함께 살면서 살림에 도움이 될 만한 일은 할 수 없었겠지만 세 아이를 키우는 어머니에게는 큰 의지가 되었을 것이다. 할머니가 돌아가신 뒤, 어머니는 남편과 함께 살지 못하는 허전함을 전보다 더 뼈저리게 느꼈을 것이다.

가족이 같이 살지 못하는 가난 속에서 어머니는 뒤틀린 감정을 큰딸에게 풀었다. 어머니의 포악은 날이 갈수록 멈출 줄을 모르고 심해지기만 했다. 친할아버지는 산발을 하고 미친 듯이 어린 자식들을 때리는 어머니를 볼 때마다 "저렇게 제 자식을 두들겨 패니 무슨 사람 꼴이 되겠나?" 하며 언젠가는 동티가 나고야 말 거라며 앞날의 불길함을 예견했다. 그로부터 얼마 지나지 않아 어머니가 사라졌다.

남동생과 둘이서만 지낸 시간이 얼마나 지났을까? 어느 날 남동생은 어디엔가 맡겨졌다. 그리고 일곱 살이 된 봉기는 친가에 맡겨졌다. 친할머니는 이미 없었고 할아버지만 건재했다. 집안은 숙부가 이어받았고 할아버지는 숙부의 가족 네 명과 살고 있었다. 아버지에게는 형제가 숙부밖에 없었고 재산은 모두 숙부가 받았는데, 그래 봤자 얼마 안 되는 소작농뿐인 가난한 농가였다. 그러니 입 하나라도 군식구가 늘어난다는 것은 적지 않은 부담이 되었을 것이다. 숙모는 걸핏하면 봉기를 눈엣가시로 여겨 밥도 제대로 주지 않았다. 배가 고픈 봉기가 몰래 음식을 먹으면 귀신같이 알아채고 소란을 피우며 도둑 취급을 했다. 그리고 숙부가 들일에서 돌아오면 봉기의 하루 행적을 시시콜콜 일렀다. 숙부에게도 아들이 둘 있었지만 봉기보다 대여섯 살 위인 사촌 오빠는 숙모의 심성을 그대로 이어받아 "너희 집으로 가!" 하며 돌을 던지기도 하는 등, 갈 곳 없는 봉기를 구박했다.

새벽에 잠이 깨 볼일을 보러 밖으로 나오면, 변소와 나란히 지어 놓은 닭장 안의 닭이 밝아 오는 허공을 향해 새벽을 알렸다. 아침 냉기 속에서 울리는 그 소리가 어린 나이에도 서글프게 들렸다.

봉기는 숙부의 집에도 더는 있을 수 없게 되었다. 숙모가 셋째 아이를 낳다가 난산으로 갓난아기와 함께 죽고 말았기 때문이다. 숙부의 집이 여자의 손길이 없는 집이 되는 바람에 봉기는 다른 집에 민며느리로 보내졌다.

예전 한국에서 가난한 집 딸은 어릴 때 여유 있는 집에 보냈다가 혼기가 차면 그 집 아들과 결혼시키는 풍습이 있었다. 민며느리라고 불리는 그런 딸은 애보개가 되거나 잔심부름을 하며 예비 시부모의 일을 도왔다. 결혼 적령기의 아들이 없어도 민며느리를 집에 들여서 친척 중 누군가에게 시집보내는 경우도 있었다. 딸을 보내는 부모는 입 하나를 덜게 되고, 민며느리를 들이는 집에서는 의식주만 해결해 주면 공짜 노동력을 얻고 어릴 때부터 집안 풍습에 길들여 가풍에 맞는 며느리로 키울 수 있었다.

봉기는 일곱 살 때 처음으로 모르는 집에 맡겨졌지만 얼마 후 주인의 마음에 들지 않는다는 이유로 퇴짜를 맞고 되돌아왔다. 그리고 다시 다른 농가로 보내졌다. 처음 간 집에는 며칠, 두 번째 집에는 반년이나 있었을까? 그때의 기억을 더듬을 때 떠오르는 것은 어린 마음에도 조심하며 지내던 두 번째 집에서 겪은 일이 아니고 그 집에서 거절당하고 돌아왔을 때 아버지가 보인 반응이다.

"일곱 살짜리 아이가 무슨 일을 제대로 했겠어요? 주인 말도 안 듣지. 그 집에서 맡을 수 없다며 아버지가 일하는 데로 나를 데리고 갔어요. 그랬더니 아버지가 불같이 화를 내더라고요. 아버지도 남의 집 머슴살이를 하는 처지였으니까. '여기도 남의 집인데 여길 오면 어쩌자는 거야? 맞는다!' 이러는 거예요. 무서웠어요. 밥 먹을 때도 화를 내고. 아버지가 머슴살이하는 집 주인이 우리 밥도 따로 줬어요. 그래서 아버지랑 같이 먹었는데, 아버지는 밥을 먹으면서도 화만 냈어요. 어린

내가 화를 낸다고 뭘 알았겠어요? 그냥 밥만 먹었겠지요. 그러니까 다시 그 집 주인이 주선해서 다른 집으로 보내더군요. 거기서 또 거절당하고 아버지한테 보내졌어요. 그랬더니 또 불같이 화를 내는 거예요."

아버지가 일하는 집도 영세한 농가였다. 그 집 자체가 가족끼리 살기에도 좁을 정도로 작아서 아버지가 잘 방도 없었다. 그래서 아버지는 주인집이 아닌, 집이 넓은 농가에서 잠자리를 얻어 잤다. 마을에는 일꾼들이 자는 방에 다른 집 머슴도 재워 주는 큰 농가가 두세 집 있어서 아버지처럼 영세 농가에서 일하는 머슴들은 대부분 그런 큰 농가의 일꾼들 방에 빌붙어 살았다.

아버지는 도저히 딸을 데리고 키울 수가 없었다. 다음 집을 찾을 때까지도 데리고 있을 수가 없어서 봉기를 숙부의 집에 데려다 주었다. 그러자 할아버지는 아버지보다 더 노발대발하며 봉기를 마구 때렸다. 그 서슬은, 울음소리를 듣고 달려온 이웃 사람들이 보다 못해 할아버지를 말릴 정도였다.

봉기가 처음에 간 두 집은 모두 가난한 농가였다. 두 집 모두 봉기와 나이가 맞는 아들은 있지도 않아 며느리라기보다는 일꾼으로 맡겨진 것이었다. 세 번째로 아버지의 고용주가 주선해서 간 농가는 앞의 두 집에 비하면 그나마 여유가 있는 것 같았다. 아버지가 일하는 집의 주인아주머니가 말했다.

"이번에 가면 퇴짜 맞고 오지 말고 주인 말 잘 듣고 좋은 며느리가 돼야 한다."

그 집에 갈 때는 봉기를 맞이할 가마가 와 주었다. 이번에는 어엿한 며느리로 맞아 준 것이다.

“우리 아버지는 머슴살이를 하는 처지라 다른 데로 보내 줄 힘도 없었을 거예요. 그러니까 주인이 알아서 보내 줬겠지요. 여덟 살 때 그 집에 며느리로 가면서 가마를 탔어요. 남자 둘이 메는 가마였는데 정말 재미있더라고. 너무 좋아서 낄낄대고 웃었더니 아버지의 주인이 ‘녀석 좀 보게, 좋아서 웃네.’ 하데요.”

세 번째 집에 가마를 타고 가 보니 이웃 사람들이 모이는 잔치가 마련되어 있었다. 며느리로서 그 집에 들어오는 봉기를 위한 피로연이었다. 많은 사람들이 술상을 앞에 놓고 앉아 있었다. 처음으로 가마를 탄 데다 자신을 맞이하기 위한 잔치까지 열린 걸 보고 봉기는 한껏 들떴다. 남편이 될 청년이 방으로 들어오자 “네 색시 데려왔다.” 하고 술자리에서 놀리는 사람이 있었다. 그때 청년이 던진 말이 봉기의 들뜬 가슴을 순식간에 얼어붙게 했다. “이 꼬마 계집애야!”

“암만 생각해도 아이는 역시 낳아 준 부모가 키워야 하는 거라오. 가정이 제일 중요해요.”

차분한 목소리로 봉기 씨가 이런 말을 한 적이 있다. 부모와 함께 사는 지극히 당연한 경험이 여섯 살이라는 어린 나이에 싹둑 잘려 버린 봉기 씨에게 그것은 그때 이후 계속 품어 온 절실한 생각이었을 것이다.

봉기는 아홉 살이 될 때까지 야뇨증이 나아지지 않았다.

"난 아홉 살까지 자다가 오줌을 쌌어요. 그래서 옷이 모조리 젖어 버렸는데 갈아입을 옷을 안 주는 거예요. 젖은 옷을 그대로 입고 밖에 나갔더니 친구들이 모여들어 놀리더라고. 오줌싸개라면서."

양부모이고 고용주이며 장래의 시어머니이기도 한 그 집 안주인은 갈아입을 옷 대신 봉기의 머리에 키를 씌워 보내며 "옆집에 가서 소금 얻어 와!" 하고 말했다. 시키는 대로 옆집에 갔더니 그 집 사람이 뒤에서 가는 막대로 머리에 쓴 키를 두드렸다. 야뇨증을 치료하는 액막이였던 것이다.

설날 전에 민며느리로 들어간 봉기는 그 이듬해 여름에 세 번째 집에서도 쫓겨나 아버지에게 돌아갔다. 그리고 전처럼 아버지의 고용주는 다시금 봉기가 갈 곳을 찾아냈다. 아버지가 일하는 집에서 그리 멀지 않은 제갈이라는 성을 가진 집이었다. 봉기는 아홉 살이 되어 있었다. 이때부터 약 9년 동안, 열일곱 살에 결혼하기까지 제갈 씨 집에서 일했다.

제갈 씨 집에는 아이가 없었다. 그런데 안주인이 재혼이었고, 제갈 씨네로 시집오기 전에 낳은 딸이 하나 있었다. 전남편과는 사별해 아이를 아주버니 부부에게 맡기고 제갈 씨 집에 시집온 것이다. 그 아이가 딱 봉기와 동갑이라며 안주인은 두고 온 딸을 그리워했다. 그런데 봉기가 제갈 씨 집에 들어가고 얼마 되지 않아 그 안주인이 아들을 낳았다. 그와 동시에 그 아이를 돌보는 일이 봉기에게 맡겨졌다. 애보개로 일하는 것 말고도 안주인의 분부에 따라 여러 가지 집안일을 도왔다.

그 무렵 한국 농촌에서는 여자가 논밭에 나가 일하는 집이 거의 없었다. 나가도 기껏해야 텃밭에서 반찬거리를 마련하는 정도이고, 농사는 주로 남자들의 일이었다. 자식을 다 키우고 맏며느리에게 집안 살림을 맡긴 뒤에는 논밭에 나가는 경우도 있었지만, 일반적으로 여자가 밖에서 일하는 것은 얌전치 못한 처신으로 여겼기 때문이다. 그래서 시어머니가 며느리를, 양부모가 민며느리를 야단칠 때 "집안일을 제대로 못 할 거면 논에라도 나가거라." 하고 윽박질렀다.

바깥일이 아니라도 집안에서 여자가 해야 할 일은 산더미처럼 많았다. 밥, 빨래, 청소를 하는 것은 물론이고 아침저녁으로 공동 우물에 가서 물을 길어다 항아리를 늘 채워 놓아야 했고 나락으로 보관된 쌀은 밥을 지을 때마다 필요한 분량을 방아에 찧어야 했다. 옷을 장만하는 일만 해도 한 벌 분량의 실을 잣는 것만으로도 밤마다 쉬지 않고 해서 두세 달은 걸렸다. 실을 잣고 나서도 그 실을 꼬아 베를 짜고 옷을 짓기까지 많은 노동이 필요했다.

봉기는 집안일은 별로 좋아하지 않았다. 쌀 찧는 일은 단조로울 뿐 아니라 손이 아팠고, 부뚜막 앞에 앉아 장작을 넣고 불을 조절하는 일도 연기 때문에 눈이 매워서 싫었다. 물 긷는 일도 공동 우물이 멀리 있어서 허리가 휠 것만 같았다. 똥 묻은 기저귀를 강에 나가 빨아 오라고 시켰을 때도 손으로 집기가 싫어서 코를 막고 막대 끝으로 집어 들었더니 안주인이 아무 말도 없이 기저귀를 낚아채서 직접 강으로 갖고 나가 빨아 온 적이 있다.

하지만 밭에 가서 채소를 뽑아 오라고 하면 신이 나서 밖으로 뛰어 나갔다. 때마침 이웃 아이를 만나면 그 아이를 꼬드겨 같이 밭으로 간다. 집에 있으면 안주인이 하는 말에 신경을 써야 했지만 밖으로 나가면 안주인의 잔소리를 듣지 않아도 된다. 그리고 무엇보다 아직은 놀고 싶은 나이인 봉기에게 바깥 공기가 훨씬 시원했고, 작물이 열린 풍요로운 밭은 봉기가 가장 좋아하는 놀이터였다. 햇볕을 받아 미지근하긴 해도 한 입 가득 베어 먹는 오이의 맛은 각별했고, 무도 흙에서 뽑아 바로 먹으면 싱싱할뿐더러 단맛까지 조금 느껴졌다. 그중에서도 가장 맛있던 건 여름이 되면 큼지막하게 열매를 맺는 참외다. 봉기는 밭에서 실컷 놀다가 밥이 다 지어졌을 때를 가늠해 집으로 돌아왔다. 그러면 봉기가 채소 가져오기를 조바심치며 기다리던 안주인의 호통이 날아왔다.

그래도 밥에 넣을 완두콩을 따 오라고 시켰을 때는 열심히 콩꼬투리를 따서 곁눈질도 하지 않고 쏜살같이 돌아왔다. 완두콩을 넣은 밥은 봉기가 좋아하는 음식이었기 때문이다.

봉기는 제갈 씨 집에서 늘 배가 고팠다. 그래서 자주 음식을 훔쳐 먹었다.

"설이나 추석 같은 때는 맛있는 별식이 많았어요. 음식을 만든 날은 주지만 이튿날은 아무것도 없어요. 부엌을 둘러봐도 없는 거예요. 꽤 많이 있었는데 어딘가에 숨겼구나 하고, 몰래 뒤져서라도 꺼내 먹곤

했어요. 그랬더니 주인은 손이 닿지 않는 곳에 넣어 두는 거예요. 그래서 보리나 쌀을 되는 됫박을 놓고 그 위에 올라가 가느다란 막대로 집어내서 먹었어요. 그렇게 해서라도 먹지 않고는 못 배기겠는걸. 주인은 손이 닿지 않는 곳에 숨겨 놓고 안심했겠지요. 그런데 나중에 푹 줄었거나 아예 없는 걸 보고는 '이제 아무것도 놔둘 수가 없겠어. 쟤는 도대체 도깨비야, 귀신이야? 아무리 숨겨도 찾아내니 어쩌면 좋아.' 하는 거예요. 명절에는 먼 데서 친척들도 모두 와 있었어요. 손님이 왔을 때 내놓을 별식이었던 거지요. 하지만 그때는 어려서 주인의 기분이고 뭐고 모르고 자꾸 그런 짓을 한 거지."

갓 찧은 쌀로 만든 떡이 찬장에 든 게 계속 신경이 쓰여서 주인 부부가 잠들기를 기다렸다가 그 떡을 꺼내 먹은 적도 있다. 높은 곳에 둔 항아리 속의 떡을 꺼내다 떨어뜨려 흙이 묻은 채로 떡을 항아리 속에 얼른 도로 넣은 적도 있다. 쌀을 훔칠 때는 미리 속옷에 큰 주머니를 달아 놓고 그 안에 넣었는데, 주인의 눈길이 닿지 않는 다른 문으로 나갔으면 좋았을 것을 설마 속옷 주머니까지 들키지는 않겠지 하는 배짱에 일부러 주인이 보는 앞을 빠져나가려다가 이상하게 불룩한 치마에 눈길이 가는 바람에 이 계획적인 범행은 들통 나고 말았다.

또 날콩을 훔쳐다 이웃집으로 갖고 가서 볶아 먹은 적도 있다. 옆에는 봉기의 고용주와 성이 같은 제갈 씨네가 있었고, 그 집 새댁은 어릴 때 민며느리로 제갈 씨 집으로 들어와 밥 짓기며 베 짜기·바느질·빨래 등 집안일을 야무지게 해내서 시어머니보다 낫다는 소리를 들었다.

선애라는 딸이 있어서 선애 어미라 불린 그 사람은 자신의 소녀 시절과 똑같은 처지의 봉기를 가엽게 여겨 무슨 일이 있을 때마다 보살펴 주었다. 봉기가 날콩을 어떻게 가지고 나왔을지 대충은 짐작했겠지만 선애 어미는 봉기를 생각해 주인에게 고자질 같은 건 하지 않았다.

"제삿날에는 상을 차려 놓고 향을 피웠어요. 통째로 삶은 닭을 접시에 담아 올리기도 하고. 죽은 조상에게 바치는 음식이지요. 살아 있는 닭을 잡아서 바로 삶아 내면 맛이 그만이거든. 닭 다리가 가장 맛있어요. 그런데 내가 다리 두 개를 다 먹어 버린 거예요. 다리가 없어진 닭을 본 주인이 아무 말도 못 하더군요. 놀라다 못해 기가 막혔겠지요. 그러고도 밥을 먹으려고 했더니 주인집 바깥양반이 '태연한 얼굴로 들어와 밥을 잘도 먹는군.' 하더라고요. 하지만 난 아랑곳하지 않고 또 먹었어요. 얼마든지 먹을 수 있었어요."

벼 베기를 도와주러 오는 사람들을 위해 미리 만들어 놓은 고깃국에서 고기만 몽땅 건져 먹어 버린 적도 있다. 가을걷이를 할 때는 능률을 올리기 위해 몇 집이 모여 품앗이로 돌아가면서 순서대로 벼를 벴다. 그럴 때 자기 집 벼 베기를 도우러 오는 사람들에게 식사를 대접하는 것이 관습이었다. 제갈 씨네 안주인은 그 전날 소뼈와 고기를 넣고 푹 고아 낸 국물에 무를 듬뿍 넣은 전골을 만들어 두었다. 그것을 보고 봉기가 밤에 변소에 가는 척하고 고기만 골라 먹어 버린 것이다.

"아침에 그걸 보고 누구 소행인지 알았을 테지만 아무 말도 안 했어요. 기가 막혔던 거지요. 그리고 항상 이런 식으로 말했어요. '저 아이 배는 소보다 더 클 거야.' 어려서 철이 없어 그랬겠지만 보이는 곳에 놓아두면 그렇게까지는 하지 않았을 텐데, 자꾸 여기저기 감추니까요. 그런 건 일부러 더 훔쳐 먹었어요. 배가 고프니까 훔쳐서라도 먹은 거지요."

어린 봉기가 먹을 것을 찾는 데 혈안이 된 것은, 당연히 늘 배가 고팠기 때문이지만 또 다른 원인은 항상 봉기의 눈에 띄지 않도록 먹을 걸 감춘 데 있다. 피를 나눈 부모 자식 사이라면 배가 고파 음식을 훔쳐 먹어도 버릇이 없다고 꾸중하는 정도로 끝나겠지만, 남의 집에 사는 봉기의 불행은 몰래 집어 먹는 것이 그대로 도둑질이 되어 버리는 데 있었다. 봉기와 주인 부부의 음식을 둘러싼 숨바꼭질은 어린 봉기의 공복감에만 기인하는 것도 주인 부부의 악의 탓도 아니었을 것이다. 훔쳐 먹는 것을 너그럽게 보아 넘길 수 없었던 제갈 씨 집의 궁핍한 식량 사정에도 원인이 있었다.

당시 한국에는 춘궁 농가라고 불리는 계층의 농민이 적지 않았다. 봉기가 제갈 씨 집에서 일한 1930년 전후의 한국에서는 한일합병 전부터 실시된 토지조사사업 때문에 토지 소유가 일본인 지주를 비롯한 3.6퍼센트의 지주에게 집중되어 있었다. 전체 농가 중 소작농의 비율이 52.8퍼센트나 되었고, 여기에 자기 땅 농사와 소작을 겸하는 자작소작농 25.3퍼센트를 합치면 약 80퍼센트인 78.1퍼센트에 달했다. 자작농은 겨우 16.2퍼센트에 불과했다. (《조선총독부통계연보》)

토지조사사업은 근대화라는 명분 아래 토지소유권을 확인하고 지세

부과를 확정하기 위해 실시되었지만, 조선총독부는 이것을 토대로 식민지 지배의 재정적 기반을 구축했다. 그 과정에 한국 농민을 상대로 일본인의 토지 약탈이 자행되었고, 이에 협조하는 한국인 지주가 옹호되었다. 자작농의 몰락과 소작농의 급속한 증가는 그 결과였다. 그 무렵 소작료의 비율은 평균 60퍼센트, 지주가 지불해야 할 여러 세금도 소작인의 부담이 되었다. 그래서 소작농 중에는 가을걷이를 마친 뒤 지주에게 소작료를 주고 제세공과를 지불하면 얼마 남지 않는 수확물로 설날을 넘기는 게 고작이고 보리를 베는 5월까지 이어지는 춘궁기, 즉 보릿고개 동안 자신들의 작물로 먹고살 수 없는 경우가 적지 않았다. 이렇게 되면 소작 농가는 지주에게 식량을 빌린 뒤 다급해지면 이듬해에 심어야 할 볍씨까지 팔고, 종당에는 이자가 비싼 빚을 져 원금은 고사하고 이자도 내지 못하는 상태에 빠져 버렸다. 이런 농가를 춘궁 농가라고 했는데 제갈 씨 집도 잠깐만 방심했다가는 춘궁기를 넘기지 못하는 소작농이었다.

"밥이 많을 때는 안 그러는데 적을 때는 먹은 그릇을 씻지 않았어요. 그리고 가끔이지만, 밥을 지으라고 시키면 배불리 먹고 싶은 생각에 잔뜩 지었지요. 안주인이 밥을 푸려고 뚜껑을 열고는 깜짝 놀라는 거예요. '참 많이도 했네.' 하고. 밥이 적을 때는 설거지하는 척 덜그럭 덜그럭 소리를 내다가 깨뜨릴 때도 있었어요. 한번은 바깥주인이 부드럽게 말하더군요. '사람이 밥을 많이 지을 때가 있으면 조금밖에 못 할 때도 있을 테니까 그럴 때는 참아야 해.'"

집안일에 대해서는 별로 잔소리를 하지 않는 바깥주인의 말뜻은 그로부터 얼마 지나지 않아 마른 땅에 풀이 싹을 틔우기 시작하는 봄에 깨달았을 것이다. 부드러운 어조의 제갈 씨 부부도 그때는 전에 없이 필사적으로 보릿고개를 견뎌 내고 있었기 때문이다. 혹독한 추위는 많이 누그러졌어도 보리를 베기까지는 아직 날짜가 남은 3월, 4월에 봉기는 매일 산나물을 해 오라는 지시를 받았다. 그 무렵 보랏빛이 감도는 산을 하얗게 뒤덮는 것은 풀이나 나무의 새싹을 따러 다니는 사람들이었다.

"신례원은 산나물을 뜯으러 다니는 사람들이 온 산에 가득했어요. 산이 사람들 때문에 하얗게 보이곤 했지요. 산에는 먹을 수 있는 풀이 많거든요. 그걸 뜯어 오라고 시킨 거지요. 이게 그렇게 싫었어요. 가끔이라면 몰라도 거의 매일이었으니까요. 정말 하고 싶지 않은 일이었어요. 배도 고팠고. 그때쯤 밤으로 죽을 끓여 먹었어요. '죽만 먹으면 배가 고프니까 나물을 해다 삶아 먹으면 허기를 조금은 채울 수 있어.' 안주인이 이런 식으로 말하곤 했어요."

제갈 씨네 집은 평소에도 쌀밥을 먹는 일이 거의 없었다. 여름 동안은 꽁보리밥을 먹고, 가을부터 겨울에는 밤이나 콩을 섞어 먹었다. 5월 보리 베기를 기다리는 초봄이면 밤도 거의 바닥을 드러내 죽만 먹을 수밖에 없었다. 죽만 먹고 나온 봉기가 오전 중에는 그나마 견뎌도 점심때가 되어 다른 사람들이 도시락을 펼치고 맛있게 먹는 모습을 곁눈질하고 있노라면 나물을 찾으러 다닐 마음이 싹 사라져 버렸다. 그래서 꾀를 냈다. 오전 내내 따 모은 나물을 계곡물에 바구니째 담가 두는 것이다. 그러면 시들시들하던 풀이 물을 잔뜩 머금고 부풀어 올랐다. 오후에는 풀 위에 멍하니 앉아 시간을 보내다가 해가 기울기를 기다려 산을 내려왔다. 가지고 온 나물을 안주인에게 보여 주면 집 앞 개천에 가서 씻어 오라고 했다. 그래서 한 번 더 깨끗이 씻어 싱싱해진 나물을 삶아 놓았더니 오전 내내 산을 기어 다니며 뜯은 나물이 겨우 한 줌이나 될까 말까 했다. 안주인은 "갖고 온 걸로 봐서는 꽤 많은 것 같더니 삶아 놓으니까 겨우 요거밖에 안 되네." 하고 은근히 봉기의 게으름을 탓했다.

봉기는 열네 살 무렵부터 근처에 있던 일본인 집으로 일을 도와주러 가곤 했다. 다나카라는 사람의 집이었다. 다나카의 집에서 일을 하면 일당이 지불되지만, 그 일당은 모두 양부모인 제갈 씨 부부에게 갖다 바쳐야 하고 봉기의 용돈은 한 푼도 없었다. 그래도 다나카 부인이 "내일도 와 줘." 해 주면, 이튿날은 신이 나서 다나카의 집으로 달려갔다. 다나카의 집에 가면 세끼를 마음껏 먹을 수 있었기 때문이다. 게다가 3시가 되면 간식까지 내주었다. 간식이라고 해 봐야 소면이나 말린 찰떡을 기름에 튀긴 것 정도였지만 봉기로서는 난생처음 입에 넣는 일본식 음식이라 꿀맛이 따로 없었다.

게다가 다나카의 집 정원에는 여러 가지 과일나무가 있었는데, 그 나무들도 봉기를 이 일본인 집으로 이끄는 큰 매력 가운데 하나였다. 봄이 되면 따뜻해진 햇빛 속에서 복숭아나무가 화려하게 꽃을 피웠고

사과나무는 연분홍의 가냘픈 꽃을 매달았다. 배나무도 새싹 사이로 하얗고 청초한 꽃을 내밀어, 이 나무들 옆을 지나갈 때마다 희미하게 감도는 달콤한 향기가 기분 좋게 몸을 감싸 주었다. 여름이 되면 봉기는 틈 날 때마다 과일나무 밑으로 가서 시간을 보냈다. 시원한 바람이 상쾌했고, 복숭아는 꼼꼼하게 씌워 놓은 봉지 속에서 나날이 커졌다. 잘 익은 복숭아 두세 개를 따서 먹는 것이 무엇보다 큰 낙이었다. 복숭아 다음에는 배, 배 다음에는 사과가 익었고, 감나무도 풍성하게 열매를 맺었다.

한국에서 일본인의 수는 1910년 한일합병을 기해 급격하게 늘어났다. 당시 조선총독부의 비호 아래 유리하게 토지를 손에 넣은 일본인 지주는 농토를 잃은 한국 농민에게 고율의 소작료로 농지를 빌려 주었다. 그리고 곤궁한 농민에게 토지를 담보로 돈을 빌려 주었다가 기한 내에 갚지 못하면 땅을 몰수하는 방법으로 나날이 땅을 불려 나갔다.

다나카가 언제쯤 한국에 들어와 재산을 불렸는지는 몰라도 분명히 지주였다. 봉기는 양잠으로 바쁜 계절에 임시로 고용되었는데, 그 시기에는 봉기뿐 아니라 부근의 남녀노소가 돈을 벌기 위해 다나카의 집으로 몰려들었다. 여자들은 남자들이 따 온 뽕잎을 누에 선반에 하나씩 깔아 주는 일을 주로 했다. 집이 가까운 봉기는 편하게 부를 수 있어서 양잠 철이 아니라도 자주 불려 가 부엌일을 돕기도 했다. 일하는 틈틈이 배나무 밑에서 과일을 따 베어 먹고 있을 때의 일이다. 갑자기 일본군 하나가 말을 걸어왔다. 봉기는 깜짝 놀라서 벌떡 일어나 쏜살

같이 본채로 뛰어 들어갔다. 무슨 괴물이라도 만난 듯이 안색이 달라져 뛰어 들어온 봉기의 모습이 우스웠는지 다나카 부인이 터져 나오는 웃음을 참으면서 "일본 군인은 무섭지!" 하고 겁을 주었다.

그날 일본 군대가 신례원 큰길 가득 대열을 이루며 들어왔다. 대장인 듯싶은 인물은 험상궂은 얼굴로 말 위에 앉아 주위를 내려다보고 있었다. 어른들조차 일본군의 행진을 피해 몸을 잔뜩 웅크리고 길가로 물러나 지나가기를 기다렸다. 행진하는 일본 군인들은 만주로 가는 길이라고 했다.

일본이 중국 대륙 침략을 본격적으로 시작한 만주사변은 1931년 9월에 발발했다. 그때는 봉기가 다나카의 집에 일을 도우러 가던 시기와 겹친다. 일본이 중국을 침략하기 시작한 이후 한반도는 중국 대륙으로 진출하려는 일본군에게 식량과 군수물자를 보급하는 병참기지 구실을 하는 동시에 중국 대륙으로 일본군을 보내는 길로서 중요해지고 있었다.

다나카의 집은 가난한 집에서는 명절이 아니면 구경도 못 하는 소고기를 대량으로 준비해 신례원에서 휴식하는 일본군을 환대했다.

"높은 사람, 대장 같은 사람들이 다나카 씨 집으로 잔뜩 들어왔어요. 그러면 밥을 해 주고 멍석을 깔아 주기도 했어요. 군인들한테 소고기를 썰게 해서 잔뜩 담아 줬지요. 대장이 그것을 너무 많이 먹고 설사하는 바람에 화장실을 더럽혀 놓았어요. 그러고는 당번 병사를 불러 청소를 시키더라고요."

장교는 소고기를 잔뜩 먹고 배탈이 나 설사를 하는 한편 군인들은 근처 강에서 반합으로 지은 밥에 보리가 많이 섞였다고 불평을 늘어놓았다.

"군인들이 강으로 가서 쌀을 씻었어요. 강가에 앉아 반합에 담은 쌀을 씻는 거지요. 그리고 밥을 먹으면서 '쌀은 없네. 꽁보리밥이잖아.', '우리 반장은 악질이야.' 하면서 투덜거렸어요."

봉기가 일을 도우러 간, 옆에 사는 제갈 씨 집에서 "잠깐 좀 도와줄래?" 하고 부를 때는 대개 선애 어미가 빨래를 할 때였다. 허물없는 선애네 집에서는 수다에 열을 올리기도 하면서 일을 돕기 때문에 봉기가 조금이나마 숨을 돌릴 수 있었다. 그걸 아는 선애 어미가 일을 핑계로 봉기를 불러 준 것이다.

열여섯 살 되던 겨울에 있던 일이다. 아침에는 날씨가 화창했는데 빨랫감을 들고 강으로 나갔을 때는 하늘에 솜털 같은 엷은 구름이 펼쳐졌다. 이따금 구름 사이로 맑은 햇살이 보이기도 했지만 수면 위로 불어오는 찬바람에 봉기는 몸을 떨었다. 늘 빨래를 하는 돌 위에 앉기는 했지만 강물 속으로 손을 넣을 수가 없었다. 선애 어미는 함지 가득 가져온 빨래를 하나하나 물에 담가 헹구고 있었다. 선애 어미가 아무 말도 하지 않는 것을 핑계로 봉기는 돌 위에 쭈그리고 앉은 채 결국 빨래가 끝날 때까지 뭔가 켕기는 마음으로 그 모습을 바라보고 있었다.

"정말 추웠어요. 빨래를 할 수가 없더라고. 그런데도 거들어 달라고 부른 처지라, 저녁에는 밥을 지어서 한 공기 가득 담아 주더군요. 그걸

난 또 먹었어요. 지금 같았으면 민망해서 못 먹었을 텐데."

아무 일도 하지 않고는 대가를 받을 수 없다는 것을 그 후 삶에서 뼈에 사무치게 깨달은 지금의 봉기 씨는 일도 하지 않고 퍼 주는 밥을 태연히 먹은 그때 일을 부끄럽게 생각한다.

봉기는 열일곱 살 때 선애 어미의 주선으로 결혼을 했다. 사실 봉기의 결혼은 제갈 씨 부부가 나서서 주선하는 게 맞지만, 가난한 소작 농가에서 민며느리라기보다는 공짜 일꾼으로 일하는 봉기를 보다 못한 선애 어미가 나선 것이다. 봉기는 선애 어미의 남편을 따라 한참을 걸어 인가도 드문 산골짜기로 들어갔다. 도착한 곳은 창촌이라는 곳이었다. 신례원보다 더 한적한 마을이었다. 상대는 서른이 넘은 박씨 성을 가진 남자였는데, 이름은 기억하지 못한다. 박씨 집안은 논밭을 조금 갖고 있어서 끼니 걱정은 없을 정도의 농가였다. 집안의 후계자는 형이었다. 봉기의 남편이 될 동생은 돈을 벌겠다며 타지로 나갔다가 형의 부름을 받고 돌아와 있었다. 그런데 혼담이 마무리되자마자 돈을 벌어 오겠다며 다시 어딘가로 떠났다. 봉기는 혼자 아주버니 집에 남겨졌다. 남편이 돌아온 것은 6개월 뒤였는데, 돈벌이를 하러 간다던 사람이 손에 쥔 돈 한 푼 없이 돌아왔다.

"한심한 사내였어요. 어느 한구석도 야무진 데라곤 없었던 것 같아요. 집을 떠나 여기저기로 그냥 돌아다닌 거지요."

형은 화를 냈다. 집을 얻어 아내를 데리고 나가라고 했다. 남편은 하루 동안 셋방을 구하러 돌아다녔다. "갑자기 집을 얻으라지만, 그게 그렇게 쉬운 일인가요? 뭐 어쩔 수 없으니 이번에는 꼭 돈벌이를 해서 조금이라도 밑천을 마련해 갖고 돌아오세요." 하고 형수가 옆에서 한마디 거들자, 이게 웬 떡이냐 싶은 얼굴로 남편은 다시 어딘가로 모습을 감췄다. 봉기는 다시 더부살이 신세가 되어 의식주를 아주버니 부부에게 의지해 살았다. 윗동서는 갈아입을 옷도 없이 시집온 봉기에게 베를 짜서 옷을 마련해 주었다.

남편은 아무 소식도 없었다. 아내를 혼자 팽개쳐 두고 돈을 벌어 오겠다던 사람이 1년이 넘도록 돌아오지 않았다. 그렇게 아주버님 식구들 틈에서 눈칫밥을 먹으며 답답한 생활을 견디는 봉기를 이웃에서 부잣집 첩 노릇을 하던 친구가 꼬드겼다. 마을을 떠나자는 것이었다. 결혼은 했지만 남편하고는 손가락으로 꼽을 정도밖에 같이 살지 못했다. 띠동갑보다도 나이 차이가 커서 마음이 통하는 것도 아니고, 밤이 되면 이불 속으로 들어오는 담뱃진에 찌든 남자의 체취가 봉기는 참을 수 없이 싫었다. 미련이 없었다. 돈을 마련해 두라는 친구의 말이 있었지만 봉기는 돈이 있을 리 없는 신세였다. 그러니 친구가 보리를 훔쳐 나오라고 꾀를 내주었다. 워낙 집을 자주 비우는 아주버님도 없고, 동서도 친정에 가서 열세 살짜리 조카와 단둘이 남게 되었을 때 봉기는 보리를 훔쳐 그 집을 나왔다. 보리는 이웃 사람에게 1엔을 받고 팔았다. 그 1엔을 들고 친구를 따라 마을을 떠났다. 친구는 두 살배기 아들을 데리고 있었다. 부잣집 첩이던 친구는 본처와 본처의 자식들과 같이 살았다. 데리고 나온 아들은 그런 환경에서 낳은 아이였다. 본처와 첩이 한 지붕 아래 사는 거북한 생활을 더는 견디지 못하고 집을 나온 것이다.

음력 7월 보름밤이었다. 환한 달빛을 받으며 어린아이를 업은 친구와 봉기는 밤길을 하염없이 걸었다. 밤새도록 걷고도 하늘이 뿌옇게 밝아 올 때까지 계속 걷다가 지칠 대로 지쳐 길가에서 잠이 들어 버렸다. 친구가 흔들어 깨웠을 때는 어느새 저녁이었다. 전날 밤부터 아무것도 먹지 못해 배가 고팠다. 공복을 견디며 터덜터덜 걷다 보니 밥을 해 주고 잠자리도 내주는 집이 있었다. 친구는 돈 한 푼 없이 나와 봉기가 가진 1엔에 의지했다. 그 집에서 겨우 공복을 채운 친구가 여주인에게 뭔가를 묻고 있었다. 여주인은 친구에게 동업자의 여관을 소개해 준 것 같았다. 친구가 다시 걸었다. 봉기도 따라 걸었다. 소개받은 여관은 서산이라는 마을에서 가까운 시골에 있었고, 노부부가 소박하게 운영하는 것이었다. 그 여관에서 하룻밤을 묵었다. 그런데 거기에서 친구가 그 집 늙은 주인의 첩이 되었다.

"이 친구는 그 여관에 또 첩으로 들어가 버렸어요. 아들이 없어서 애를 태우던 여관 주인이 아들을 갖고 싶어서 내 친구를 집에 들였겠지요. 그 친구도 참 어리석었어요. 첩 노릇이 싫어서 기껏 뛰쳐나왔는데 다시 첩으로 남의 집에 들어갔으니 말이에요. 본처는 나이가 많았어요. 그 늙은 본처가 지은 밥을 다 같이 둘러앉아 먹었지요."

갑자기 낯선 곳을 찾아갔고, 친구는 다음 날 바로 그 집 식구가 되었다. 노부부에게는 딸이 하나 있는데, 이미 시집을 가고 없었다. 장남이

가문을 이어받아 노부모를 모시는 관습이 한국에서는 일본보다 더 굳건하게 자리 잡고 있었기 때문에 노부부가 여생에 대한 불안을 느끼고, 아무리 큰 대가를 치르고라도 대를 잇기 위해 아들이 필요했을까? 늙은 아내는 둘만의 쓸쓸한 생활에 새로운 식구가 끼어든 기묘한 가족을 위해 밥상을 차렸다. 친구는 처첩이 동거하는 생활로 돌아갔다. 밤새도록 걷고 또 걸은 도피행이 무엇을 위한 것이었을까? 문자 그대로 수포로 돌아가 버린 결과였다. 그러나 돈이 없고 의지할 연고도 하나 없고 여자가 일할 수 있는 데라고는 눈 씻고 찾아도 없던 당시 한국에서 어린 자식을 데리고 나온 친구의 처지를 생각하면, 그것이 필사적으로 살아가는 방도였을 것이다.

봉기는 어땠냐 하면, 이튿날 그 여관 노부부의 주선으로 근처 농가의 셋째 아들과 살림을 차리게 되었다. 상대는 어디에선가 흘러온 여자와 결혼했다가 갈라선 남자였다. 28세인 그는 농사지을 땅이 없어서 이웃 농가에 고용되어 일하고 있었다. 그러니까 봉기의 아버지와 같은 계층의 남자였다. 장남과 차남은 각각 처자가 있고 부모에게 물려받은 땅을 경작하고 있었지만, 봉기의 남편이 된 셋째 아들은 남의 집에 고용되어서도 일을 제대로 해내지 못해 노상 형에게 질책당하고 있었다. 여기서도 봉기는 독립된 살림을 꾸리지 못하고 남편의 형제들과 그 가족들 틈에 끼어 살았다.

차남도 아직 독립하지 못해 장남 식구들과 함께 좁은 집에 살고 있었다. 차남 부부는 아이들이 많았다. 봉기는 아직 어린 그 아이들이 귀여워 곧잘 보살폈다. 그래서인지 둘째 동서는 봉기에게 늘 살갑게 대해 주었다. 묵묵히 일에 열중하는 두 아주버니를 보고 있으면 자기 남편도 형들처럼 성실하게 일하면 얼마나 좋을까 싶었지만, 남편의 게으른 생활 태도는 봉기와 결혼하고 나서도 나아지지 않았다. 남의 집에 일하러 가듯 얼떨결에 시작한 결혼 생활이었지만, 남편이라는 사람이 봉기와 함께 살아가는 일에 진지했다면 아버지와 같은 계층의 남자인 그와 가난하게 사는 것도 견뎌 낼 수 있었을지 모른다. 그게 아니라면, 당시 농가의 절반 정도가 춘궁 농가였다지만 그보다 더 곤궁해서 남이 시키는 대로 일하는 자의 가난은, 봉기의 부모에게 그랬듯, 남녀 한 쌍이 가정을 꾸리는 지극히 당연한 생활마저 허락하지 않았을까?

봉기는 야무진 데라고는 없는 한심한 사내와 함께하는 생활에 스스로 마침표를 찍고 혼자 마을을 떠났다.

흥남에서 오키나와로

흥남은 바다에 면한 도시다. 뒤로는 늦은 봄까지 눈을 이고 있는 산봉우리들이 펼쳐져 있었다. 마을에도 눈이 자주 내렸지만 겨울바람에 흩날려 사라지고 쌓이지는 않았다. 봉기의 뇌리에 강하게 남아 있는 것은 눈이 그친 다음 날 아침 냉기 속에서 둔탁하게 빛을 뿜는 처마 끝의 고드름이다.

"흥남은 눈이 자주 내렸어요. 막상 눈이 내리는 동안은 그다지 춥지 않은데 그치고 난 뒤에는 되게 추워요. 바람도 세고. 처마 끝에는 지붕에 쌓인 눈이 햇볕을 받고 녹아 흐르다 얼어 버린 고드름이 꼭 무처럼 줄줄이 매달려 있곤 했어요."

농한기인 그 무렵이면 주변 마을 사람들이 돈을 벌기 위해 항구로 모여들었다.

"큰 선착창이 있었어요. 큰 배를 타고 나가 고기를 잔뜩 잡아 오곤 했지요. 그리고 생선 눈깔을 빼는 거예요. 농한기에는 이런 일을 하러 가는 거지요. 생선 대가리를 떼고 쭉 매달아 말려요. 생선 눈깔이라는 게 먹어 보니까 맛이 기가 막히더라고요."

살을 에는 바람 속에서 건어물과 비료를 만드는 무리에 봉기가 속해 있었던 건 아니다. 그저 그녀가 살던 마을에서 본 겨울날의 풍경이다.

훗날 봉기 씨가 이야기해 준 흥남은 바다 냄새가 나는 북쪽의 한적하고 작은 항구 마을 같았다. 바다에 의지해 살아가는 사람들의 활기가 넘치는 마을 풍경을 상상하던 나는 큰 공장이 있었다는 봉기 씨의 말을 무심히 흘려들었다.

흥남은 봉기가 그곳에 가기 전에 갑자기 조성된 신흥 공업 도시였다. 원래 함흥군 운전면이라는 곳으로 20~30가구가 모여 농사와 어업으로 살아가는 마을이었다. 동해에 면한 함흥평야의 거의 중앙에 자리하며 뒤로는 부전령, 황초령 등 준봉이 즐비하다. 봄이 되어도 눈이 녹지 않아 마을에서 하얗게 보였다고 봉기 씨가 말한 산들이 이 산봉우리들이었을 것이다. 부전령, 황초령은 압록강에 합류해 황해로 흘러드는 부전강, 장진강과 동해로 흘러드는 성천강을 가르는 분수령이 되었다. 북쪽을 흐르는 부전강, 장진강의 물을 동해 쪽으로 낙하시켜 수력발전을 통해 산기슭의 함흥평야에 공업지대를 건설하려고 구상한 것은 일본 기업이었다.

지금 한반도의 지도를 펼치면 흥남 북쪽의 산악 지대에 거대한 호수 두 개가 보인다. 부전강, 장진강을 막아 조성한 인공 호수인 부전호, 장진호다. 흥남에서 두 호수를 향해 각각 철도가 부설되었는데 공사는 댐 건설용 자재, 인력, 식량을 운반하는 철도 부설부터 착공하는 대규모 사업이었다. 그리고 지형을 바꿔 놓을 만큼 거대한 구상을 규슈 미나마타에 본사를 둔 일본질소비료주식회사의 계열사가 실현했다. 공사 착공에 앞서 1926년 1월부터 조선수력발전주식회사, 조선질소비료주식회사, 신흥철도주식회사, 장진강수력발전주식회사 등이 차례로 건설되었다. 그리고 운전면에는 조선질소비료주식회사의 유안硫安 공장·류린안硫燐安 공장·유지油脂 공장 등이 건설되었고, 1931년에는 읍제가 실시되면서 운전면이 흥남읍으로 이름을 바꿨다. 초대 읍장은 일본질소비료주식회사를 비롯해 조선질소비료주식회사와 그 밖에 여러 회사의 대표이사인 노구치 준이었다. 읍제 시행 후 조선질소비료주식회사의 공장은 규모를 늘려 마그네슘, 철강, 합성보석 등을 생산하는 종합 공장으로 발전했다. 그리고 조선송전주식회사, 조선질소화약주식회사 등 계열사도 설립되었다. 1937년에 발행된 《일본질소비료주식회사 사업 개요》에 따르면 그 무렵 흥남은 인구가 약 6만 명으로 함흥군에서 가장 활기차고 부유한 도시가 되었다. 같은 자료에 흥남읍이 운전면이었을 무렵의 공장 착공 전 사진이 실려 있다. 언덕에 둘러싸인 평탄한 땅에 초가가 드문드문 보이고 굽이굽이 좁은 길이 집들을 이어 주고 있었다. 완만한 지형이 이어지는 저 멀리 안개에 싸인 산들이 봄이 되어도 여전히 하얗게 눈을 이고 있었다는 봉우리들일 것이다. 해안에는 작은 배 두세 척이 모여 있고, 마을 사람들이 농업과 고기잡이로 나날의 식량을 얻었다는 것을 엿볼 수 있다.

이 《사업 개요》에는 1930년대에 이렇게 고도로 기계화되어 있었구나 하고 눈이 휘둥그레질 만한 공장 내부의 모습과 깔끔하게 구획이 정리된 마을에 즐비한 사택들, 현대식으로 지어진 병원이며 학교, 우체국, 일장기를 내건 경찰서 등의 사진도 보인다. 이 사진들은 한적하던 마을의 모습이 흔적도 없이 파괴되었음을 입증한다. 그리고 내용을 요약한 글 중 '인정 풍속을 달리하는 선인鮮人(당시 한국인을 낮춰 부른 말이다. - 옮긴이)의 토지 매수 등에도 많은 고충이 있었다'는 구절과 '경찰관 입회하에 실시된' 공장 용지 매수 사진을 통해 땅에서 쫓겨난 사람들의 고통을 짐작할 수 있다.

홍남은 일본 제국의 정책을 토대로 독점기업 하나가 만든 도시로서 비료나 화약 등을 생산해 중국 대륙 침략을 위한 병참기지의 심장부라고도 할 수 있는 구실을 맡게 되었다. 이 신흥 공업 도시 홍남으로 봉기가 언제쯤 흘러들었는지는 명확하지 않다. 19세 때 게으르고 한심한 남자와 함께하는 결혼 생활에 스스로 이별을 고하고 충청남도의 마을을 떠난 뒤의 발자취에 대해서는 얼버무린다.

"여기저기 전전하면서 남의 집에도 있었고, 그러다 저기가 좋겠다 싶으면 그리로 가고 이쪽이 낫겠다 싶으면 또 그리로 가고, 그렇게 살았지."

봉기는 농가에만 고용되었다고 한다. 마을마다 다니며 일손을 돕는 건 어딜 가나 비슷한 생활이라 이야기할 것도 없다고 생각했을까? 아니, 당시 생활을 엿보게 하는 대답을 극구 피하려는 어투를 보면 자기 입으로 차마 말 못 할 상처를 20대 무렵 겪었을 것이다.

1943년 늦가을, 흥남에서 낯선 남자가 봉기에게 말을 걸어왔다. 당시 '여자 소개꾼'이라 불리며 주로 군인과 손을 잡고 젊은 처녀의 소개 알선을 업으로 한 남자였을 것이다. 봉기는 29세가 되어 있었다. '여자 소개꾼'은 일본인 남자와 한국 남자, 두 사람이었다. 한국 남자는 한국말을 모르는 일본 남자의 지시에 따르며 통역도 하고 있었다.

"여자 소개꾼들의 말은 그럴싸했어요. '일하지 않고 돈을 벌 수 있는 데가 있는데 가 보지 않을래?' 이러는 거예요. '일도 하지 않고 어떻게 돈을 벌어요? 누가 돈을 주는데요?' '일단 가면 벌어. 옷도 필요 없으니까 이불도 버리고 가. 더운 곳이라 그쪽 사람들은 벌거벗고 산다고. 과일도 지천이야. 파인애플, 바나나는 산에 가서 나무 밑에 누워 입을 벌리고 있으면 저절로 떨어진다고.' 게다가 '나무 위에 집을 짓고 살지.' 이런 말도 하고. 그래서 나는 '나무 위에 집을 지으면 시원하겠네.' 했어요. '아무튼 돈을 벌 수 있어. 너 혼자 그 돈 어떻게 할래?' 그러더군요. 솔깃했지요. 그런 돈 있으면 어떻게 할까 하고 이것저것 생각하니까 밥이 목구멍으로 안 넘어갈 정도였어요."

봉기는 그 자리에서 바로 답하지 않았다. 하지만 큰돈을 벌 수 있다는 이야기에 마음이 동했다. '여자 소개꾼'들은 일단 돌아갔고, 통역을 하던 한국 남자가 얼마 후 혼자 찾아왔다. 어디에선가 아가씨 둘을 데리고 왔다.

봉기는 이불을 친구에게 주고 갈아입을 저고리 한두 벌, 새로 지은 버선 두 켤레 등 간단한 짐을 꾸렸다. 그리고 '소개꾼'을 따라 가을바람 속을 걸어 홍남역으로 갔다. 홍남은 벌써 겨울이 시작되고 있었다. 역에는 표를 사는 사람들이 길게 줄지어 있었다. 봉기와 젊은 여자 둘을 역 구내 한 모퉁이에서 기다리게 하더니 '소개꾼'은 그 줄 뒤에 섰다. 봉기는 그가 표를 사 오기를 기다리는 동안 담배에 불을 붙였다. 그러자 얼마 후 순찰 중인 헌병이 옆으로 오더니 갑자기 일본어로 뭐라고 호통을 쳤다.

"여자가 담배를 피우다니, 무슨 짓이야!"

나중에 안 일이지만 헌병은 그렇게 소리쳤다고 한다. 일본어를 전혀 모르는 봉기는 무슨 영문인지 몰라 피우던 담배를 다시 입으로 가져갔다. 그런데 같이 있던 젊은 아가씨가 떨리는 목소리로 "담뱃불 끄는 게 좋겠어요." 하며 어깨를 툭 쳤다. 그래서 말없이 담뱃불을 껐다.

"여자들끼리 어딜 가는 거야? 남자 일행이 있어?"

젊은 아가씨가 '소개꾼'을 부르러 갔다. '소개꾼'은 사정을 모르는 채 허둥지둥 헌병 앞으로 달려왔다.

"이 자식! 모자 안 벗어?"

갑자기 주먹이 '소개꾼'의 얼굴로 날아갔다. 잠시 후 다시 조금 떨어진 곳에서 다른 사람을 발로 차면서 호통치는 헌병의 모습이 보였다.

"여긴 조선이 아니야! 일본이란 말이다!"

역 구내에 쩡쩡 울리는 일본어를 '소개꾼'이 봉기에게 통역했다.

홍남은 경찰도, 관청도, 철도도, 회사도 요직은 모두 일본인이 쥐고 있었다. 일본 기업이 만들고 일본인이 좌지우지하는 도시를, 봉기는

'소개꾼'을 따라 젊은 아가씨와 함께 떠났다.

도착한 곳은 경성(서울) 근처 마을이었다. 그곳에 '여자 소개꾼'의 집이 있었다. 가난한 농가였다. 다른 아가씨 두 명도 어디에선가 와 있었다. 처음 흥남에 같이 온 일본인 남자도 있었다. 그러나 그 남자는 이튿날 아침 일본으로 돌아간다며 마을을 떠났다. 봉기는 일본 남자가 한국 남자에게 돈을 얼마 주는 모습을 목격했다. 그 돈은 봉기를 비롯해 여자 다섯 명을 모아 온 대가였을 것이다.

봉기를 비롯한 여자들은 '여자 소개꾼'의 집에서 설날을 맞았다. 설날이라고 해 봐야 명절다운 분위기는 전혀 없었다. 보다 못한 이웃 사람이 봉기 일행을 불러 설음식을 대접해 주었다. 생각지도 못한 이웃의 배려는, 가난한 농가로 젊은 여자들이 계속 모여드는 이유를 알고 여자들의 장래를 불쌍하게 여겨 베푼 친절이었을지도 모른다.

음력 1월 한 달을 꼬박 '여자 소개꾼'의 집에서 보낸 봉기 일행은 음력 2월에 가네코라는 한국 남자에게 넘겨져 그와 같이 부산으로 갔다. 부산에 도착하자 여관으로 데리고 갔다. 여관에는 이미 수많은 여자들이 모여 있었다. 그 큰 여관은 곤도라는 50세 정도의 일본인 뚜쟁이가 통째로 빌려 다른 숙박객은 일절 받지 않았다. 곤도와 그 부하가 한국 각지에서 모아 온 여자들의 숙소로 사용하고 있었다. 여기 모인 여자들은 대부분 10대 후반에서 20대 전반의 아가씨였다. 예외로 30대가 두세 명 있었고, 가장 연장자의 나이는 40세였다. 서른 살 가까운 봉기도 나이가 든 편이었다.

여자들은 매일 아침 각자 주어진 방 앞 복도로 나와 식사 전 점호를 받았다. 점호는 일본어였다. 한국 각지에서 온 여자들이 대부분 봉기처럼 일본어를 몰라서 겨우 외운 번호로 점호가 여관 안마당을 빙 둘러싼 복도에서 느릿느릿 진행되었다. 그것을 곤도의 부하인 한국 남자가 안마당에 서서 노려보고 있었다. 머나먼 고향에서 데리고 온 순서대로 번호가 매겨졌기 때문에, 신참자가 있는 뒤로 갈수록 번호를 더듬는 정도가 심해졌다.

봉기는 일본어 점호를 이때 처음 겪은 게 아니다. 일본인이 지배하던 흥남에서 정기적으로 실시된 방공·방화 연습은 호령도 점호도 일본어였다. 조선총독부는 1911년에 조선교육령을 발표하고 식민지 교육을 실시했는데, 그중에서도 일본어 교육에 힘을 쏟았다. 이 교육령에 근거해 설립된 공립학교에서는 한국어나 한문 수업보다 일본어 수업이 많았다. 공립학교에 들어가면 잘하고 못하는 차이는 있어도 일본어를 배웠지만, 학교에 다닌 적이 없는 봉기는 일본어를 한마디도 몰랐다. 그래도 눈치로 흉내를 내서 점호를 받고 호령에 따라 방공·방화 연습을 했다. 그런 연습을 통해 집단행동을 처음 한 봉기는 마치 운동회에 참가하는 것처럼 그날을 기다렸다가 부리나케 뛰어나가곤 했다.

"우리는 정신대도 했어요. 스물일고여덟 살이었나? 처음 나왔을 때는 '우향~우!' 하고 반장이 구령하는 소리도 못 알아들어서 반대쪽으로 돌기도 했어요. 그랬더니 반장이 일일이 고쳐 주더군요. 잘하면 '좋아!' 그러면서 칭찬도 하고, 자꾸 틀리는 사람은 가운데로 불러내 '우향우!' '좌향좌!' '앞으로 가!' '차렷!' 하고 세워 놓고 점호하고 구보도 했는데 그때는 젊어서 연습하는 게 재미있더라고요."

봉기 씨가 말하는 '정신대'의 정식 명칭은 '여자정신대'로 여자근로보국대를 개칭한 것이다. 일본에서는 한창 일할 청장년 남자들이 군대에 징집되어 노동력이 극도로 고갈되어 있었다. 약 150만 명으로 알려진 한국(일부는 중국)의 청장년이 징용이라는 명목으로 강제 연행된 것은 일본 내의 부족한 노동력을 보충하기 위해서였다. 한편 가까스로 징병을 면한 남자나 여학생, 여자청년단 등에 대해서는 각종 근로보국대를 결성하게 해 노동 봉사를 시켰다. 한국의 젊은 여성도 '여자정신대'라는 이름으로 일본의 군수공장이나 피복창 등에서 노동에 종사시켰다. 그리고 1944년 8월이 되자 여성 노동력을 생산 현장에 투입하려는 움직임이 '여자정신대근무령'으로 법제화되어 강제력을 갖기 시작했다. 당시 신문(《경성일보》 1944. 1. 18.)에서 '접대 업자가 여자정신대를 결성'이라는 제목의 기사를 볼 수 있다. 봉기의 '정신대' 연습도 지역이나 직장 단위로 결성된 여자정신대에서 한 방공연습이었던 것 같다.

"그때는 아무튼 엄했어요. '몸빼'를 입지 않은 사람은 길을 다니지 못했지요. '오늘은 몸빼를 입고 다니라'고 했거든요. 몸빼가 없는 사람은 짚을 갖고 다니다가 물에 적셔 치마 밑단을 묶어서 몸빼처럼 보이게 했어. 모양새도 우습고 걷기도 힘들어요. 오리처럼 뒤뚱뒤뚱 걷게 되니까요."

그 무렵 한국에서도 매월 1일은 '애국일'로 정했고, 국민정신총동원 강조주간이나 총후보국강조주간銃後報國强調週間 같은 게 정해져 있었다. 더구나 읍·면이 독자적으로 방공·방화 훈련 날짜를 정하는 경우도 있었다. 이런 '애국일'이나 갖가지 강조주간과 훈련일은 조선총독부가 한국 사람들에게 강제로 추진한 황국신민화를 강화하는 구체적 실천일이었다. 그날 국민복 착용, 부녀자들에게는 몸빼 착용을 특히 엄하게 명했다. 하지만 긴급한 상황에서 나날의 생활에 쫓겨 당국의 황국신민화에 신경 쓸 겨를도 의지도 없는 여자들은 주름이 풍성한 치맛자락을 물에 적셔 부드럽게 만든 짚으로 발목에 묶고는 몸빼라고 변명했다.

부산의 여관에 오고 얼마가 지나자 여자들 중에서 먼저 출발할 10여 명이 선발되었다. 그중에는 일본 여자도 두 명 섞여 있었다. 하나는 30세 전후, 또 하나는 20세 정도였다. 젊은 쪽은 정신장애가 있었는데, 떡을 사다 항상 주머니에 넣고 다녔다. 어느 날 주머니에서 떡을 꺼내 봉기에게 준 적이 있다. 결벽증이 있는 봉기는 떡을 좋아하기는 해도 주머니에서 꺼낸 떡은 먹을 마음이 들지 않아 거절했다.

10여 명이 부산을 출발하는 날 봉기와 다른 여자들은 항구로 배웅을 나갔다. 먼저 출발하는 여자들은 싱가포르로 갔다는 소문이 있었다.

일본 군대가 업자에게 전투가 벌어지는 최전방과 가까운 후방에 위안소를 차리게 하고 위안부를 데리고 다니기 시작한 것은 중일전쟁 이후의 일이다. 일본군이 군대 전용 위안소를 고안한 것은 점령지의 치안을 유지하고 장병들의 성병 감염에 따른 전투력 감소를 방지하기 위해서였다고 한다. 중국 대륙을 침략한 일본 군대는 초기에 가는 곳마다 살육, 약탈, 강간을 자행했다. 시간이 지나면서 군의 전략에 합치하지 않는 병사 개개인의 만행은, 점령지 치안 유지에 지장을 초래한다고 판단했다. 그러나 파괴와 살육이 조직적으로 반복되는 침략 전쟁 상황에서 병사들은 심신이 모두 피폐해 있었기 때문에 일촉즉발의 상태에서 왜곡된 성욕을 육체로 발산하고 있었다. 그것은 점령지 중국 여성에 대한 강간이나 윤간이 되어 나타났고, 장병들 사이에서는 여자를 겁탈하는 것이 무용담이 되는 분위기까지 있었다. 그러니 점령지의 치안을 유지하려면 이런 병사들의 방탕한 성욕을 그대로 방치할 수가 없었던 것이다.

중국에는 이미 매춘가가 적지 않았지만 일본군으로서는 전쟁 상대국의 업자에게 위생 관리를 맡기고 그것을 철저하게 감독하기는 어렵고 성병 감염 방지는 더욱 곤란했다. 그래서 일본 육군은 군이 직접 관할하는 '육군 오락소'를 1938년에 설립했는데, 군 직영 위안소가 안팎으로 불평을 사 얼마 후부터는 경영을 업자에게 맡기고 그것을 군이 감독하게 된 것이다. 이렇게 군대 전용 위안소가 만들어지고, 거기에서 일하는 위안부로 식민지 한국의 여성이 많이 끌려갔다. 일본의 창기 일부도 돈을 벌기 위해 참여했다. 또 전쟁의 참화로 육친과 집을 잃은 중국 여성도 업자에게 팔려 '만삐'나 '지나삐'로 불렸다. 그런데 일본 매춘부는 성병 감염자가 적지 않았고, 전쟁 상대국인 중국 여성은 첩보 행위가 우려되었다. 일본군이 원한 위안부는 성병 감염자가 아닌, 말하자면 매춘 경험이 없는 건강한 여자들이었다. 그러나 일본 국내에서 빨간 딱지 한 장으로 군대를 소집하듯이 젊은 처녀를 잡아 올 수는 없었다. '나라'를 지킨다는 대의명분이 군인 개인에게는 태어나서 자란 고향, 부모와 형제, 처자식을 지키는 행위로 이해되었을 것이다. 자국의 여자들을 군인들의 노리개로 동원한다면 군대의 전투 목적 자체를 뿌리부터 무너뜨리게 될지도 모른다. 그래서 식민지 한국의 여자들에게 눈을 돌린 것이다.

위안부 모집은 피복창에서 여성 노동자를 모집한다든가, 종군간호사를 돕는 일이나 군인들의 빨래와 식사에 관한 일을 시킨다는 등 구실을 내세워 사기의 극치를 보이며 했다. 분명히 젊은 한국 여성들 중 일부는 '여자정신대'로 일본에 연행되어 피복창이나 군수공장에서 일하기도 했다. 하지만 피복창이나 군수공장보다는 전쟁터로 투입되는 경우가 훨씬 더 많았다. 군인들의 성욕 배출구라는 군 위안부로서 말이다. 이 사실이 차츰 사람들에게 알려졌고 '여자정신대'는 군 위안부의 대명사가 되었다. 그래서 여자정신대 모집에 갈수록 차질이 생기자, 당국은 인원을 할당하는 식으로 각 면이나 읍의 면장·읍장·경찰에게 협력을 요구해 이 업무를 강행했다.

봉기는 감언에 이끌려 '여자 소개꾼'을 따라갔지만, 전쟁 말기에는 공식 기관이 직접 대규모로 게다가 폭력적으로 젊은 여성을 끌어모았다. 야마구치 현 노무보국회 시모노세키 지부 동원부장을 지낸 요시다

세이지吉田清治 씨는 《나의 전쟁범죄, 조선인 강제 연행私の戦争犯罪, 朝鮮人强制连行》에서 군 명령에 따라 한국 최대의 섬인 제주도의 젊은 여성 205명을 불과 일주일 만에 모았다고 증언한다. 그는 어장이나 목장, 건어물 가공 공장에서 일하는 처녀를 군대와 경찰의 협력을 얻어 불문곡직하고 그 자리에서 마구잡이로 트럭에 태워 연행하는 등 이루 말할 수 없는 포악한 방법을 썼다는 사실을 보고한다. 이렇게 한국에서 끌어모은 위안부의 수는 5만~7만 명이라고도 하고, 20만 명으로도 알려져 있다.

봉기는 부산에서 한 달 남짓 지냈다. 출발을 앞둔 어느 날 여자들이 일제히 검사를 받았다. 성병 유무에 대한 검사였다. 그것은 개구리같이 생긴 기구를 사용하는 검사였다고 봉기 씨가 말했다.

부산을 출발한 것은 음력 3월쯤이었던 것 같다. 부산은 따뜻했는데, 일본에 도착한 날은 쌀쌀했다. 부산을 떠나던 날의 기억은 희미하다. 부산을 출발하는 것이 그 뒤 인생을 결정하는 커다란 전기가 되었지만, 한국에서 멀어진다는 사실에 대해 그때는 딱히 감개를 갖지 않았다. 30년 가까운 세월을 한국에서 살았지만 애착을 가질 만한 집과 재산이 없었고, 이별을 아쉬워할 만큼 사랑하는 사람도 없었다. 오래전에 헤어진 부모, 언니, 남동생 등 육친과의 인연은 이미 자취도 없이 사라진 듯했다.

아버지를 마지막으로 본 것은 열아홉 살 때로, 서산 근처 마을에서 한심한 셋째 아들과 살림을 차리고 있었을 무렵 아버지가 봉기를 만나러 왔다. 오랜만에 만난 과묵한 아버지와 무슨 이야기를 해야 할지 몰라 입이 떨어지지 않은 봉기는 "아버지, 올해 몇 살이유?" 하고 뜬금없이 한마디 물은 것을 기억한다. 아버지가 54세라고 했다. 아버지 부기씨가 56세에 사망했으니까, 그로부터 2년 후에 이 세상 사람이 아니었던 것이다. 그러나 그로부터 얼마 후 봉기는 서산 근처 마을을 떠나 아버지의 죽음을 알지도 못했다. 언니와는 여섯 살 때 헤어진 후 만나지 못했고 남동생하고도 일곱 살 때 헤어지고 나서 아무런 기별도 없다. 글을 모르는 이 남매는 서로 생활을 알려 줄 방도가 없었다.

봉기 일행은 처음에 모지라는 곳에 도착했다. 그리고 모지와 시모노세키의 여관에 며칠인가 묵은 뒤 시모노세키에서 일본군 배에 태워졌다. 그 배는 싱가포르로 간다고 했다. 그런데 봉기 일행이 승선한 이튿날에도 배는 출항할 낌새가 없었다. 그리고 저녁나절에는 한국에서 끌려온 여자들만 내리게 하고 군인들이 대신 그 배를 타고 가는 것이 보였다.

나무 위에 집이 있고 산에 가서 누우면 바나나가 떨어져 입안에 저절로 들어간다고 소개꾼이 말한 남국의 낙원은 바로 싱가포르였다. 출발을 앞두고 싱가포르행은 변경하고, 봉기 일행을 모지 변두리 민가로 데리고 갔다. 그 집에는 부부와 아이들 두세 명이 살고 있었는데, 방이 일곱 개나 있을 만큼 커서 맞은편에 있는 절과 함께 모지 항에서 중국 대륙과 남방으로 향하는 군인들이 출발을 기다리는 동안 숙소로 이용되고 있었다.

부산에서는 곤도와 가네코가 여자들을 인솔했는데 모지에서 요시무라와 스즈키가 가세했다. 부산의 여관에서 하던 점호는 여기서도 반복되었고, 곤도의 부하인 세 남자가 여자들의 일거수일투족을 감시하고 있었다. 며칠 간격으로 가는 목욕탕에는 반드시 셋 중 누군가가 망을 보기 위해 따라나섰고, 잠깐 강으로 빨래하러 가는 것도 반장에게 양해를 구해야 했다. 곤도는 여자들 중에서 네 명을 반장으로 뽑아 여자들끼리 감시하게 만들었다.

지루하게 기다리는 동안 여자들 사이에서 일어난 간이복 소동은 평소의 식량 부족이 원인이었다. 곤도는 모지에 도착하자마자 여자들에게 옷과 침구를 사 주었다. 얄팍한 인견으로 된 새빨간 색의 긴 속옷, 간이복, 속치마, 허리띠, 여름 이불, 조악한 화장품. 이 물건들은 (그녀들이) 그때부터 가는 곳에서 쓸 '작업복'이자 '장사 도구'로 마련해 준 것이다. 약 60명 중에는 위안부 경험이 있는 여자도 극소수가 섞여 있었지만, 나머지 여자들은 대부분 앞으로 해야 할 일의 내용도 몰랐다. 그래서 자신들의 생활에 익숙지 않은 치렁거리는 속옷과 간이복에 대해 귀한 것이라는 생각도 별로 없어서 떡이나 콩 같은 식료품으로 바꿔 버린 것이다. 조금 떨어진 곳에 동포가 운영하는 떡집이 있었다. 처음에 한두 명이 시작한 이 물물교환은 순식간에 여자들 사이에 유행이 되어 너도나도 옷을 들고 떡집으로 갔다. 그러던 중에 바꿔 온 떡과 콩을 다 먹고 나서는 외상으로 갖다 먹는 여자가 나타났고, 급기야 떡집에서 외상값을 받으러 오는 바람에 여자들의 소행이 곤도에게 들통 났다. 곤도는 불같이 화를 냈다. 떡과 콩으로 바꾼 옷들은 무조건 모조리 가져오라고 떡집 주인을 위협했다. 곤도는 여자들이 옷으로 떡을 바꿔 먹는 것도 모자라 외상까지 해 가며 먹은 떡 값을 갚아 줄 의지는 아예 없었다. 그러니 한국에서 건너온 사람들이 전쟁 전부터 자리를 잡고 있던 지역의 떡집 주인은 결국 눈물을 머금고 단념하는 수밖에 없었다.

곤도 무리에게 적지 않은 타격을 준 사건도 일어났다. 여름에 접어든 어느 날 밤 여자 네 명이 민가에서 빠져나간 것이다. 약 60명 중에서 일본어를 할 줄 아는 여자는 극소수였다. 일본에 아무 연고가 없고 돈을 비롯해 아무것도 지니지 않은 여자들이 도망을 쳐 봤자 그날 당장 잘 곳과 먹을 것도 없을 테니 도망은 거의 불가능하다고 여겼다.

"여자 네 명이 도망치는 바람에 우리가 다 벌을 받았어요. 아침부터 밤까지 꿇어앉히고 담배도 주지 않았어요. 그래서 여자들이 '도망간 책임은 당신들한테 있잖아. 다른 여자가 도망갔는데 왜 애꿎은 우리를 밤까지 꿇어앉혀 놓는 거야!' 하며 다들 투덜거렸지요. 그러다가 준코라는 여자가 따귀를 맞았어요. 그때 곤도는 집에 가고 없었어요. '어째서 우리 책임이냐고?' 하며 여자들이 한꺼번에 덤벼드니까 스즈키와 가네코는 밖으로 나가고, 요시무라는 그 한복판에 앉아 있다가 실컷 얻어맞고는 결국 밖으로 나갔어요."

그 후 봉기와 여자들은 도망간 네 여자의 모습을 다시는 보지 못했다. 네 여자는 곤도 무리의 손아귀에서 벗어났고 위안부로 전쟁터에 끌려가는 운명을 피할 수 있었던 것이다. 그러나 일본에서 오래 산 사람도 식량을 구하기 어려운 마당에 동포를 의지해 찾아가 봤자 네 여자의 앞길도 결코 만만치는 않았을 것이다.

곤도는 언제부턴가 부산에서 데리고 온 여자들 중 몇 명을 골라 자신의 업소에서 영업을 시켰다. 이 무렵 일본 국내에서는 청장년 남자 대부분이 군대에 징집되어, 예전에는 활기를 보이던 환락가도 등화관제가 실시되면서 손님의 발길이 뜸해져 쥐 죽은 듯이 조용했다. 1944년 3월에는 '결전비상조치요강'에 따라 경시청이 전국의 요릿집에 휴업을 명령했다. 기생들은 1943년 5월부터 여자근로보국대로 편입되었고, 1944년 8월부터는 여자정신대로 군수공장에 동원되었다. 곤도는 군과 밀접하게 관계하면서 이런 시대의 추세를 약삭빠르게 헤쳐 나갔을 것이다. 곤도가 한국에서 데려온 여자들 중 몇 명을 골라 일을 시킨 업소는 중국 대륙이나 남방으로 가는 군인들을 상대로 하는 유곽이었을 것이다.

"여섯 명 정도였지요, 아마. 이 여자들은 우리가 조만간 배를 탄다고 했을 때 울고불고 소동을 피웠어요. 자기들도 같이 데리고 가 달라고, 더는 모지에 있고 싶지 않다고. 일하지 않고도 돈을 벌 수 있다는 사탕발림 때문에 그랬겠지요."

드디어 출발할 날이 가까워졌을 무렵, 모지에서 다른 여자들보다 먼저 몸을 팔아야 했던 여자들이 비탄에 잠겨 있다는 소식이 봉기 일행에게 전했다. 감언이설에 속아 고향을 떠났을 그 여자들은 곤도의 유곽에서 빠져나오기만 하면 소녀티가 채 가시지도 않은 육체가 남자들의 노리개로 전락하는 끔찍한 일에서 벗어날 수 있다고 생각했을 것이다. 다른 여자들 역시 이윽고 전쟁터로 가서, 자신들처럼 군인들의 성 노리개로 던져진다고는 상상조차 하지 않았을지도 모른다.

일본에 온 지 어느덧 6개월이 되어 가고 있었다. 여름밤에 민가를 탈출한 네 명과 곤도의 업소에서 일하는 몇 명을 제외한 여자들 51명이 모지에서 가고시마로 옮겨졌다. 그리고 한동안 여관에 묵었다. 여관에서 한 식사에 대해 봉기 씨가 한 말이 있다.

"밀가루 같긴 한데 거친 가루로 빚은 경단 딱 두 개가 들어간 멀건 수제비."

이런 상태였다. 어릴 때부터 습관적으로, 입에 들어가는 음식을 통해 자신이 가져야 할 처신을 민감하게 맡아 온 봉기는 일본에 도착했을 때 처음 먹은 모지와 시모노세키 여관의 식사보다 더 형편없어진 가고시마의 수제비를 보고 전황이 나날이 악화 중이라고 느꼈다.

얼마 후 봉기 일행이 배에 태워졌다. 당시 선박 특별간부후보생으로서 가고시마에서 같은 배에 탔다는《게라마 전기慶良間戦記》의 저자 기도 다모츠儀同保 씨에 따르면, 그 배는 5500톤 급 징용 수송선 마라이호였다. 봉기 일행은 배에서 군인들과 함께 피란 훈련을 받았다.

"아침저녁으로 갑판에 올라가 군인들과 나란히 점호를 받았어요. 그러다가 다 같이 자고 있을 때 '갑판으로 올라가!' 하고 깨우는 거예요. 그러면 수통이랑 배낭을 메고 올라가요. 갑판에서 줄사다리를 늘어뜨려요. 사방이 캄캄해서 처음에는 이리저리 흔들리며 올라가기가 힘들었어요. 올라갈 수 있을지 걱정돼서 꾸물거리면 위에서 반장이 '빨리 올라오지 못해!' 하고 소리치는 거예요. 그러면 겨우 올라가요. 군인들을 쭉 세워 놓고 우리 여자들까지 참가하는데, 배낭은 갖고 올라왔는지를 다 조사해요. 수통을 다 만져 보고. 물이 들어 있지 않은 것도 있으니까. 그러면 '뭐야! 물이 없잖아!' 하고 호통을 쳐. 처음에는 군인들이 점호를 받고 나중에 여자들이 하는 식으로 매일같이 했어요. 거기다 밤이면 군인 둘, 여자 둘이 새벽 6시까지 교대로 불침번을 섰어요. 그리고 왜, 건빵에 별 모양의 얼음사탕 있지요? 이게 섞인 걸 하나씩 나눠 줬어요. 유사시에 바닷속에서 먹으라는 비상식량이었지요. 바닷속에서 그걸 어떻게 먹으라는 거야? 그래서 몽땅 먹어 버렸어요."

배에서는 매일 밤 물을 담은 대나무 수통을 머리맡에 두고 구명조끼를 베개 삼아 잤다. 피란 훈련 호령이 울리면 그것들을 지니고 갑판으로 올라갔다. 봉기가 말하는 배낭이란 바로 이 구명조끼다. 공격받았을 때를 대비해 건빵과 사탕이 든 비상식량 같은 최소한의 물품이 여자들에게도 지급되었다. 하지만 바다에 내던져지면 건빵과 사탕을 어떻게 먹어야 할지 도무지 상상할 수 없는 여자들은 그것을 받자마자 먹어 버렸다.

마라이 호는 봉기 일행이 승선하고 나서도 좀처럼 출항하지 못했다. 오키나와가 공습을 받았기 때문에 출항하지 못한다고 들었다. 그것이 1944년 10월 10일의 나하(오키나와 현의 최대 도시로, 현청이 있다. – 옮긴이) 공습이다.

9월 15일에 가고시마에 도착한 이후 줄곧 대기하고 있던 기도 씨(《게라마 전기》 저자)가 마라이 호를 탄 것은 10월 26일, 마라이 호가 가고시마 항을 출발한 것은 11월 3일 오전 8시다. 마라이 호에 타고 나서도 한참을 기다렸다가 드디어 가고시마 항을 떠나는 날, 봉기의 기억에 남은 것은 전에 없이 푸짐한 '팥밥'이었다.

"배가 출발하는 날 아침은 팥밥을 했어. 먹음직스러운 밥이었지만 뱃멀미 때문에 여자들은 모두 머리띠를 질끈 동여매고 누워 있었지. 난 그다지 심하지 않았는데도 머리가 아프고 속이 울렁거려 밥을 못 먹었어요. 지금 생각해도 아까운 팥밥이에요. 팥밥이 얼마나 맛있는데, 그걸 먹지도 못하고 죄다 바다에 버렸다니까요."

《게라마 전기》를 보면, 마라이 호는 스물두 척으로 구성된 선단의 거의 중앙에서 남하했다. 낮 동안은 규슈의 기지에서 뜬 호위기가 선단 상공을 돌았지만 저녁에는 돌아가 버리고, 해군이 징발해 온 포경선이 캄캄한 바다 위에서 선단 주위를 돌다가 가까이에 미군 잠수함이 나타났다고 알리는 빨간 신호를 올렸다. 그때마다 배는 방향도 모를 만큼 갈팡질팡했고, 선박 특별간부후보생도 여자들도 뱃멀미 때문에 뱃전 갑판으로 모여들었다.

출몰하는 미군 잠수함을 이리저리 피하며 마라이 호가 천신만고 끝에 드디어 멀리에서 오키나와 본도의 그림자를 본 것이 6일 아침으로, 그날 밤에는 나하 앞바다까지 다가갔고 이튿날인 7일 아침에는 기도 씨가 나하 항에 내렸다. 봉기 일행 51명도 그때를 전후해 오키나와 땅을 밟았을 것이다.

"산에 가면 과일이 지천인 데다 입을 벌리고 나무 밑에 누워 있으면 그것이 저절로 입으로 떨어진다던 여자 소개꾼의 말과 달라 나하 부두에 내려선 순간 깜짝 놀랐어요. 적막하기가 이를 데 없는 곳이었거든요. 아무것도 보이지 않아서, 사람이 살고 있기나 할까 싶을 정도였어요. 10월 10일 공습으로 다들 대피하고 병원이 비어 있다는 거예요. 큰 병원이었는데 문마다 여기저기 구멍이 뚫려 있었어요. 그리고 앉으면 머리가 보일 정도로 낮은 방공호에 냄비며 반합 따위가 뒹굴었어요."

봉기가 오키나와에 도착해서 처음 본 것은 10·10공습으로 초토화되어 처참한 나하였다. 군데군데 쌓인 건물 잔해가 예전에 그곳이 시가지였다는 것을 짐작하게 했지만, 끝없이 펼쳐진 벌판에는 재와 쓰레기 더미뿐이었고 인적이 거의 없었다. 시민들은 대부분 북부 구니가미 쪽으로 피란해 있었다. 봉기 일행은 마라이 호를 타고 같이 온 군인들과 헤어져 타다 남은 병원에 수용되었다. 환자도, 의사도, 간호사도 없는 휑한 병원 건물에서 봉기 일행은 이틀을 묵었다. 거기서 51명의 여자들을 보낼 최종 목적지가 결정되었다. 도카시키 섬, 자마미 섬, 아카 섬 등 게라마 군도의 세 섬과 나하, 다이토 군도였다. 게라마의 세 섬에는 각각 7명, 나하에는 20명, 다이토 군도에는 나머지 10명이 배치되었다. 지휘는, 모지에 남은 곤도에게 여자들을 넘겨받아 오키나와로 데리고 온 사내가 맡았다. 남자는 여자들에게 자신을 '아버지'나 '삼촌'으로 부르게 했다. 가네코, 요시무라, 스즈키도 같이 왔다. 이 네 남자들은 나중에 위안소가 개설되자 '정산 담당'으로서 여자들을 통제했다.

봉기는 도카시키 섬에 배치되었다. '정산 담당'으로 '삼촌'이 나하에 머물고, 도카시키 섬과 아카 섬에는 각각 가네코와 스즈키가 자리했으며, 자마미 섬은 여자들 중 한 명이 정산을 겸했다. 봉기는 그 여자가 '삼촌'과 내연 관계라고 들었다. 요시무라는 다이토 군도로 갔을 것이다. 다이토 군도의 세 섬 가운데 미나미다이토 섬에는 보병 연대 본부와 보병 2개 대대와 다이토 분대가, 기타다이토 섬에는 보병 1개 대대, 오키다이토 섬에는 1개 중대 등 총 4000명의 일본군이 1944년 7월에 상륙했다. 나하에서 370킬로미터 정도 동쪽에 있는 다이토 군도는 오키나와 섬에서도 멀리 떨어져서, 문자 그대로 태평양에 떠 있는 절해고도다. 학도병으로 동원되어 미나미다이토 섬으로 갔던 전 일본군 소위(익명 요청)는 위안부 열 명 정도가 처음에 미나미다이토 섬으로 갔고, 나중에 그중 일부가 오키다이토 섬으로 갔다고 한다.

빨간 기와집

나하 서쪽으로 약 40킬로미터 해상에 아름다운 해협을 끼고 작은 섬들이 군데군데 떠 있다. 게라마 군도다. 봉기가 가게 된 도카시키 섬은 게라마 군도 중 가장 크지만, 면적이 15제곱킬로미터 정도밖에 안 된다. 게라마 해협을 따라 남북으로 길게 뻗은 섬의 북부는 나지막한 산들이고 중부 동해안에는 도카시키, 남부의 서해안에는 아하렌 등 두 마을이 있었다. 오키나와에서는 드물게 물이 많아 쌀이 재배된다. 또 가다랑어가 많이 잡혀 가다랑어포의 명산지였다. 어부들은 게라마 근해뿐 아니라 사이판·트럭 등 남쪽으로 가다랑어를 쫓아 가족까지 함께 건너가고, 일가가 모두 가다랑어포 제조에 참가하는 경우도 적지 않았다. 남자들은 대부분 소집당하거나 돈을 벌기 위해 집을 떠났다가 돌아오지 않기도 해서 일본군이 상륙하기 전까지 섬은 한산했다. 자마미 섬과 아카 섬, 게루마 섬도 마찬가지였다.

규슈, 난세이 제도, 타이완을 항공 작전의 근거지로 만들기 위해 1944년 3월에 오키나와 제32군이 신설되었다. 그리고 오키나와 본도에는 8월을 정점으로 육군 약 10만 명과 해군 육상 전투부대 약 1만 명이 투입되었고, 외딴섬에도 상당한 병력이 투입되었다. 그러나 그해 6월에는 마리아나 해전에 참패하고, 7월에는 사이판에서 전멸당했다. 이렇게 미군이 코앞까지 밀려오고 있어서 항공기지 건설과 정비는 커녕 타이완이나 오키나와에서 결전을 피할 수 없는 지경이 되고 있었다. 이렇게 긴박한 상황에서 제32군은 미군의 주 상륙 지역을 오키나와 본도 남부의 서해안이라고 상정하고 '미군의 상륙 선단을 배후에서 습격하기 위해 해상 정진 전투부대의 절반 정도인 300척을 게라마 군도에 배치하기로 했다'.(《오키나와 육군 작전沖縄陸軍作戦》, 아사구모신문사朝雲新聞社 발행)

게라마 해협을 낀 네 섬에 일본군이 상륙한 것은 1944년 9월 9일이다.(10일이라는 증언도 있다.) 해상 정진 기지 제1대대가 자마미 섬에, 제2대대가 아카 섬과 게루마 섬에, 제3대대가 도카시키 섬에 상륙했다. 이어서 해상 정진 제1~제3전투부대가 도착했다. 기지대基地隊는 해상 정진 기지의 구축과 수비를 맡고, 전투부대가 해상 정진 작전을 수행하기로 했다. 전투부대가 보통 '마루레'라고 불린 베니어판으로 만든 돌격용 소형 선박에 125킬로그램짜리 폭뢰 두 개를 탑재하고 목표 함선에 통째로 부딪쳐 폭파한다는 것이다. 임무를 완수하면 살아 돌아오기는 어려울 것이다. 각 전투부대에는 100척의 '마루레'가 동반 항해하고, 선박 특별간부후보생 100명이 배속되어 있었다. '특간'이라는 약칭으로 불린 그들은, 명분상으로는 지원이었지만 실제로는 대부분

지원을 강요당했으며 스무 살도 채 안 된 젊은이들이었다.

봉기는 도카시키, 자마미, 아카 등에 배치된 스무 명의 여자들과 게라마를 향해 떠났다.

"나하에서 올 때 파도가 어찌나 심한지 얼굴에 바닷물을 뒤집어쓰고……. 도카시키를 왕래하는 작은 배였어요."

봉기 일행은 군이 나하에서 물자를 수송하기 위해 사용한 징용 어선을 탔다. 배는 자마미 섬에 도착했다. 도카시키 섬으로 배치된 일곱 명은 자마미 섬에서 하룻밤 자고 이튿날 도카시키 섬으로 향했다.

초겨울 흥남을 떠난 지 어느새 1년이 되어 가고 있었다. 흥남에서 경성 근교 마을로, 거기서 부산으로, 부산에서 모지, 모지에서 가고시마, 다시 오키나와, 그리고 드디어 목적지에 도착한 것이다. 나하의 부두에 내렸을 때처럼 도카시키 섬의 작은 해안에 배가 도착했을 때도 봉기는 여자 소개꾼이 말한 남국의 낙원과는 사뭇 다르기만 한 섬의 모습에 실망했다.

10·10공습 직후 쓰레기 더미가 된 나하는 그렇다 치고 눈앞의 도카시키 섬도 그저 아열대 밀림만 있고 적막이 감돌았다. 소개꾼은 산에 가서 입을 벌리고 누워 있으면 바나나가 저절로 입안에 떨어진다고, 지금 생각하면 그걸 믿은 사람이 바보였던 소리를 했다. 하지만 눈앞에 보이는 것은 도회지에서 멀리 떨어진 궁벽한 섬에 지나지 않았다.

봉기 일행은 얼마 안 되는 옷가지와 침구를 들고 배에서 내렸다. 해안에서 마을로 통하는 길을 가네코를 따라 걸어가는데, 알록달록한 이

불을 머리에 이고 걷는 이국 여자들이 희한한 듯 섬사람들이 흥미롭게 보고 있었다.

"부근 처녀들이 방아에다 쌀을 찧고 있었어요. 그러다 우리를 보고는 절굿공이를 내던지고 나와 입구에 서서 구경하더라고요."

뽀얗고 깨끗한 피부……. 남국의 강렬한 햇빛을 받으며 매일 들일과 군의 부역에 시달리던 섬 처녀들은 한국 여자들의 하얀 피부를 눈이 부신 듯 바라보고 있었다. 봉기는 자신들에게 쏟아지는 시선을 의식하면서 '오키나와도 조선과 똑같이 쌀을 찧어 먹는구나.' 하고 생각했다. 섬 처녀들이 내던진 절굿공이와 절구가 한국의 마을에서 일하던 무렵 자신이 쓰던 것과 많이 비슷했기 때문이다.

"삐과 왔다!"

아이들이 저마다 외치면서 맨발로 모여들었다. '조선 삐과가 왔다'는 소문은 사람들의 입에서 입으로 순식간에 작은 섬 전체로 퍼졌다. 위안부를 가리키는 '삐과'라는 말은 여자 음부를 표현하는 중국어에서 왔다고 한다. 그리고 한국어로는 삐라는 파열음이 대상을 멸시해 더러운 것에서 얼굴을 돌리고 침을 뱉을 때 내는 소리라고 한다. 위안부 중 한국 여자는 조선삐, 일본 여자는 일삐, 중국 여자는 지나삐 · 만삐로 불렸다. 그런데 섬사람들은 오키나와식으로 '삐과'나 '조선삐과'라고 불렀다. 오키나와 방언의 접미사인 '과'를 문자로 적을 때는 사랑스럽다, 가냘프다 같은 뜻이 있는 한자(小)를 쓴다.

먼 한반도에서 온 여자 일곱 명이 도카시키 섬에 도착하기 조금 전에 지역의 여자청년단은 회의를 열어 위안소 설치 반대를 협의했다고 한다. 해상 정진 제3전투부대장을 지낸 아카마쓰 가지 씨가 바로 그 여자청년단원들의 거센 항의를 받았다고 한다.

"여자청년단이 격렬하게 항의했습니다. 그래서 그 문제는 내 소관이 아니니까 스즈키한테 가 보라고 했지요. 저녁에 두세 명이 대표로 항의하러 왔었습니다."

'스즈키'는 기지대의 대장인 스즈키 츠네요시 대위를 말한다. 아카마쓰가 자신이 이끄는 전투부대 대원은 대부분 20세 미만의 지원병인데 위안소는 나이가 많은 소집병으로 구성된 기지대 장병들을 위해 설치되었다며 여자청년단의 항의를 스즈키에게 떠넘긴 것이다.

위안소는 슈호酒保(옛 일본군의 기지 시설이나 군함 내에 마련되어 있던 상점으로, 상품 종류와 구입액 등에 제한이 있었다. - 옮긴이)나 위문단과 마찬가지로 회계부가 담당하고 있었는데, 기지대 회계부의 전 오장伍長 이노우에 도시카즈 씨도 거의 비슷한 증언을 한다.

"특히 나는 마을의 여자청년단에게 많이 당했습니다."

당시 여자청년단 단장은 도카시키 마을 사무소의 군사원호과에 근무했던 총후보국회의 전임前任 직원 고하구라 요코(결혼 후 성은 이레이)였다. 전 여자청년단장이 말하는 위안소 설치 반대 이유는 이랬다.

"오키나와에서도 도카시키는 예로부터 정조 관념이 엄격하고 기풍이 아주 훌륭합니다. 그래서 일본군이 들어와도 남녀 관계의 문제는 전혀 일으키지 않았습니다. 오키나와(본도) 쪽에서는 일본 군인과의 사이에서 아이가 생겼다는 소문도 있었지요. 여기는 그런 일이 없고, 예로부터 나하에는 츠지라는 유곽이 있어서 집이 궁핍해지면 자식을 그곳에 팔아 생계를 잇는 일이 있었습니다. 하지만 도카시키에서 츠지로 팔려 가 매춘부가 된 여자는 한 명도 없었습니다. 이렇게 정숙한 마을이기 때문에 몸을 팔면 목숨보다 중요한 것을 파는 셈이고 거지보다 나쁘다는 관념이 전통적으로 있어서, 우리도 모범이 되어야 하는 여자청년단으로서 평소 결코 군인들과 문제를 일으키지 않겠다고 합의한 것입니다. 그러니까 위안부가 들어온다는 것에 대해 깊이 생각하지 않은 채 일단 풍기 문란으로 보고 왜 일본 군인들은 근무지까지 여자를 데려와야 하느냐는 생각이 있었기 때문에, 이것은 단호히 항의해야 한다고 회의에서 합의했지요. 여자청년단 구성원들은 모두 미혼이라 남자가 어떤 것인지 모르고, 성욕을 반드시 해결해야 한다는 것을 몰랐기 때문입니다. 회의 결과, 그런 사람들을 섬에 들이면 풍기가 문란해지고 마을이 엉망이 된다거나 내지에서 온 군인들이 도카시키 여자를 행여 그런 여자로 잘못 인식하면 큰일이라는 등 여러 이유에서 항의하기로 한 겁니다."

성적으로 덜 성숙한 10대 후반에서 20대 초반의 처녀들이, 성이 매매된다는 것에 대해 마치 오물이라도 닿은 듯 반사적으로 거부하고 그로부터 몸을 피하려고 하는 것은 지극히 자연스러운 일일지도 모른다. 위안소가 어떻게 운영되는지 구체적으로는 알지 못해도 나날의 생활을 영위하는 곳에 그런 시설이 들어온다는 사실만으로도 자신들의 생활이 침범당하고 몸이 능욕당한 듯한 기분이었을 것이다. 성매매에 대한 처녀들의 본능적인 거부감을 여자청년단 지도부는 '내지에서 온 군인'에게 '그런 여자'로 오인될까 봐 염려한다는 이기적인 측면으로 축소했다. 여자청년단 위원회의 협의 사항은 어디에선가 누설되어, 정식으로 항의하려고 한 날을 하루 앞두고 마을 사무소에 근무하는 고하구라 여자청년단장에게 부대장이 찾아와 위안소 설립 취지를 설명했다.

"부대장이 말했습니다. '군대는 놀기 위해 소집된 사람들이 아니다. 대부분의 전투지에는 위안소를 설치하고 있다. 위안부들을 둔다는 것은 오히려 당신들의 몸을 지켜 주려는 뜻이 있으니 양해해 달라'는 내용으로 촌장을 비롯한 사람들 앞에서 장황하게 설득을 거듭했습니다. 듣고 보니 그런 이유가 있겠구나, 그렇다면 우리가 이러쿵저러쿵 할 일은 아니라는 생각에 일단 저지 운동은 하지 않기로 했습니다."

위안소 설치에 반대하는 이유가 성매매 자체를 기피하는 근원적인 것이었다면, 저지 행동이 어차피 군의 압력으로 묵살당해도 조금 다른 과정을 거쳤을 것이다. 그러나 반대 이유인 '풍기 문란'을 구체적으로는 자신들의 정조가 유린당하는 것으로 받아들였기 때문에, 위안소가 섬의 처녀들을 지켜 주는 보호막 구실을 한다는 부대장의 설명을 들었을 때 여자청년단장이 반대할 근거를 상실한 것이다.

봉기 일행은 처음에 초가지붕을 얹은 작은 민가로 들어갔다.

"도카시키에 도착해 영업을 시작하기 전에는 작은 초가에 있었어요. 밥은 군용 양동이에 가득 담아서 갖다 주더군요. '너희가 예뻐서 밥을 이렇게 많이 가지고 왔단다.' 이러더라고요. 일곱 명이 다 먹지도 못할 정도로 충분한 양이었어요."

오락 시설이라고는 없는 섬에 나타난 일곱 여자는 일본군 장병들에게 크게 환영받았다. 위안소 개설 준비는 이노우에 오장의 지휘 아래 목수와 미장이 출신 군인들을 동원해 급히 추진되었다. 군이 접수한 민가를 업자에게 제공해 위안소로 고치게 한 것이다. 위안소가 된 장소는 '나카마조'라고 불리던 나칸다카리 씨의 집이었다. 본채가 22평, 축사 겸 농기구 창고가 15평이었다. 부엌과 식당 외에 방 넷이 더 있는 본채를 베니어판으로 막아 방 여섯 개를 만들고 축사 겸 농기구 창고에도 방 하나를 만들어 일곱 여자들에게 하나씩 주었다. 또 식당 끝에 있던 장아찌나 된장, 간장 등을 보관하는 곳간은 '정산소'로 개조했다.

나칸다카리 씨 집은 마을에서 외진 곳에 있다는 입지 조건 때문에 위안소로 선정되었다. 그리고 하나 더, 나칸다카리 씨의 장녀 하츠코 씨의 말로는 '개량변소가 있었기 때문'이라고 한다. 오래전부터 오키나와에서는 변소 밑에 돼지우리를 만들어 사람의 배설물로 돼지를 키우는 관습이 있었다. 그런데 나칸다카리 씨 집의 변소는 그런 구식이 아니라 당시로서는 신식이라서 변을 퍼내게 되어 있었다.

마을 외진 데 있는 집이라 훌륭하다는 조건은 아카, 자마미에서도 마찬가지였다. 아카 섬에서는 마을 동쪽의 외진 곳에 있는 기와집 두 채가 위안소가 되었다. 자마미 섬에서는 자마미 마을보다 인가가 적은 아마 마을의 빨간 기와집 두 채가 선정되었다. 이 두 집은 병영이 있는 자마미와 옛 자마미 마을에서 고개를 넘어 아마 마을로 들어가는 길 초입에 있었다. 위안소로 오는 군인들이 마을 안을 통하지 않아도 된다는 점을 고려했을 것이다. 명분상으로는 군이 알선해서 업자에게 집을 제공하게 했다고 되어 있지만, 실제로는 그 집에 살던 주인에게 가타부타 설명도 없이 접수해 업자가 영업하는 데 쓰게 한 것이다.

봉기 일행이 작은 초가에 있던 날은 며칠 되지 않는다. 얼마 후에 도카시키 항 부근의 커다란 '빨간 기와집'으로 옮겨졌다. 위안소로 바뀐 그 집 앞에는 강이 있었다. 바다가 가까웠기 때문에 만조가 되면 바닷물이 들어와 물이 불어나고, 물이 빠지면 깨끗한 민물로 돌아온다. 섬 사람들이 평온한 일상을 꾸려 나가던 시절에는 밭에서 일하다가 점심을 먹으러 집으로 돌아가는 길에 텀벙 뛰어들어 땀을 씻고 아이들도 벌거벗고 물놀이를 즐기곤 했다고 한다.

강가에는 오키나와에서만 볼 수 있는 아단이라는 열대성 나무가 날카롭고 가는 잎을 펼치며 뿌리를 집요하게 뻗고 있었다. 그리고 맞은편 강가에는 나지막한 산이 있어서 빨간 기와집의 시야를 가로막았다. 나칸다카리 씨 집에서는 군의 명령을 받아 그 산기슭에 위안소 여자들을 위한 피란 방공호를 팠다. 나칸다카리 씨 집 옆의 신자토 씨 집은 위안소를 찾아오는 군인들의 대합실로 지정되었다. 그 집의 안주인 요시에 씨는 일곱 여자들의 식사를 맡으라는 명령을 받았다. (위안소 취사 담당은 나중에 오키나와 본도 얀바루 출신 여성으로 바뀌었다.)

봉기는 빨간 기와집에서 '아키코'라고 불렸다. 다른 여섯 명의 이름도 기쿠마루, 하루코, 스즈란, 가즈코, 밋짱, 아이코 등으로 바뀌었다. 이때 봉기의 나이는 만 30세로 일곱 여자들 중 가장 많았다. 봉기 씨의 기억으로는 당시 기쿠마루가 28세, 하루코와 가즈코가 23세, 스즈란이 20세, 밋짱과 아이코는 19세였다. 하츠코가 여자들로부터 들은 나이와는 조금 다르다. 하츠코의 기억으로는 기쿠마루가 만 24세, 밋짱과 아이코는 16세였다. 또 이노우에 전 오장의 말로는 아이코가 18세였다. 이름도 하츠코 씨와 요시에 씨는 가즈코를 가츠코, 하루코는 하루에로 기억하고 있었다. (이름은 편의상 봉기 씨의 기억을 따른다.)

일곱 여자들이 빨간 기와집으로 오고 드디어 위안소가 개설되자 하츠코와 요시에는, 아직 소녀티가 가시지도 않고 천진한 표정이 남아 있는 처녀들이 매일 울다 눈이 빨갛게 부어오른 모습을 안타까운 마음으로 지켜보았다. 특히 가슴 아픈 사람은 가장 어리 밋짱과 아이코였다. 섬의 여자청년단원들은 위안소 설치를 알았을 때 마치 자기 몸이 더러워진 듯 거부반응을 보이며 반대하려고 했는데, 자기들 또래인 밋짱과 아이코를 비롯해 먼 한국에서 온 여자들도 비슷하게 순진무구한 감수성이 있었던 것이다. 여자들은 한국에서 모집에 응하라는 제의를 받았을 때 군인들의 식사 시중과 빨래를 하거나 간호사로 일할 거라는 말에 속아서 따라나섰다고 하츠코와 요시에에게 이야기했다고 한다.

마을에서 외진 곳, 위안소 주변 모습이 섬사람들의 눈에는 기묘하게 보였다. 작은 도카시키에 군대가 들어온 것도 처음이다. 또 조직적인 성매매도 처음 벌어진 일이다. 그것은 군대가 가지고 들어온 것들이었다.

여기에 위안소 사용에 관한 내무규정이 있다. 오키나와 본도에 파견된 산 3475부대에 시달된 것이다. 주요 조항을 발췌해 보겠다.

부록 제 4, 군인 구락부에 관한 규정

3. 방비防備 지구 내 군인 구락부를 지방 관민은 일절 이용할 수 없고, 군인과 군속은 지방 위안소의 이용을 엄금한다.

9. 업부業婦의 검진은 지명 군의관이 열흘마다 1회 실시하고, 그 결과는 회보로 일반에 통지한다.

10. 전 조의 검사에서 불합격한 자는 치료할 때까지 접객을 금하고, 검사를 받지 않은 자는 불합격으로 간주한다.

부칙 제 1, 군기 풍기의 유지 및 단속에 관한 건

6. 이용자는 반드시 위생 색(콘돔)을 써서 감염을 예방하고, 만일 그것을 안 쓰고 감염되었을 경우는 처벌한다.

산 3475부대에서 위안소의 이름은 '군인 구락부'였다. 처음부터 민간인은 군인 구락부를 이용할 수 없다는 것, 군인과 군속은 민간의 유곽 및 그 종류의 시설을 이용해서는 안 된다는 것을 분명히 밝히고 있다. 그리고 '업부', 즉 위안부에 대해서는 군의관이 정기적으로 검사를 실시하고 불합격할 경우에는 '접객'을 금했다. 또 '이용자'에게는 '콘돔' 사용을 의무화했다. 위안소 설치 목적 가운데 하나는 성병에 따른 병력 감소를 방지하는 것이었다. 즉 이런 일련의 규정은 군인·군속을 민간의 성병 원인으로부터 격리하고 군대 내 성병 유입을 막는다는 목적에 따른 것이다. 한편 '이용 시간'은 1회 40분이며, 요금은 계급에 따라 정해졌다.

15. 군인 구락부의 이용 요금은 다음과 같다.

구분	장교	하사관·군속	병사
시간(분)	40	40	40
요금(엔)	3.0	2.5	2.0

18. 장교 이하의 구락부 이용 시간은 다음과 같다.

병사 12:00~17:00

하사관 17:00~20:00

장교 20:00~24:00

'숙박은 일반적으로 금지'되었고 한 달에 1회, 매월 8일이 휴업일로 정해졌다. 장교를 제외한 하사관 이하 군인이 군인 구락부에 갈 경우, 내무계 하사관이 발급하는 '군인 구락부 사용 허가증'을 지참해야 했다.

그 밖에도 눈길을 끄는 것이 있다. 우선 '이용자'에 대해서는 '일반적으로 영업부營業婦의 공유 관념을 철저하게 하고 점유 관념을 엄금한다'고 하고, '영업자'에 대해서는 '업부는 이용자를 잘 이해해 누구에게나 공평을 제일로 하고 이용자에게 최대한 봉사할 것을 유념하며 어떤 사정이 있어도 몸을 잘못 다뤄 봉사를 소홀히 하는 일이 절대 없도록 만사에 세심한 주의를 다한다'고 되어 있다.

일본 군대는 위안소를 생각해 냄으로써 장병들의 성에 관한 영역마저 관리·통제하고 있었던 것이다. 위안소에 가는 경우, 하사관도 군속도 군인도 내무계의 담당 하사관에게 사용 허가증 발급을 신청해야 했다. 앞에서 본 것처럼 '영업부'의 '점유 관념을 엄금'해 여자들과 개인적으로 관계하는 것은 금지되었다. 한편 '업부'는 '이용자'에 대해 '공평을 제일로 하고…… 최대한 봉사할 것', 즉 전쟁터에서 최대한 활약하도록 성행위를 통해 격려해야 하고 결코 '봉사를 소홀히 하는 일'이 있어서는 안 된다고 했다. '봉사를 소홀히 한다'는 것은 성병에 따른 병력 감소와 염전厭戰, 즉 전쟁에 대한 염증의 촉발과 전쟁터 이탈까지 의미했을 것이다.

이 '군인 구락부에 관한 규정'은 '쇼와 19년(1944년) 12월 20일부터 시행'한다고 되어 있다. 산 3475부대가 오키나와에 배속된 1944년 8월, 그로부터 4개월 후에 군인 구락부가 생겼다는 뜻이다. 도카시키 섬도 기지대가 주둔하고 나서 2개월 뒤에 봉기 일행 일곱 여자들이 도착했고, 얼마 뒤 위안소가 만들어졌다.

도카시키 섬의 위안소도 산 3475부대의 군인 구락부와 거의 비슷한 규정을 토대로 운영되었을 것으로 보인다. 빨간 기와집의 영업 개시 시간은 점심 무렵이었다고 하니, 산 3475부대와 비슷하게 12시였을 것이다. 종료 시간도 귀대 시간에 맞춰 오후 5시였다. 단, 이것은 일반 사병에게 해당하고 하사관과 장교의 경우 봉기 씨의 말로는 밤에 몰래 왔다고 한다. 사람의 눈을 피해 빨간 기와집에 온 장교, 하사관이 규정을 어기지는 않았을 것이다. 산 3475부대의 '이용 시간'은 하사관이 '17시부터 20시까지' 장교는 '20시부터 24시까지'로 되어 있고, 도카시키 섬에서도 이와 같거나 비슷한 시간대였을 것이다. 일반 사병에게 해당하는 '12시부터 17시까지'는 근무 시간과 겹치기 때문에, 평일은 아니고 휴일에만 이용할 수 있었음을 뜻한다. 그에 비해 하사관과 장교들의 '이용 시간'이 근무 시간 뒤로 정해져 있는 것은 평일에도 이용할 수 있었다는 이야기다. 봉기 씨는 군인이 일요일에만 왔다고 했지만, 군 관계자들에 따르면 일요일만이 아니었다.

1944년도 저물어 가는 11월 말부터 12월, 언제 미군이 공격해 올지 모르는 긴박한 상황에서 소형 돌격선 마루레의 엄폐 참호 파기와 진지 구축이 긴급한 일이라 군인들의 정기적인 휴가는 허락되지 않았다. 일에 차질이 없도록 작업의 진척 상황에 따라 각 중대의 작업반별로 휴가를 받았을 것이다. 따라서 군인들이 빨간 기와집에 가는 것도 부정기적이었다.

군인이 빨간 기와집에 갈 때는 '정산소'에서 먼저 요금을 내고 표를 산다. 원하는 여자에게 먼저 온 손님이 있을 경우 대기실이 된 옆집, 신자토 씨 집에서 시간을 보냈다. 그리고 자기 차례가 되면 방으로 들어가 상대 여자에게 표를 건넨다. 하루가 끝났을 때 여자들은 가지고 있는 표의 수로 수입을 계산했다. 말만 수입이라, 장부 기록상의 금액일 뿐이지 여자들의 손에 현금이 들어오지는 않았다. 고향에서 멀리 도카시키까지 끌려오는 도중에 든 모든 경비가 빚이 되어 여자들이 그대로 떠안았다. 봉기는 여자 소개꾼에게 선불금을 꾸지 않았지만, 선불금을 받은 여자들은 원금에 비싼 이자까지 가산된다. 하루하루의 벌이는 빚과 비싼 이자로 나갈 뿐이고 여자들이 실제로 손에 쥐는 돈은 장병이 기분에 따라 주는 팁밖에 없었다.

"군인들은 어린애 같아요. 재미있는 면도 있었어요. 다들 입구에서 기다리는데, 귀대할 시간이 다가오면 시간이 없잖아요. 이럴 때는 군인 둘이서 가위바위보를 해요. 이긴 사람이 먼저 들어가고 진 사람은 뒤로 밀리는 거지요. 그리고 먼저 들어간 군인이 방에서 나오지 않으면 밖에서 기다리던 사람이 벽을 두드리면서 소리치는 거예요. '빨리 하고 나와! 빨리!' 군인들을 상대하다 괴로울 때도 있었어요. 한 명이 들어와서 '하바하바haba haba'(전후 미군 점령하의 오키나와에서 봉기 씨가 배운 말로, 허겁지겁을 뜻한다.) 일을 끝내고, 한 사람이 나가면 계속 들어오니까요. 온순하고 좋은 사람도 있지만 끔찍한 작자도 있었어요. 여자를 함부로 대하는 작자들 말이죠. 방에 들어와 몇 번이고 하겠다는 거예요. 그러면 밖에서 기다리던 군인이 '빨리 나와!' 하면서 손뼉을 치는 거예요. 군인은 한 번 하면 바로 나가야 하니까 하바하바예요. 옷을 벗고 바로 종아리를 감싼 각반을 풀어요. 그러면 여자가 이걸 감아 놓는 거예요. 여유가 없거든요. 다른 군인들이 입구에 잔뜩 줄을 서 있으니까. 허리도 아프고, 거긴 더 아파요. 군인은 콘돔을 끼고 하잖아요. 콘돔을 끼면 딱딱해서 아파요. 위생에는 좋다지만. 가장 괴로운 건 생리가 있을 때였어요. 계속 씻어 가면서 하니까요. 군인들은 일요일에만 오니까 생리가 있어도 쉴 수가 없었어요. 그래서 자꾸만 씻어야 해요. 자꾸 씻으니까 수축이 돼서 더 힘들어지거든요."

하루코는 장병들 사이에서 가장 인기가 있었다. 더듬거리기는 해도 일본어를 할 수 있고 얼굴도 예뻐서 눈길을 끌었다. 일본어를 조금 알고 애교가 있던 스즈란도 인기가 있었다. 밋짱과 아이코는 젊음 덕에 귀여움을 받았다. 큰 덩치와 굵직한 목소리로 눈에 띄던 기쿠마루는 도카시키에 오기 전에도 위안부로 일한 모양이라 거침이 없었다. '중국에서는 하루에 군인 90명을 상대했다'고 떠벌려 주위 사람들을 경악하게 했다. 얌전한 가즈코는 일곱 명 중에서 그다지 눈에 띄지 않았다. 나이가 가장 많은 봉기도 빨간 기와집에서 조용히 지냈고, 군인들의 눈길을 크게 끌지는 않았다.

그래도 어떤 작업반의 휴가에는 군인들이 한꺼번에 몰려들어 봉기의 방 앞에도 줄을 섰다.

산 3475부대의 규정에서 '업부'의 검사는 열흘에 한 번이었는데, 빨간 기와집은 일주일에 한 번 검사했다. 해상 정진 제3전투부대 위생병이던 와카야마 세이조 씨에 따르면, 기지대와 전투부대를 통틀어서 군의관과 위생 하사관이 세 명씩 있었다. 처음 얼마 동안은 기지대의 군의관이 검사를 맡았고, 검사일에는 위생 하사관 한 명이 군의관을 수행했다. 기지대가 오키나와 본도로 이동한 뒤에는 전투부대의 우키다겐타로 군의관을 따라 와카야마 위생병이 빨간 기와집을 방문했다. 검사는 여자들을 한 명씩 진료대에 눕히고 실시했다. 한 명당 1, 2분이면 끝나는 간단한 검사였다. 위안소가 설치된 기간 내내 불합격한 사람은 한 명도 없었다.

집을 위안소로 제공한 나칸다카리 씨 가족은 비어 있던 수산 조합 사무소를 거처로 쓰라는 지시에 따라 그곳에 가서 살고 있었다. 그러나 가축우리에 돼지와 산양을 남겨 두었기 때문에 하츠코는 매일 아침 저녁으로 먹이를 주러 드나들었다. 또 매월 1일과 15일에는 평소 하던 대로 토토메(집이나 가문을 수호하는 신불神佛이나 조상신을 모시는 제단)에 공물을 바치러 갔다. 아침저녁으로 축사에 먹이를 주러 가다 보니 자기 또래의 한국 여자들과 한두 마디 대화를 주고받게 되었다. 하츠코가 언제나처럼 몸빼 차림으로 가축에게 먹이를 주고 있을 때였다. 스즈란이 방에서 얼굴을 내밀고 손짓을 해서 가까이 가 보니, "이렇게 젊은 사람이 화장도 하지 않고 지저분한 것만 만지네, 가엾어라……." 하면서 화장을 해 주었다. 한반도 남부의 농촌 지대인 전라도 출신인 스즈란이 오키나와에 오기 전에는 하츠코처럼 가축을 돌봤을지도 모른다. 축사 일부를 개조한 방을 배정받은 기쿠마루는 하츠코가 우리에 갈 때마다 "아아, 시끄러워. 이 산양은 정말 시끄러워. 제발 좀 다른 데로 데리고 가 줘." 하고 타고난 굵은 목소리로 불평을 늘어놓았다.

하루코는 저녁 식사 뒤에 자주 신자토 씨 집으로 놀러 갔다. 하루코는 네 살배기 딸을 친정에 맡기고 오키나와에 와 있었다. 어머니가 요시에 씨와 동갑이라며 "아주머니랑 얘기하고 있으면 엄마가 생각나요." 하면서 이따금 눈물을 글썽이기도 했다.

여자들은, 일본에 가면 옷이 많으니까 가져갈 필요가 없다는 말에 아무도 여벌이 없었다. 모지에서 준 간이복을 입고 있었지만, 그것은 잠자리 날개처럼 천이 얇았다. 겨울이 되어 난로에 불을 땔 때쯤이면 여름옷 차림의 여자들은 신자토 씨 집 근처로 가서 등을 잔뜩 웅크리고 추위를 견뎠다.

1945년 설날은 섬사람들도, 전국 각지에서 소집되어 온 군인들도 긴박한 얼굴로 맞이했다. 그리고 봉기처럼 한국에서 온 여자들은…….

"아와모리(오키나와 탁주) 한 되와 군에서 일본 술도 한 병 갖고 왔던가? 아무튼 그걸 설날 하루에 모조리 마셔 버렸어요. 취했지요. 취해서 다 같이 꺼이꺼이 울었어요. 부모 형제가 있는 사람은 부모 형제를 생각하면서 목 놓아 울었어요. 정월 초하루 밤에 모두 아이고아이고 하면서 울어 댔더니 이웃 사람들이 몰려와 대문 밖에서 들여다보더라고요. 아와모리는 독한 술이잖아요. 잔뜩 취해서 아침에 일어나니까 머리가 지끈거리더라고요."

익숙하지 않은 술을 마시고 둑이 무너진 것처럼 터져 나온 일곱 여자들의 통곡 소리는 조용한 설날 밤하늘에 울려 퍼졌다. 캄캄한 정적 속에서 울려 퍼진 여자들의 통곡이 이상했을 것이다. 이웃 사람들이 빨간 기와집을 구경하려고 모여들었다. 그리고 돌담 너머로 안을 들여다보았다. 봉기는 울지 않았다. 남기고 온 자식을 그리워하고 부모 형제가 그리워서 우는 다른 여자들을 바라보면서 허전한 마음을 술로 달랬다. 주량이 꽤 되었던 것 같다. 이튿날 아침 울컥울컥 올라오는 쓰디쓴 위액을 지그시 눌러 삼키며 쓸쓸함을 참았다.

오키나와를 둘러싼 전황은 날이 갈수록 어려워지고 있었다. 1월 21일과 22일에 미군 함선에 실려 있던 비행기의 공습이 있었고, 게라마와 나하를 오가던 연락용 기범선 두 척 가운데 한 척이 소실되었다. 이때 비행기에서 기관총이 비질하듯 쏘아 대는 총알에 맞은 기관장이 즉사했다.

"물품을 운반하는 선장과 기관장은 빨간 기와집에 자주 왔는데, 가끔 비누 같은 걸 갖다 주기도 했어요. 비누라고 해 봐야 지금 쓰는 것 같은 비누가 아니라 거품이 안 났어요. 그래도 이 비누로 빨래를 하고……. 흑설탕도 갖다 줬어요. 기관장은 나하에서 돌아오는 길에 공격을 받고 죽었다더군요. 죽기 전에 이 기관장은 우리가 있는 빨간 기와집 뒤에서 쓸쓸한 듯 아무 말도 없이 서 있곤 했어요."

당시 도카시키 섬에는 가게다운 가게도 없었기 때문에 빨간 기와집 여자들에게는 비누도 흑설탕도 귀한 물건이었다.

2월 중순이 되자 빨간 기와집에 드나드는 군인들의 발길이 급격히 줄었다. 오키나와 수비군 중에서는 정예부대라고 알려지고 보통 다케武 부대라고 불린 제9사단이 타이완으로 이동하고, 그 자리를 메우기 위해 게라마의 해상 정진 기지 제1~제3대대가 독립 대대로 개편되어 오키나와 본도로 이동하게 되었기 때문이다. 도카시키 섬의 해상 정진 기지 제3대대는 근무대 161명, 정비 중대 55명 등 총 216명이 빈약한 장비와 함께 남고 제3전투부대의 지휘하에 편입되었다. 오키나와 본도로 이동한 약 800명의 기지대를 대신해 엄폐 참호를 파고 진지를 구축할 작업 원조 요원으로는 특설수상근무대 제104중대의 1개 소대 223명이 배속되었다. 소대장은 사이타 시게오 소위, 그 아래 하사관이 12명, 나머지 210명은 한국에서 강제로 끌려온 '군부軍夫(징용병)'였다.

특설수상근무대원, 즉 징용병은 무기를 가지고 다니지 않는다. 전투부대의 임무는 해상 정진 작전을 수행하는 것이다. 섬사람들이 처음에 '군인들이 우리를 지키러 이렇게 작은 섬까지 와 주었다'고 환영한 수비군은, 전투부대가 본래의 근무를 완수하고 특공 출격하고 나자 200명 남짓한 잔류 부대원과 현지에서 소집된 방위군 70여 명뿐인 미덥지 못한 소규모 병력이 되었다.

제3전투부대에서는 새로운 편성 아래 진지 구축 작업에 박차를 가했다. 섬에 남아 있던 청장년은 이미 방위대에 편입되었고 청년단과 여자청년단에 초등학생들까지 작업에 동원되어, 군인과 민간인이 함께 나서는 진지 구축 작업이 연일 이어졌다.

눈에 띄게 군인들의 발길이 뜸해진 빨간 기와집에서는 여자들이 남아도는 시간을 주체하지 못했다. 영업을 시작할 무렵에는 보기에 딱할 정도로 눈물로 지내던 밋짱과 아이코조차 "오늘은 손님이 없어서 쓸쓸하네." 하고 푸념하는 소리를 축사에 먹이를 주러 갔던 하츠코가 들었다.

그리고 기지대의 이동으로 당황한 사람은 정산소의 가네코였다. 도카시키 섬으로 와서 영업을 3개월밖에 하지 못한 가네코는 아카마쓰 전투부대장에게 이동을 재검토해 달라고 부탁하러 갔다. 게라마의 위안소 세 곳 중 아카 섬에서는 제2대대가 본도로 이동할 때 한국 여자들도 데리고 갔다. 그러나 도카시키 섬에서는 동반 이동이 허락되지 않았다. 아카마쓰 전직 전투부대장은 이렇게 말한다.

"가네코가 찾아와 어딘가로 보내 달라고 했습니다. 군인이 200~300명 정도로 줄어든 상황에서는 장사를 할 수 없다는 이야기가 있었고, 그래서 회계를 통해 상급 부대와 연락해 봤지만 비밀 병기의 존재를 알고 있어서 더는 보내 줄 수 없다나 뭐 그런저런 사정으로 그냥……."

아카 섬이나 도카시키 섬이나 한국 여자들이 비밀 병기, 다시 말해 소형 돌격선인 마루레의 존재를 알고 있다는 점에서는 다를 게 없었다. 아카 섬의 위안소가 기지대와 함께 본도로 이동한 것은 제2대대 고가 소이치 대대장의 독단적인 판단이었다고 한다. 기지대가 도카시키 섬에 도착했을 때는 도카시키 마을에 있던 초등학교를 일반 군인의 숙소로 이용했는데, 섬 서쪽의 도카시쿠 마을에 병영이 생기고 나서는 그곳으로 옮겼다. 또 전투부대원은 처음부터 도카시쿠와 아하렌 마을의 민가에 분산 주둔해 있었다. 기지대가 본도로 이동한 뒤 도카시키에는 통신이나 경리, 의무실 등 극히 일부 병력이 방위대와 함께 남았을 뿐이다. 소형 돌격선 마루레의 엄폐 참호는 아하렌과 도카시쿠의 해안에 만들어졌고, 그 작업은 도카시키 마을과는 반대인 게라마 해협을 따라 이루어지고 있었다.

위안소가 있는 도카시키까지 가는 길이 아하렌에서는 약 4킬로미터, 도카시쿠에서는 3킬로미터가 채 안 되었는데 고개를 넘어야 하는 길이라 걸어서 오가기에는 너무 멀었다. 그래도 하사관 중에는 어두운 밤에 고개를 넘어 빨간 기와집을 드나드는 사람도 있었다. 그러나 일반 사병은 휴일이 아니고는 빨간 기와집에 올 수 없었다. 기지대의 본도 이동 이후 군인들의 휴일은 극히 드물어져서 빨간 기와집은 장교와 하사관만의 것이 되어 있었다. 그래서 빨간 기와집의 일곱 여자들은 아하렌과 도카시쿠의 임시 위안소로 군인을 위문하러 가게 되었다.

"(가네코가) 이렇게 드문드문 와서는 영업이 안 된다고 해서, 아하렌과 도카시쿠에 임시 위안소를 개설했습니다. 작업이 강행군이라 잠깐밖에 못 쉰 기억이 있습니다."

임시 위안소 개설은 가네코의 요청을 아카마쓰 전투부대장이 수락한 결과였다. 군이 작업을 쉴 때 이용하기 위해 만들어진 작은 초가가 임시 위안소가 되었다.

"초가지붕이었는데, 두세 명이 잘 수 있는 집이 산등성이 평지에 많았어요. 거기로 위문하러 갔지요. 쌀도 솥도 없이 2, 3일 있는 동안 군인들이 죄다 와서 즐기고 갔어요. 여자들이 오니까 다들 좋아하더군요. 군인들이 줄을 서서 계속 들어왔으니까."

갑자기 '삐과 집'으로 변한 군인의 휴게소 앞에 군인들이 표를 들고 줄지어 서는 기묘한 광경을 아하렌 아이들은 숨어서 엿보곤 했다. '삐과 집'이라는 말을 어디서 들었는지 "삐과가 왔어, 구경 가자!" 하면서 친구들을 불러 모아 엿보러 왔다. 소녀의 눈에 비친 그 광경이 아하렌 사람들에게는 지금도 강렬한 인상으로 남아 있다.

전쟁

봉기 씨가 말하는 '전쟁'이 시작된 것은 1944년 3월 23일이었다.

"23일이 되기 며칠 전에 군인들이 빨간 기와집에 왔어요. 하사관이었어요. 그 사람들이 와서는, '오키나와도 이제 위험해질 거야. 나는 집에 마지막 편지를 보냈어.' 하더군요. 하지만 우리는 귀담아 듣지 않았어요. 전쟁이 있을 거라고는 생각하지 못했지. 그래서 우리는 '거짓말, 거짓말일 거야.' 했어요."

2월 중순 이후 군인들의 발길이 뚝 끊어진 빨간 기와집에서는 밤에 어쩌다 한 번씩 찾아오는 하사관이나 장교를 상대하는 정도고, 일곱 여자들 모두 한가한 시간을 주체하지 못했다. 그런 빨간 기와집에 군인들이 몰려온 것은 3월 20일, 21일이었다. 이 이틀 동안 제3전투부대에서는, 소형 돌격선 마루레 100척의 엄폐 참호가 완성되고 해상 작전 준비 작업이 완료되었다고 군인들에게 휴일을 주었다. 군 작업에 동원된 섬사람들도 오랜만에 부역에서 해방되었다. 때마침 히간彼岸(춘분이나 추분 전후 3일을 합쳐 7일을 말하며, 이 시기에 불교 행사가 열린다. - 옮긴이)

을 맞고 있었다.

게라마의 맑은 하늘로 미군 비행기 B-29가 날아온 것은 휴일 이틀째의 정오였다. 새로운 진지 구축 작업이 시작된 휴일 다음 날인 22일, 오전 10시경과 오후 2시경에도 B-29가 날아왔다. 그날 밤 봉기는 빨간 기와집 앞의 강에 모여드는 까마귀들의 울음소리가 평소보다 유난히 귀에 거슬려 좀처럼 잠을 이룰 수가 없었다.

그리고 23일, 아침 햇살이 눈부시게 쏟아질 무렵 빨간 기와집의 일곱 여자들이 잠자리에서 일어났다. 섬사람들은 이미 군 작업을 하러 나가 마을이 쥐 죽은 듯 조용했다. 일어났을 때부터 하루코가 자꾸 어머니와 아이가 보고 싶다고, 한국으로 가고 싶다고 울먹이며 푸념하고 있었다. 공습경보가 오전 10시쯤 울렸다. 귀에 익은 그 소리를 일곱 여자들이 못 듣지는 않았다. 늘 그랬듯이 경보만 울리고 큰 변은 없을 거라며 흘려들었다. 하루코만 "언니, 빨리 피란 가자. 빨리 방공호로 가자." 하고 졸랐는데, 아무도 응하지 않았다.

이웃의 요시에가 머리에 뭔가를 이고 젖먹이를 업고는 열 살짜리 아들을 앞세워 어린아이 다섯 명을 데리고 집 앞의 강을 건너가는 모습이 보였다. 강 건너 산에 있는 방공호로 피란 가는 것 같았다. 봉기는 빨간 기와집 입구에 서서 그 모습을 멍하니 바라보고 있었다.

"우리도 점심 먹고 방공호로 가자." 하며 밥을 먹고 있을 때였다. 갑자기 맞은편 산에서 집채만 한 비행기가 나타나더니 빨간 기와집으로 덮쳐 왔다. 그 순간 엄청난 굉음이 들렸다. 갑작스러운 일이라 방공호로 피할 여유도 없었다. 봉기는 욕실로 뛰어 들어갔다. 기쿠마루, 가즈코, 스즈란도 함께였다. 하루코와 아이코와 밋짱은 취사장으로 피했다. 몸을 잔뜩 웅크리고 있는데, 얼마 후 좁은 욕실에 검은 연기가 피어오르고 천장이 삐걱거리면서 먼지와 나뭇조각과 정체 모를 것들이 쏟아졌다. 기쿠마루가 먼저 욕실을 나섰다. 봉기도 즉시 뒤를 따랐다. 그때 나막신을 신고 있어서 입구의 문지방에 걸려 넘어졌다. 정신없이 일어나 강가 아단의 뾰족한 잎 사이로 어떻게 들어갔는지 기억도 못 한다. 비행기의 기관총은 계속 불을 뿜고 있었다. 천지를 뒤흔드는 공격이었다. 무수히 떨어지는 총탄이 귓가에서 공기를 갈랐다. 봉기는 흙먼지처럼 쏟아지는 총탄을 아슬아슬하게 피하며 아단 잎 밑에서 간을 졸이고 있었다.

비행기가 빨간 기와집에서 멀어져 간 틈에 봉기 일행은 방공호 안으로 들어갔다. 뛰어올 때 "언니, 우리도 같이 가!" 하고 울부짖는 목소리가 들렸다. 돌아보니 빨간 기와집 앞에 피투성이가 된 허벅지를 질질 끌며 기어 나오는 밋짱과 아이코의 모습이 보였다. 공포에 손발이 묶여 저 혼자 몸을 피하기에도 벅차 부상한 밋짱과 아이코를 데리고 나올 여유는 없었다. 나칸다카리 씨가 군의 명령에 따라 빨간 기와집의 강 건너 산등성이에 일곱 여자들이 피란할 방공호를 파 뒀지만, 이때 뛰어든 것이 누구의 방공호인지 분간할 겨를도 없었다. 정신없이 들어간 방공호의 문은 폭풍을 맞아서인지, 비행기 기관총에 맞아서인지 끊임없이 불길한 소리를 내고 있었다.

그날 약 15제곱킬로미터 넓이의 작은 도카시키 섬으로 항공모함에 싣고 다니는 비행기가 연 300기 날아왔고, 자마미·아카·게루마 섬도 같은 공격을 받았다. 미군은 철저한 섬멸 작전으로 게라마의 섬들을 산산조각으로 날려 버리려는 것 같았다. 도카시키의 마을 사무소와 우체국, 주변의 민가는 불에 타고 도카시키 항 근처에 있던 군의 식량 창고도 소실되었다. 식량 창고에는 약 6개월분의 군용 식량이 저장되어 있었는데, 그 귀한 쌀이 타는 냄새가 사방에 진동할 정도였다. 산에도 소이탄이 떨어져 불이 붙은 생나무 타는 냄새가 오래도록 이어졌다.

종일 도카시키 섬 상공에서 요란하게 신음하던 미군기는 저녁이 되자 거짓말처럼 물러갔다. 봉기는 기쿠마루, 가즈코, 스즈란과 초등학교로 피했다. 주민, 군인 할 것 없이 많은 사상자가 나와 초등학교는 긴급 의무실이 되었다. 중상을 입은 밋짱과 아이코도 실려 왔다. 봉기 일행은 거기서 본도로 이동한 기지대의 대장 스즈키 츠네요시 대위를 만났다. 스즈키 대위는 전날 제1~제3전투부대의 작전 지도를 위해 게라마에 온 제11선박단장 오마치 시게루 대좌(대령)를 수행하고 와 있었다. 일행은 22일에 제1전투부대가 배치된 자마미 섬으로 갔지만, 스즈키 대위는 별도 행동을 허락받아 도카시키 섬으로 온 것이다.

"23일 밤은 학교에 들어가 있었어요. 밋짱과 아이코는 총알이 다리를 관통해서, 총알이 빠져나온 쪽에는 크게 구멍이 뚫려 있었어요. 둘은 울고 있었지요. 그때 하루코는 없었어요. 취사장에서 죽었을 거라고 생각했어요. 부상한 두 사람은 목이 마르다며 물을 달라고 했지만,

물을 마시면 안 된다는 말을 듣고 수건을 적셔서 입만 닦아 줬어요. 둘이 계속 우니까 밤에 스즈키 대장이 '죽은 사람도 있는데 뭘 울어!' 하고 냅다 소리를 질렀어요. 그리고 가네코에게 '여자들을 모두 방공호로 데려갔으면 이런 일은 없었잖아!' 하고 화를 냈어요. 하루코는 스즈키 대장이 자기 당번병을 데리고 가서 취사장에서 꺼내 줬다고 들었어요. 하루코는 스즈키 대장의 여자였으니까."

봉기는 그날 미군기가 빨간 기와집을 덮쳤을 때 하루코가 취사장에서 즉사한 줄로만 알았다. 비행기 폭음이 잠시 멎어 방공호로 피했을 때 밋짱과 아이코는 다친 다리를 질질 끌면서 마당 끝으로 나와 도움을 청했지만, 같이 취사장으로 피한 하루코는 그때나 그 뒤에도 줄곧 모습이 보이지 않았기 때문이다. 하지만 섬사람들의 증언으로는 그때 하루코가 죽지 않고 살아 있었다. 군인 하나가 취사장에서 상처를 입고 움직이지 못하는 하루코를 피신시키려고 빨간 기와집에서 들쳐 업고 나왔다고 한다. 그리고 맞은편 산기슭의 방공호로 가려고 강을 건너는 중에 미군기가 나타나 기관총을 쏘아 댔고 그때 절명했다고 한다. 하루코를 업고 있던 군인은 목숨을 건져, 죽은 하루코를 그 자리에 두고 맞은편 산기슭 방공호로 피했다가 미군기가 사라진 뒤에 다시 돌아와 시체를 빨간 기와집 앞에 있던 신자토 씨 집의 방공호 옆까지 옮겨 놓았다는 것이다.

이튿날인 24일에는 아침 일찍부터 공습이 시작되었다. 봉기를 비롯해 부상하지 않은 네 명과 가네코에게는 군에서 산으로 피하라며 모포를 한 장씩 주었다. 그러나 도카시키 섬의 지형을 모르는 봉기 일행은 어느 산으로 피하면 좋을지 몰라서 2, 3일은 초등학교 뒤에 있던 참호에 숨어 지냈다. 방위소집 중이던 요시에의 남편이 그 모습을 보았다.

산으로 피하라는 군의 지시를 받은 날 저녁, 봉기는 짐을 가지러 빨간 기와집까지 가 보았다. 이틀 동안 이 작은 섬을 뒤흔들던 폭음이 더는 들리지 않았지만, 황혼 속에서 산이 뿌옇게 검은 안개를 피어올리고 마을 쪽에서는 여기저기 인가가 불길을 뿜어내고 있었다. 봉기가 방공호를 나오려고 했을 때 가네코는 물론이고 다른 여자들도 밖으로 나가면 위험하다며 말렸다. 그러나 봉기는 "총알 맞아 죽으면 죽는 거지." 하고 자포자기 심정으로 그 손길을 뿌리쳤다.

가까이 가 보니 빨간 기와집이 거의 다 타 버렸는데도 여전히 이따금 탁, 탁 소리를 내며 불길을 뿜는 게 보였다. 그러나 마당 구석에서 크게 가지를 뻗은 바난나무는 굳건하게 남아 있었다. 돌담도 무너지지 않았다. 봉기는 집 옆까지 가 보았다. 그러자 문에서 한발 밖으로 나온 곳에 하루코의 시체가 놓여 있었다. 상반신이 가려져서 얼굴은 보이지 않았지만, 헐렁한 몸빼 바지와 그것을 묶은 굵은 군용 가죽 허리띠가 눈에 들어왔다. 그 허리띠는 하루코가 하사관에게 받은 것이었고, 몸빼는 근처에 있던 고물상에서 산 빛깔 좋은 기모노를 뜯어 만든 것이었다. 하루코의 몸빼는 총알이 관통하며 갈기갈기 찢긴 허벅지 주위에 검게 변한 핏자국이 물들어 있었다. 그러나 허벅지의 상처는 치명상이 아니었다. 봉기의 눈에 보이지 않는 상반신에 하루코의 생명을 앗아간 상처가 있었을 것이다.

미군의 가차 없는 게라마 공격은 다시 이어졌다. 25일에도 이른 아침부터 공습이 시작되었고, 그것도 모자라 게라마 해협으로 쳐들어온 미군 함선 약 15척이 포사격을 더했다. 26일 오전 8시에는 아카 섬에, 오전 9시에는 자마미 섬에 미군이 상륙했다. 게라마 해협의 미 함정은 계속 그 수가 불어나 온종일 공습과 함포사격이 반복되었다.

이때 아카마쓰 대장이 이끄는 제3전투부대는 소형 돌격선 마루레의 출격을 준비하고 본도의 선박단 본부로부터 출격 명령을 기다렸지만, 본부에서는 게라마의 전황을 파악하지 못해 나하 쪽으로 출격하라는 명령을 내렸다. 하지만 무기다운 무기도 없이 남겨져 적 앞에 노출된 근무대, 정비 중대, 특설수상근무대는 소형 돌격선 마루레를 엄폐 참호에서 꺼내 바다에 띄우는 작업에 협조적이지 않았다. 게다가 간조로 작업이 지체되어, 오전 9시가 지나서야 폭뢰를 장착하고 마루레를 물에 띄웠다. 날이 밝고 나서는, 베니어판으로 만든 마루레 100척이 편대를 짜서 오키나와 본도까지 갈 수가 없었다. 전날 밤에 시찰하던 아카 섬에서 미 함정의 초계를 빠져나가 도카시키 섬에 상륙한 제11선단장 오마치 대좌는 계획을 바꿔 마루레를 뭍으로 끌어 올리라고 명령했다. 그러나 작업 도중에 공습이 시작되어 남아 있던 마루레 60여 척을 그대로 침몰시킬 수밖에 없었다.

봉기는 기쿠마루, 가즈코, 스즈란, 가네코와 초등학교 부근에 있던 방공호를 나와 지리도 모르는 산속으로 피했다. 부상한 밋짱과 아이코는 24일 아침에 의무실로 사용되고 있던 초등학교를 나오면서 헤어진 뒤로 다시는 만나지 못했다.

밋짱과 아이코의 그 후 행적에 관한 증언들이 있다. 마을 사무소의 군사 업무를 맡고 있던 도미야마 신준 씨가 처음 공습이 있던 날로부터 며칠 뒤, 뿔뿔이 흩어진 자기 가족을 찾던 중에 위안소 여자가 중상을 입고 개울가 밭둑에 나뒹구는 모습을 봤다고 한다.

"그 사람 아마 죽었을 겁니다. 넓적다리를 맞았는데, 절단되지는 않았어도 살점이 떨어져 나가서 밤까지 버티기나 할까 싶었습니다. 도카시키에서 아하렌으로 통하는 고개 밑에 큰 방공호가 있는데, 나중에 거기 수용되어 있었습니다. 거기서 다시 자마미 마을에 수용되었다가 퇴각한 기억이 있습니다."

도미야마 씨가 본 빈사 상태의 여자가 밋짱이었는지 아이코였는지는 알 수 없다. 하지만 이노우에 전 오장의 증언과 대조해 보면 아이코는 아니었을 것 같다.

"난 아이코를 특히 아껴 주었습니다. 열여덟 살로, 여자들 중 가장 어려서 여동생처럼 생각했습니다. 공습이 있을 때 나도 방공호로 피했는데, 폭격이 잦아들고 난 뒤에 나와서 군인에게 물었더니 '위안소에서 죽은 사람도 있고 다친 사람도 있는데 아이코는 다쳤다. 당신 이름을 부르고 있으니 가 봐라.' 해서 갔습니다. 마을 사람이 만든 동굴이 있었는데, 문짝에 실려 거기 옮겨져 있었습니다. 그때 이미 숨이 끊어졌지만……. 섬사람들은 꺼렸습니다. 죽은 사람인 데다 한국 사람이라 더 싫어했습니다. 그래서 얼른 실어 가라는데, 그럴 틈이 없었어요. 때마침 나는 대장의 호출을 받고 달려가야 했으니까요."

이노우에 오장은 아이코한테 기모노의 오비(허리 장식)를 풀어서 만든 베개를 받은 적이 있다. 그 베개에는 정성껏 수놓은 '愛子(아이코)'라는 글자가 새겨져 있었다. 이노우에 오장은 군에서 위안소를 직접 감독하는 자리에 있었기 때문에 빨간 기와집의 일곱 여자와 접촉할 기회가 많았다. 세심한 마음씨가 엿보이는 글자가 수놓인 베개는, 그를 자신들을 보살펴 주는 군인 이상으로 여겼던 아이코의 마음이 담겨 있었을 것이다.

섬사람들 사이에 아이코가 죽었다는 소문이 돌았다. 고하구라 전 여자청년단 단장은 자수 베개가 버려졌다는 점이 아이코의 죽음과 직결된다고 생각했다. 그러나 도미야마 씨는 빈사 상태의 고통에 신음하면서도 아이코가 미군의 손에 자마미 섬으로 옮겨졌다고 들은 것을 보면, 아이코의 생사에 관해서는 증언이 둘로 나뉜다.

이노우에 오장은 도카시쿠로 이송된 밋짱의 모습도 보았다.

"미치코(밋짱)는 넓적다리에 큰 상처를 입었습니다. 도카시쿠 산 쪽으로 들어간 곳에 큰 방공호가 하나 있었는데 거기에 혼자 남겨졌습니다. 내 조수였던 모리타라는 군인이 아끼는 여자였기 때문에 군의관이 잘 보살피고 옆에 있어 주라고 해서 도카시쿠까지 데려가지 않았을까 싶습니다."

자마미 섬과 아카 섬에는 미군이 이미 상륙했고 도카시키 섬 상륙도

시간문제였다. 제3전투부대에서는 마루레 60척을 직접 침몰시켰다. 이것은 맡은 임무의 60퍼센트를 잃었다는 뜻이지만, 아카마쓰 전투부대장은 이때 남은 40척의 돌격대 공격도 포기하고 27일 새벽 2시에 도카시키 섬 북쪽 234고지로 철수를 결정하고 실행하기 시작했다. 그 직전인 26일 오후 11시 30분에 도카시쿠를 출발한 오마치 대좌를 배웅하고 돌아오는 길에 의무실에 들러, 아마도 밋짱이었을 위안소 여자를 문병했다.

"26일까지는 도카시쿠에 의무실을 열고 있었습니다. 위안소 여자에게 병문안하러 온 걸 기억합니다. 26일 밤 오마치 대좌를 해안으로 보내고 나서 돌아오는 길에 의무실에 들러 부상한 사람을 살펴보고 다시 본부로 가서 27일에 이동하기로 되어 있었으니까요."

제3전투부대는 도카시쿠, 아사히자와, 아하렌의 진지를 철수해 234고지로 이동했다. 방공호의 의무실에는 부상한 밋짱이 홀로 남겨졌다. 이때 눈앞의 게라마 해협은 미군 함정으로 가득 차 있었고, 섬사람들은 물론이고 군대도 떠나 인기척이 없어졌다. 미군이 도카시쿠, 아하렌 등지에서 도카시키 섬으로 상륙한 것은 제3전투부대가 철수하고 나서 네 시간 후인 오전 6시였다.

초등학교 뒤의 참호를 나와 지리도 모르는 산속으로 들어간 봉기 일행은, 공습이 치열한 낮에는 울창한 숲속 나무 밑에 몸을 숨겼다가 밤이 되면 마을 근처까지 내려가 계곡물로 목을 축이고 밭을 헤집어 손가락만 한 고구마를 캐서 겨우 배고픔을 면했다.

"닷새 동안 아무것도 못 먹어서 배가 무척 고팠어요. 스즈란이 갖고 있다가 조금씩 나눠 준 흑설탕과 그걸 핥아 먹으면서 그나마 허기를 달래는 정도였지요. 배고픔보다 더 힘든 건 목마름이었어요. 낮에는 비행기가 날아다니고 배에서 포사격도 해 댔으니까요. 함포사격을 할 때는 머리가 지끈지끈할 정도로 정말 무서웠어요. 어두워지면 함포도 비행기도 오지 않으니까 살금살금 밑으로 내려가는 거지요. 산에서 졸졸 흐르는 물을 마셨어요. 마을 가까운 곳이라 작은 밭들이 있었어요. 잎 같은 것도 보이지 않지만 잘 파 보면 새끼손가락만 한 고구마가 나와요. 이걸 캐서 한두 개 먹으면 배고픔을 조금은 덜 수 있었어요."

미군 공습이 시작된 이후 날씨가 계속 맑다가 27일에는 소나기가 왔다.

"군에서 준 모포가 있어서, 나무 밑에서 그걸 뒤집어쓰고 잤어요. 그런데 갑자기 물이 콸콸 쏟아지더니 모포가 떠내려가는 거예요. 떠내려가는 모포를 잡아당겨 나무 밑에 앉아 있었지요. 그때는 우리가 숨어 있는 걸 미군이 알고 바닷물을 퍼다 우리한테 쏟아붓는 줄 알았어요. 그런데 나무가 없는 곳으로 나가 보니까 비가 쏟아지는 거였어요, 억수 같은 비가. 전쟁 때문에 이리저리 피해 다니느라 무서운 데다 배는 고프지, 그 바람에 머리가 어떻게 됐는지 그렇게 비가 쏟아져도 몰랐던 거예요. 그래서 살금살금 산을 내려왔더니 아군 병사가 있더라고요. 스즈란이 길로 나가 '오빠!' 하고 부르니까 상대는 적인 줄 알았나 봐요. '누구냐!' 그래서 '나야!' 했더니, 군인이 '뭐라도 좀 먹었나?' 물어서 '아무것도 못 먹었어.' 하니까 '이리 와!' 하는 거예요. 나랑 스즈란이 갔더니, 산이 다 타 버려 나무든 뭐든 아무것도 없는 벌판에서 군인들이 밥을 해 먹고 있었어요. 거기서 주먹밥과 담배를 잔뜩 얻어 와서 먹고 피우고. 몇 날 며칠 비가 오는 바람에 담배도 성냥도 다 젖어 버렸거든요."

27일, 미군이 도카시키 섬에 상륙하고 큰비가 내린 날 섬사람들은 234고지 뒤의 계곡에 모이라는 말을 듣고 억수같이 쏟아지는 빗속에 밤길을 걸어 산으로 올라갔다. 그리고 이튿날인 28일에 제3전투부대가 새로 진을 친 234고지의 산 하나를 사이에 둔 건너편 계곡에서 약 300명이 자결했다고 한다.

27일에 큰비가 내린 뒤 28일에는 아침에 가랑비가 내리다 정오가 조금 지나 그치고 밤에 다시 가랑비기 내렸고, 29일에는 비가 내렸다 그치기를 되풀이했다. 봉기 일행은 28일이나 29일이 되고서야 군에서 지급한 주먹밥으로 공복을 채울 수 있었을 것이다.

일본군을 만나 며칠 만에 공복을 채울 수 있었던 봉기 일행은 산기슭에 덩그러니 서 있는 오두막을 발견하고는 비와 이슬을 피하기로 했다. 섬사람이 미군의 공습에 대비해 지어 둔 피란 오두막이었다. 오두막의 주인은 마을에서 꽤 떨어져 있는 그 오두막도 위험하다고 여겨서 산속 깊은 계곡으로 이동했을까, 아니면 28일 집단 자결에서 희생했을까? 후자일 가능성이 높다. 오두막에 적지 않은 현미가 남아 있었기 때문이다. 평소에도 고구마를 주식으로 삼고 쌀은 특별한 날에만 먹는 섬사람들에게 쌀은 귀한 식량이다. 만약 깊은 산속으로 옮겼다면 4월에 접어들어 미군의 공격이 잦아들었을 때 오두막 주인이 현미를 가지러 왔을 것이다. 남겨 둔 현미는 아무것도 없는 봉기 일행의 생명을 이어 줄 소중한 식량이 되었다.

그 오두막은 산과 산 사이 협곡에 있었는데, 근처에 방공호가 없어서 미군 비행기의 공격이 닥치면 피할 데가 없다. 섬사람들은 산속 깊은 골짜기로 숨어들었고 군도 234고지에 진지를 구축했기 때문에, 초토화된 마을 부근에 머물고 있는 사람은 거의 없었다. 이따금 보이는 사람은, 야음을 틈타 남아 있는 식량을 가지러 온 섬사람이거나 그들이 피신처에 데리고 갈 수 없어서 방치한 산양과 돼지, 닭 등을 상관의 명령으로 훔치러 온 군인이나 징용병 들이었다.

봉기 일행은 미군 비행기의 습격이 걱정되어서 낮 동안에는 연기가 나가지 않도록 조용히 지냈다. 그리고 비행기 폭음이 들리면 그 방향으로 달려가 산등성이에 납작 엎드렸다. 날아가는 비행기의 바로 밑으로는 총알이 미치지 않아 거기에 몸을 숨기면 위험률이 낮아진다는 것을 피란 오두막에서 지내는 동안 터득했기 때문이다.

오두막에서 찾아낸 현미를 봉기를 포함한 네 여자와 가네코까지 먹는 데 며칠이나 걸렸을까? 가네코는 현미를 다 먹고 나더니 군에 의논하러 간다고 나섰다. 봉기와 여자들도 가네코를 따라 234고지의 제3부대 진지로 올라갔다. 그런데 본부에 도착하기 전에 우연히 이노우에 오장과 마주쳤다. 그는 취사반장이 되어 있었다. 취사장은 연기 탓에 진지의 위치를 탐지당하지 않도록 본부에서 300미터 정도 밑으로 계곡을 따라 설치되어 있었다.

"산(234고지)에 들어간 뒤 얼마 동안은 위안소 사람들과 관계하지 않았지만, 가네코 씨가 여자들을 데리고 산에 올라오다가 우연히 우리를 만났습니다. 군 쪽에서 보살펴 주지 않을 수가 없었습니다. 그래도 식량이 충분하지 않으니까, '어디까지나 군인들처럼'이라는 조건으로 보살피기로 했습니다."

봉기와 여자들은 이노우에 반장의 배려로 취사반에 들어갔다. 그 전까지 취사반은 이노우에 반장을 중심으로 방위대원 두 명, 징용병 두 명 등 모두 다섯 명으로 꾸려 나가고 있었다. 거기에 봉기 일행 네 명이 가담한 것이다. 위안소에서 '정산소'를 맡고 있던 가네코도 이따금 땔감 줍기와 물 긷기 등을 돕기는 했지만 여자들처럼 매일 할 일이 있지는 않아 제3전투부대 안에서 어정쩡한 존재가 되었다. 가네코는 위안소 시절, 여자들을 이용해 번 돈을 큰 가방에 넣어 소중하게 갖고 있었다.

제3전투부대 진지는 계곡을 따라 자리했다. 봉기는 처음 진지에 올라갔을 때 너무 많은 참호가 파여 있어서 놀랐다. 그 참호를 파는 작업에는 주로 징용병이 동원되었다. 산 중턱에 깊이 파고 들어간 참호도 있었다. 참호 입구는 폭풍을 피하기 위해 지그재그로 파여 있었다. 계곡 위쪽에는 아카마쓰 전투부대장의 참호가 있었다. 거기서 30~40미터 밑에 오두막 막사가 세워지고, 평소에 아카마쓰 대장은 그 막사에서 지휘하고 있었다. 전투부대장 막사에서 다시 30~40미터 아래에 있는 참호가 봉기와 여자들의 것으로 배정되었다. 취사장은 더 아래쪽, 좁은 계곡이 조금 넓어진 곳에 있었다. 계곡물은 그곳에 머물렀다가 둥그런 웅덩이를 만들며 다시 흘러 나간다. 그 둥그런 웅덩이가 식량이나 냄비 등을 씻기에 딱 알맞은 장소가 되었다. 부뚜막은 산에서 퍼 온 점토로 만들었고, 연기 통로는 산등성이를 기듯이 만들어져 있었다. 산등성이를 따라 고랑을 파고 나뭇가지와 나뭇잎을 덮어 연기가 통하게 만든 것이다. 고랑은 길면 길수록 취사장의 위치를 감출 수 있다. 이 구조를 고안한 사람은 이노우에 반장이고, 땅을 파고 만드는 것은 징용병들의 몫이었다.

산속 깊이 들어간 다음부터 제3전투부대의 식량 부족은 갈수록 심각해졌다. 공습을 받은 첫날인 3월 23일에 식량 창고에 불이 붙었고, 약 6개월분이 있던 식량은 하루에 1인당 300그램으로 잡아도 두 달분 정도만 남았다.

4월 7일, 제3전투부대에서 전투부대장의 명령이 발표되었다.

2. 전투부대는 식량 확보를 위해 소철 전분을 채취한다.

8. 내일(8일) 저녁부터 각 부대는 채소죽 또는 죽을 식사로 한다.

(정량은 1인당 하루 300그램 이내로 한다.)

10. 각 부대는 채소, 가축류, 기타 물자의 임의 수집을 엄금한다.

소철에는 독성이 있어서 잘못 발효해서 먹으면 생명을 잃는다. 오래전부터 오키나와 사람들은 긴 가뭄과 태풍 등으로 식량이 궁할 때마다 야산에 자생하는 소철 줄기를 발효해 먹어서 굶주림을 면할 수 있었다. 섬 밖에서 식량이 보급될 가능성은 거의 끊기고 물만 겨우 확보할 수 있는 계곡을 따라 구축한 진지에서 제3전투부대의 실태는 천재지변이 아닌 기아 상황으로 야금야금 빠져들고 있었다.

채소나 가축류 수집을 엄금한다는 항목은 주민에게도 적용되어 도카시키 섬의 모든 작물과 가축류가 제3전투부대의 통제하에 들어갔다. 섬사람들이 깊은 산속 방공호나 피란 오두막으로 데려가지 못해 마을에 두고 온 돼지, 산양, 닭은 군이 수집해서 식량으로 썼다.

"처음에는 돼지며 닭이며, 이런 것들을 자주 먹었어요. 군인이 징용병을 데려가서 잡아 오는 거지요. 돼지는 지방이 없어서 붉은 살코기뿐이었는데, 이걸 볶아서 소금을 뿌려 먹으면 정말 맛이 그만이었어요. 닭·돼지·감자는 이곳 사람들이 키우고 가꿨지만, 군이 전부 가져와서 먹었어요. 섬사람들도 먹긴 했는데 양이 적었어요. 섬사람들은 힘들어했어요."

제3전투부대에서는 4월 7일에 발령한 사항만으로는 지구전의 식량 부족에 대한 근본적인 해결이 되지 않는다고 보고 30일에 현지 자활반 편성을 발령했다.

1. 전투부대는 현지 자활반을 편성해 필요한 각종 식량의 재배나 채집, 가공

등 모든 작업을 전담하게 한다.

234고지에는 전투부대 본부를 중심으로 제1 · 제2 · 제3중대와 정비중대가 배치되어 있었는데, 현지 자활반이 이 본대에서 떨어져 나가 식량 지급도 끊긴 상황에서 재배 · 채집은 물론이고 여러 방법으로 구한 식량을 본대로 보급하는 것이다. 도카시키 섬에서 소집된 방위대원과 한국인 징용병들로 구성된 현지 자활반은 아하렌, 아리가, 온나카라 등 몇 군데에 배치되었다.

봉기는 매일 가즈코와 죽을 쑤었다. 기쿠마루는 스즈란과 일하고 있었다. 얼마 안 되는 쌀에 바닷물과 민물을 절반씩 붓고 고구마 잎이나 줄기, 뽕잎 등을 넣는다. 된장, 간장, 소금 등이 떨어졌기 때문에 염분을 섭취하려고 바닷물을 넣은 것이다.

바닷물은 반장이 징용병을 데리고 해안까지 가서 길어 왔고, 아카마쓰 전투부대장의 참호 입구에서 나오는 약수나 계곡물을 긷는 건 봉기와 여자들의 일이었다. 무거운 군용 양동이에 물을 가득 담으면 혼자서는 도저히 들 수가 없다. 봉기는 가즈코와 둘이서 양동이를 들고 항상 축축하게 젖어 있어서 걷기에 위험한 계곡을 따라 취사장까지 내려왔다. 쌀은 나락 상태로 보관되어 있어서, 그 나락을 방아로 찧어 쌀로 만드는 것도 허리가 휠 정도로 힘겨웠다. 한 사람이 먹을 양은 얼마 안 되지만, 200~300명분은 사람의 힘으로 찧기가 쉽지 않다. 그러나 물 긷기나 방아질보다 싫은 것이 불쏘시개 줍기였다. 장작은 징용병이 주워 오는데, 위험을 무릅쓰고 주워 오는 그것들이 생나무였다. 연기만 내고 불이 잘 붙지 않는 생나무를 태우기 위해 이노우에 반장이 여자들에게 불쏘시개를 주워 오라고 명령했다. 진지 주변에는 류큐치쿠琉球竹라는 가느다란 대나무가 자라고 있었다. 그 마른 나무가 불이 잘 붙어서 좋은 불쏘시개가 되었다. 처음 얼마 동안은 바닥에 떨어진 것을 진지 가까이에서 많이 주울 수 있었지만 날이 갈수록 점점 더 멀리 나가야 했다. 울창한 숲으로 덮여 있는 진지에서 한 발짝 밖으로 나가면 언제 박격포나 비행기의 기관총 세례가 쏟아질지 모른다. 진지에서 멀어지면 멀어질수록 그 위험이 가까워지는 것 같아 봉기는 늘 조마조마한 마음으로 마른 대나무를 찾았다.

4월 초에 일단 도카시키 섬에서 모습을 감췄던 미군이 이달 중반부터 산발적이기는 해도 다시금 공격을 개시해 5월 중순에는 진지를 아하렌, 도카시쿠에서 도카시키로 옮겼다. 작은 섬에서 표고가 234.2미터밖에 안 되는 산골짜기에 숨어 있던 제3전투부대는 드디어 미군의 추격을 받았다.

234고지에 온 지 며칠도 지나지 않았을 때의 일이다. 봉기와 가즈코는 목욕물을 데우라는 명령을 받았다. 양동이를 들고 몇 차례씩 오가며 계곡물을 길어다 돌 위에 놓은 드럼통에 겨우 담아 놓고 봉기가 불을 지폈다. 그때 미군 비행기가 다가오는 소리가 들렸다. '제발 이쪽으로 오지 마라.' 하고 생각할 새도 없이 폭음이 계곡을 뒤덮었고, 정신을 차렸을 때는 눈앞의 드럼통에서 뜨거운 물이 엄청난 기세로 튀어 올랐다. 머리 위 천막에 작은 구멍이 여러 개 뚫려 있었다. 기관총 세례가 드럼통을 뚫어 버린 것이다.

"혼비백산하는 바람에 미처 피할 틈도 없어서 거기 그대로 가만히 있었어요. 그랬더니 반장이 '이럴 때는 참호에 들어가야 해.'라고 말했어요. 참호고 뭐고 들어가려고 해도 너무 놀라 꼼짝도 할 수 없었어요. 드럼통은 엉망진창이 되었고."

점심을 먹고 나서 계곡에서 설거지를 하고 있는데 바로 뒤에 박격포가 떨어지기도 했다. 다행히 불발탄이었지만, 만약 폭발했다면 부상 정도로 끝나지 않았을 것이다. 취사장에서 일하고 있을 때 폭격을 당해 정신을 차리고 보니까 눈앞에 있던 나무가 흔적도 없이 어디론가 날아간 적도 있다. 그리고 밤에 볼일을 보려고 참호 입구까지 갔다가 폭음이 들려서 밖으로는 나가지도 못하고 고단해서 그대로 잠이 들었는데 갑자기 불덩어리가 떨어진 적도 있다.

"그런 일은 몇 번이나 있었어요. 뭐 그래도 살 사람은 살아요. 그때는 배가 너무 고파서 죽는 게 무섭다는 생각도 들지 않았어요. 전쟁이 시작되었을 무렵에는 무서웠는데, 나중에는 그냥 배가 고프다는 생각만 들더라고요. 맞아요, 배고픈 게 무서운 것보다 더 견디기 힘들어요. 그래서 그랬는지 산에 있을 때부터 월경은 없었어요. 전혀. 산에서 그것까지 있었으면 어떻게 했을까? 8개월 정도 없었어요. 영양부족으로……. 없어서 천만다행이었지."

봉기는 산에 있는 동안 정상적인 생리 기능이 정지된 것을 두고 '그것만큼은 정말 다행'이었다고 말한다. 그것은 봉기뿐 아니라 대부분의 오키나와 여성이 전장에서 공통적으로 겪은 일이다. 영양실조에다가 정신장애를 일으킬지도 모를 정도로 충격이 계속 이어졌기 때문일 것이다.

봉기는 어느 날 계곡물로 아랫도리를 씻었다. 공습이 시작된 뒤로 목욕을 못 해 견딜 수가 없었기 때문이다.

"산에 몇 달씩 있다 보니까 냄새가 지독했어요. 목욕은 생각도 못 하는 상황이었으니까. 그래서 뒷물이라도 하자는 생각으로 씻었어요. 작은 시내가 있었는데, 그 물로 씻다가 세균이 들어갔나 봐요. 부어서 걷기가 힘들 정도였어요. 그래서 4, 5일 참호 안에 누워 있다가 군의관이 와서 주사를 맞았던가, 약을 먹었던가? 아무튼 그걸로 나았어요."

5월 중순 도카시키 마을에 진을 친 미군은 병력을 확대하고 물자를 모아들였다. 그와 동시에 4월에 점령한 이에 섬 주민 1500명을 도카시키 섬으로 이동시켰다. 이런 움직임을 제3전투부대는 '적이 도카시키 섬을 소탕할 것 같은 징후'로 보고 응전 태세를 굳건히 하는 한편 '정진 돌격대'를 편성했다. 탄약과 식량 창고의 폭파, 박격포 진지의 야습 등을 목적으로 한 공격에 나설 정예부대였다. 진지의 통행로가 취사장 바로 근처에 있었기 때문에 봉기는 군인들이 돌격하러 갈 때마다 그들을 보았다. 가련한 모습이었다. 비행기의 기관총, 군함의 화포, 박격포 등 닥치는 대로 총포탄을 쏟아붓는 미군에 맞선 일본군은 기관총을 든 소수 인원이 야음을 틈타 나가는 게 고작이었다.

"미국은 비행기에서, 배에서 공격하잖아. 그런데 일본은 무기가 없었어. 군인이 돌격하러 갈 때 기관총을 들고 가는 거야. 그걸로 공격이나 할 수 있었겠어요? 미군은 비행기로, 배로 공격하는데? 돌격대는 '아아, 이제 틀렸어.' 하며 돌아왔어요. 이걸 보고 가슴이 뭉클해지면서 눈물이 났지요. 아, 일본은 무기가 없어서 이렇게밖에 못 하는구나 싶어서."

'정진 돌격대'는 이렇다 할 성과를 올리지 못하고 희생자만 내고 있었다.

"군인 하나가 돌격하러 갔다가 박격포를 맞아 얼굴이 만신창이가 되어 돌아왔어요. 죽지는 않았지만 (핏기가 없어져서) 창백했어요."

봉기는 돌격하러 가서 피투성이가 되어 돌아오는 군인들의 군복을 빨았다. 군복에 말라붙은 핏자국은 계곡에서 손이 아플 정도로 문질러도 좀처럼 지워지지 않았다.

한국에서 태어나 한국에서 자랐다는 하사관도 돌격하러 가서 죽었다. 한국말을 할 줄 아는 그 하사관은 봉기가 친근감을 느끼고 있던 몇 안 되는 사람 중 하나였다. 하사관 쪽에서도 무슨 일이 있으면 한국에서 온 여자들을 따뜻하게 대해 주었다. 그 하사관은 도카시키 섬에 와서 승진해, 동료들과 축하를 겸해 빨간 기와집에 온 적이 있다.

"최근 하사관으로 승진했다면서 서너 명이 신이 나 즐기러 온 거예요. 모두 스물다섯 살 안팎의 사내들이었지요. 혈기 왕성한 나이라 여자를 찾았겠지요. 어떤 작자는 자기가 몇 번씩 할 거라고 한 모양이에요. 그 작자, 이러쿵저러쿵 말이 많았어요. 그러니까 이 하사관이 '어이, 너무 성가시게 굴지 마라.' 했어요. 이 하사관들이 돌격하러 간 거예요. 출발 전에 취사장에 잠깐 앉아 반장이랑 이야기하고 갔어요. 돌격하러 갔다가 미국 담배를 갖고 왔더군요. 한 개비 주길래 피워 보니 머리가 빙빙 돌아 피울 수가 없었어요. 한참 산에서 담배도 못 피웠잖아요. 돌격하러 갈 때는 늘 미제 바지, 파란 바지 있잖아요? 그걸 입고 갔어요. 그런데 어느 날 일본군 군복을 단정하게 입고 돌격하러 가서 죽은 거야. 잘생긴 사람이었어. 밋짱을 자주 찾아왔지. 체격도 아주 좋고 부드러운 남자였는데 죽어 버렸어요."

미군이 도카시키에 진을 친 뒤로 234고지의 감시 초소에서는 거의 매일 미군의 모습을 볼 수 있었다. 제3전투부대는 현격한 병력 차이가 있는데도 눈앞의 미군에게 돌격을 되풀이했고 양군의 크고 작은 실랑이는 6월에도 이어졌다. 제3전투부대가 이렇다 할 성과를 올리지 못한 채 돌격을 반복하면서 헛된 소모전을 펼치고 있던 시기, 5월 28일에 한국인 징용병 몇 명이 처음으로 도망쳤다. 제3전투부대에서 수색대를 보냈지만 도망자를 발견하지 못했다. 진중 일지에 숫자가 기록되지 않아 몇 명이 도망쳤는지는 확실치 않지만, 징용병들이 결국 도망에 성공한 것이다. 봉기가 빨간 기와집에 있을 때는 동포인 징용병들과 접촉할 기회가 없었지만 계곡의 진지에 들어온 이후 징용병 두 명과 같은 취사반에서 일했다.

"취사반의 이노우에 반장은 아주 좋은 사람이었어요. 취사반은 가즈코와 나, 징용병 둘, 이렇게 조선인이 네 명이었어요. 반장을 합치면 다섯 명. 참호 안에서 반장이 조선어를 가르쳐 달래서 가르쳐 줬는데 발음이 너무나 엉뚱해서 다들 웃었어요. 그런데 군인을 데리고 돌격하러 가는 동료한테 그렇게 웃는 모습을 들켜서, 징용병 두 명하고 반장까지 남자 세 명이 끌려 나가 따귀를 맞았어요. 우리가 너무 큰 소리로 웃는 바람에 그런 일을 당하는 걸 보니까 안됐더라고요."

징용병들은 영장은 고사하고 아무 절차도 없이, 그것도 논이나 밭이나 각자 일터에서 일하던 중에 갑자기 들이닥친 인간 사냥꾼들이 가족과 연락도 못 하게 하고 강제로 트럭에 태우는 식으로, 마치 들개를 사냥하듯 마구잡이로 끌어모아 연행해 온 사람들이었다. 제3전투부대에서도 징용병은 피라미드형 계급제의 밑바닥에 놓여 위험한 작업, 과중한 노동에 이용되었다. 봉기도 일본군에게 학대당하는 동포의 비참한 모습을 자주 보았다.

"반장이 밤에 징용병을 데리고 고구마를 캐러 가곤 했어요. 그런데 배가 고픈 징용병이 캐면서 몰래 먹었나 봐요. 그건 군 소유도 아니고 민간이 경작한 고구마잖아요? 따지고 보면 특별히 나쁜 짓을 한 것도 아닌데, 장교는 이 징용병을 자기 장검으로 때렸어요. '악' 하는 비명이 들리고 콩 타작하듯 두드리는 걸 보고 가슴이 많이 아팠어요. 그 사람은 2, 3일 동안 일어나지도 못했어요. 그리고 한번은 한밤중이었는데, 징용병들이 밭에서 캔 고구마를 참호에서 철모에 구워 먹으려다 들킨 적이 있어요. 밤이었으면 무사히 넘어갔을 텐데 새벽녘이었던 거예요.

참호에서 연기가 나는 바람에 들켜서, 고구마는 먹어 보지도 못하고 반장한테 몽땅 빼앗겼지요. 알이 굵은 고구마가 많아 보기에도 먹음직스럽더라고요. 이 고구마를 장교 참호로 가져오게 하고는 손을 뒤로 묶어 앉히고 벌을 줬어요. 그리고 군고구마는 장교와 취사반장이 다 먹었어요."

일반적인, 지극히 당연한 상식으로는 섬사람들이 심어 놓은 고구마를 영양실조에 걸린 징용병이 한두 개 먹었다고 해서 일본군에게 벌받을 일은 아니다. 하지만 이 섬의 모든 식량은 제3전투부대의 통제하에 있어서 고구마 하나 마음대로 캘 수 없도록 엄격히 관리된 것이다. 그러나 1인당 하루 300그램으로 정해진 식사도 차츰 줄어 결국 1인당 하루 25그램, 성냥갑 하나 정도 무게의 쌀로 죽을 쑬 수밖에 없었다. 도마뱀, 뱀, 들쥐, 도토리, 뽕잎, 파초 줄기 등 먹을 수 있는 것을 발견하면 군인들은 다투듯 달려가 주워 모았다. 그리고 이노우에 취사반장의 참호로 몰래 소금을 가지러 가는 사람도 있었다. 주워 모은 것을 직접 조리하려는 것이었다. 그런데 고구마는 섬사람들이 심은 것인데도 모두 제3전투대대 통제하에 두었다. 취사반에 있던 봉기도 늘 배고픔에 시달렸지만 장병이나 징용병만큼은 아니었다.

"취사반에서 쑤는 죽에는 콩도 넣었는데, 위쪽에는 쌀가루가 거의 없고 멀건 국물뿐이었어요. 이노우에 반장이 위에 뜨는 멀건 국물은 군인들에게 나눠 주고 밑바닥에 남은 된죽은 취사반 사람들이 먹게 했어요. 여름이라 날은 덥지 죽은 뜨겁지, 그러니까 반장이 공기 두 개에 뜨거운 죽을 담아 놓고는 한 공기를 그냥 먹는 동안 나머지 한 공기를 식혀서 먹더라고요. 이걸 보고 나도 질 수 없다고 생각해, 한 공기 가득 담아 놓았다가 다른 공기의 죽을 먹는 동안 그게 식으면 또 먹었어요. 배가 고프긴 했어도 취사반에 있었던 덕분에 장병들 정도는 아니었어요."

당시 전투부대장이던 아카마쓰 씨는, 곡물이 거의 안 보이는 멀건 죽이라도 불공평하게 나눠지지 않도록 죽을 받는 순서가 늘 바뀌었다고 한다. 하지만 취사반에게는 항상 마지막으로 된죽이 남기 때문에 1인당 하루 25그램 이상을 먹을 수 있었던 것이다. 그런데도 봉기는 늘 배가 고팠다. 그래서 군인들처럼, 먹을 수 있는 게 보이면 뭐든 먹었다. 그러나 먹을 수 있는 게 눈에 띄는 일은 아주 드물었다.

"산에서는 계곡물이 졸졸 흘러 내렸어요. 거기에 게가 기어 다녔어, 호호! 이걸 잡아서 날로 먹는 거예요. 껍질을 까서 안에 든 달걀 같은 색깔의 살을 발라 먹고, 다리도 먹고. 맛이 기가 막혔어요."

어느 날 취사장에 죽을 받으러 온 징용병이 봉기더러 보리를 훔쳐 달라고 부탁했다. 보리도 쌀도 이노우에 취사반장의 참호에 있었다. 봉기는 틈을 봐서 보리를 훔칠 수 있었을지도 모른다. 하지만 그렇게 하지 않았다.

"보리는 가마니에 잔뜩 있었지요. 징용병이 두 사람씩 그걸 취사장까지 짊어지고 왔어요. 그런데 '배가 너무 고파서 그러니까 보리를 조금만 훔쳐 달라'는 거예요. 그걸 어떻게 훔쳐요? 반장이 자는 참호에 있는 걸. 난 못 한다고 했지요."

영양실조로 몸이 쇠약해진 징용병이 안쓰럽기는 했지만, 그렇다고 자신이 위험을 무릅쓰고 도둑질을 할 수는 없었다. 보리를 훔친 사실이 들통 나면 어떻게 되는지 봉기는 아주 잘 알고 있었다. 고구마 한두 개 먹은 것으로도 사흘이나 일어나지 못할 정도로 흠씬 두드려 맞는 징용병의 모습을 봤기 때문이다.

제3전투부대는 6월 22일에 오키나와 본부의 제32군사령부로부터 옥쇄玉碎(명예나 충절을 위해 죽는 것을 가리킨다. – 옮긴이)를 완수하라는 통보를 접수했다.

6월 22일, 본부 무전기로 본도 군사령부가 최후의 돌격을 감행한다는 전보를 접수했다.

이튿날인 23일 오전 4시 30분, 돌격대를 보낸 뒤 고위급 참모 두 명이 자결한 것을 기점으로 제32군사령부는 붕괴했다. 이로써 오키나와 본도의 조직적인 전투력은 거의 괴멸했다.

어느 날 아침, 봉기가 잠에서 깨어 보니 같은 참호에서 자고 있던 기쿠마루와 스즈란의 모습이 보이지 않았다. 이 두 사람은 소네 기요시 일등병이 이끄는 약 20명의 징용병과 함께 계곡의 진지를 빠져나갔다. 6월 30일 새벽의 일이다. 한국에서 끌려온 여자는 봉기와 가즈코만 남았다.

징용병들이 도망친 다음다음 날 방위소집되어 있던 도카시키초등학교의 오시로 교감이 제3전투부대 내부에서 '처형'되었다. 같은 날인 7월 2일, 미군의 지시를 받고 투항을 권고하러 전투부대 본부에 왔던 이에 마을 주민 네 명도 '처형'되었다.

봉기는 계속 계곡 진지에서 생활했다.

"날씨가 좋을 때는 산에 조금 올라가면 바다가 보였어요. 미군이 배를 타고 놀고 있었지. '아, 언제 저 길을 걸을 날이 올까?' 늘 그 생각만 했어요."

오키나와 본도에서는 이미 전쟁은 끝나 있었다. 6월 중순에 지뢰 피해자를 낸 뒤로 제3전투부대는 돌격하러 나가지도 않았다. 미군은 거의 반격하지 않는 제3전투부대에게 변덕을 부리듯 이따금 박격포나 고사포를 난사했다. 그리고 밤이 되면 주변 바다에 떠 있는 미군 함정에서 사람을 잡아먹을 듯 요란한 노래가 흘러나왔다. 아니, 낮에도 파란 여름 바다에서 수영을 하거나 배에서 신나게 노는 미군의 모습이 보였다.

영양실조에 따른 사망 중 일본군의 경우만 7월 10일부터 진중 일지에 기록되었다.

7월 10일, 18시 30분 가타기리 일등병, 영양실조로 병사.

이와 비슷한 영양실조 사망이 패전에 따라 제3전투부대가 234고지를 내려올 때까지 반복되어 겨우 한 달 남짓한 기간 동안 열한 명으로 기록되어 있다. 여기에 병으로 죽은 사람을 합치면, 그 수는 전사자 수보다 훨씬 많아진다. 이대로 전쟁이 길어지면 심신이 모두 쇠약해진 장병의 전사·병사가 갈수록 불어나고, 병에 걸리지 않아도 영양실조 때문에 줄줄이 쓰러졌을 것이다. 보급이 끊긴 제3전투부대는 미군이 군이 공격하지 않고 그대로 두어도 자멸을 피할 수 없는 형국이었다.

주민들의 식량도 바닥을 드러내기 시작했다. 논밭의 귀중한 작물은 군에 공출하고 지혜를 짜내 모은 소철 같은 식량도 군인들이 오면 앗아가 버렸다. 주민들 사이에서도 영양실조로 어머니의 젖이 나오지 않아 젖먹이가 죽는 등 아사자가 속출했다.

이런 가운데 8월 11일에 도쿠히라 히데오 우체국장이 미군 척후병에게 잡혔다. 이것을 기회로 삼아 주민들이 계곡의 임시 오두막과 방공호를 나와 미군에 투항하기 시작했다. 미군이 '20일 이후 일본군 군대 및 남은 주민을 총공격해 전멸시킨다'는 정보를 입수한 제3전투부대는 최후의 돌격을 14일에 감행하기로 계획한다. 지구전에 대비해 쌀을 극도로 아껴 먹었지만 그럴 필요가 없어지고 최후의 돌격이 결정되자, 죽은 하얀 쌀로 만든 주먹밥으로 바뀌었다.

"미군이 삐라를 뿌렸어요. 2, 3일 후였나? 조개 통조림도 꺼내고 쌀밥을 했어요. 그런데 갑자기 된 쌀밥을 배급했더니 아무도 먹지를 못하는 거예요. 맛있다는 생각이 없어지고, 먹으면 설사를 했어요. 그런 와중에 장교 하나가 밥을 맛있게 지으라더군요. 밥이 얼마든지 배급되어 배가 부르니까 호강에 겨워 그런 소리를 한 거지요."

8월 12일에는 미군 수상기에서 투항 권고 쪽지를 도카시키 섬에 뿌렸다. 한여름의 강렬한 햇볕 속에 팔랑거리며 떨어지는 미군의 투항 권고 쪽지는, 주위 산들을 온통 하얗게 만들고 울창한 아열대 식물로 덮인 계곡의 나뭇가지 끝에서 나풀거렸다. 그 밑에서 봉기는 하얀 쌀밥을 짓고, 장병들은 그것을 먹고 소화불량으로 설사를 했다.

쌀로 만든 주먹밥을 먹고 힘을 내 감행하려던 최후의 돌격은 포위 태세만 조직하고 미수에 그쳤다. 그리고 15일, '본도 통신실의 고장 난 무전기로 종전 칙서를 접수, 적의 진지로부터 방송으로 종전 투항의 권고'를 받았다. 투항 권고 쪽지가 다시 234고지 위로 뿌려졌다.

천황의 칙서를 무전기로 접수한 다음 날에도 주민 '처형'이 반복되었다. 세 번째였다. '처형'된 사람은 아직 소집 연령에도 미치지 못한 소년 두 명이었다. 두 소년은 다른 젊은이 두 명과 함께 미군의 군사사절로서 투항 권고 문서를 들고 234고지에 올라온 것이다. 제3전투부대는 '처형'된 두 소년이 가져온 투항 권고서를 검토하고, 17일에 군사사절 네 명을 파견한다. 아카마쓰 전투부대장과 미군 사령관의 회견이 18일로 잡혔다. 봉기는 '언제 저 길을 걸을 때가 올까?' 하고 몇 번을 생각했는지 모른다. 제3전투부대와 234고지를 내려와 그 도카시키의 하얀 길을 걸어서 무장해제식에 참가했다.

"산에 숨어 지내는 동안 일본은 이긴다, 일본은 이긴다 하고 마음속으로 늘 생각했어요. 그랬는데 봐요, 일본이 졌잖아요. 그래서 대장이 검을 미군에게 넘겨줬어요. 대장의 검은 적군의 포로가 된 거지요. 두 손으로 받쳐 들고 미군에게 넘겼어요. 미군이 검을 받는 걸 보니까 나까지 분하더군요."

무장해제식 뒤에 봉기 일행은 소지품 검사를 받고 자마미 섬으로 보내졌다. 그때 봉기는 몸빼를 비롯한 옷 두세 벌과 빨간 기와집에 있을 때 군인에게 받은 팁을 모아 만든 얼마 안 되는 돈을 갖고 있었다.

"작은 보퉁이 하나를 갖고 있었어요. 나까지 덩달아 포로가 되었으니, 당연히 내 보따리까지 미군이 조사하더군요. 그 사람들 눈에는 이상한 옷들이었겠지. 우스웠을 거예요."

전쟁의 불길 속에서도 소중하게 갖고 있던 물건들을 미군 앞에 펼쳐 놓고 보니 남 앞에 내놓기 부끄러운 것들뿐이었다.

황군皇軍의 신발

어마어마한 양의 포탄이 떨어진 흔적이 벌집처럼 남은 채 정리되지 않아 곰보 같은 땅을 봉기는 작은 보따리 하나를 머리에 이고 황군의 작업화 한 켤레를 들고 날이면 날마다 걸었다. 그때가 일본이 포츠담선언을 수락한 지 한두 해 후였을까, 서너 해 후였을까? 234고지의 계곡을 나온 후 이시카와의 민간인 포로수용소에 수용되었지만 거기에 얼마 동안 있었는지 정확하지 않고, 수용소의 큰 막사에서 안이 네 가구용으로 구분된 천막집으로 옮겼는데 그게 또 언제쯤이었으며 그곳을 나온 건 언제였는지, 봉기에게는 전혀 기억이 없다.

아무튼 오키나와 사람들이 수용소 천막생활에서 미군이 준 급조된 기획주택으로 옮겨, 여기저기서 주워 온 판자 조각과 천막 따위를 모아 땅을 파고 오두막을 짓는 사람도 있었고, 제각기 일단은 날아오는 총알을 두려워하지 않아도 되는 생활을 시작했을 때 봉기도 이시카와의 네 가구 공동 천막을 나왔다. 물론 나온 뒤에 갈 곳이 있을 리 없었다. 봉기는 걸었다. 오로지 걷고 또 걸었다.

'속아서 일본군에 끌려와 낯선 나라에 버려졌다'는 생각에 진저리를 친 것은 10·10공습 직후 나하 항에 도착했을 때도 아니고, 도카시키 공습이 시작되었을 때도 아니고, 일본의 패전으로 계곡 진지에서 내려왔을 때도 아니다. 이시카와 수용소를 나와 비로소 혼자 오키나와 땅을 밟은 바로 그 순간이었다.

"맨 처음에는 어딜 가도 마음이 편치 않았어요. 여기저기 다니며 하룻밤, 이틀 밤, 잘 해야 일주일……. 그리고 그냥 걷기만 했어요. 나고에도 가고 야케나에도 갔어요. 무턱대고 걸었어요. 처음에는 아무 데나 가서 식모로 써 달라고 했는데, 아직 젊으니까 받아 주는 집도 있었어요. 뭐 '식모는 있으니까 위에서 접대를 하라'는 식이었지요. 종일 걷다 지쳐서 '객장'에서 자는 척한 때도 많았어요. 손님이 술을 마시고 있는데 그 앞에서 자는 척하다가 꿈까지 꿨어요. 하룻밤을 자고 아침에 일어나면 또 어딘가로 가고 싶은 거예요. 하루 전에 나타나서는 식모로 써 달라고 해 놓고 거길 나올 때는 집에 가서 갈아입을 옷을 갖고 오겠다고 거짓말을 하고 나오는 거지요. 종일 걷다 보면 어두워지고 잘 곳이 없으니, 다시 술집으로 찾아가요. 돈은 한 푼도 없었어요. 2, 3일 있다가 차비가 생기면 또 다른 곳으로 갔어요. 갈아입을 옷도 없이 보따리 하나 머리에 이고 1년은 계속 걸은 것 같은데, 어딜 가도 마음을 놓지 못했어요. 불안했던 거예요. 아, 그때는 군용 작업화를 신고 있었어요. 황군 작업화. 그걸 벗어 들고 일부러 맨발로 걸었어. 낯선 나라로 끌려와 아는 사람 하나 없지, 말도 안 통하지, 돈도 없지, 아무것도 없는 거예요. 에라, 될 대로 되라는 심정이었지요. 인간이 그런가 봐요."

총알 자국이 가득한 도시 한 귀퉁이에 옹색한 판잣집이나마 일찌감치 환락가가 생기기 시작하고, 그 냄새를 따라 봉기의 발걸음이 저절로 그쪽으로 향한다. 땅거미가 지기 시작하는 동시에 숨을 쉬는 판잣집 환락가의 어떤 술집 앞에서 봉기는 걷다 지쳐 나무토막같이 뻣뻣해진 다리를 끌고 안에다 말을 걸었다.

"혹시 식모 필요하지 않나요?"

필사적으로 외웠을 일본어 한마디를 더듬거리며 군용 작업화를 들고 불쑥 나타난 30줄이 지난 여자를 보면서, 판잣집 여주인은 낯선 나라에서 온 눈앞의 여자가 겪어 온 운명을 어렴풋이나마 직감했을 것이다.

"식모는 있으니까 위에 올라가 손님 접대를 하면 되겠네."

'식모로 써 달라'는 봉기의 궁색한 부탁은 가건물에 문을 연 환락가의 여자들이 하는 일이 뭔지는 알고도 남을 인사말이다.

가건물 술집에 들어가 '객장'에 앉으면 종일 걸은 그날의 피로가 한꺼번에 몰려오기 때문에, 손님이 옥수수 같은 것으로 빚은 술에 들떠서 노래를 부르고 싶을 때쯤이면 손님의 모습도 노래도 몽롱하기만 했다. 극심한 피로가 봉기의 상체를 푹 떨구게 하고 수마가 뒤흔들었다. 걷다 지쳐 나무토막이 된 다리를 억지로 벌리고 제 욕구를 채운 손님이 언제 돌아갔는지도 모르고 곯아떨어져 자다가 이튿날 눈을 떠 보면 이미 한낮이 지나 있었고, 피로가 가시지 않은 둔중한 몸에는 정체 모를 혐오가 덮친다. 이글이글 타는 태양은 가건물을 태울 듯 뜨거웠고,

싸구려 술 냄새와 사내의 체액에 찌든 채 푹푹 찌는 가건물에 있는 게 견딜 수 없어서 밖으로 나온다.

"마담, 갈아입을 옷을 놓고 온 데가 있어요. 잠깐 가서 가져올게요."

어렵사리 배운 서너 마디 일본어를 총동원해 그 자리를 얼버무리고 허둥지둥 빠져나오는 것이다. 보따리와 작업화 한 켤레가 그때 봉기의 전 재산이었다. 가지러 가야 할 옷 따위는 있지도 않았다. 가건물을 나와서 갈 곳이 있는 것도 아니다. 어차피 도달할 곳은 다른 동네의 판잣집 환락가. 그래도 봉기는 그곳을 나왔다.

"어딜 가도 도무지 마음이 편치 않았어요. 여기저기 걸어 다녔지요. 나고에서 고자로, 야케나로, 가데나로……. 아주머니쯤 되는 사람을 아무나 붙잡고 '어디 식모로 써 줄 만한 데 없을까요?' 했더니 그 아주머니가 '있어요.' 하더군요. 가 보니 젊은 여자가 둘 있었어요. 이 여자들이 미군을 상대로 성을 파는, 그런 곳이었어요. 자기 가게에서 일해 달라고 하더군요. 월급은 500엔을 주겠대요. 그래서 거기서 자고 아침에 일어났더니 그 여자들이 덮던 이불이며 깔개 따위를 빨아 달라는 거예요. 그때는 수도고 뭐고 아무것도 없었어요. 빨래를 하려고 보니까 그놈의 우물이 얼마나 깊던지. 두레박을 철사로 매달아 놓은 우물이었는데 물을 퍼 올릴 때마다 철사가 손바닥을 파고들어 손이 아팠어요. 우물이나 얕으면 모를까, 웬 우물이 그리도 깊은지. 빨래보다 물 퍼 올리는 일이 더 힘들었어요. 죽도록 걷느라 기운이 없고, 영양 상태도 엉망이고, 그 집의 두 여자는 영화를 보러 갔고. 그래서 빨래하다 말고 아침에 지은 밥이랑 소금으로 주먹밥 두 개를 만들어서 그 집을 나와 버렸어요. 두 여자는 영화를 보고 집에 돌아와서야 사람이 없어진 걸 알았겠지요. 빨래는 안 돼 있고, 밥은 줄었고. 우스웠을 거예요. 주먹밥을 들고 걷다가 목이 말라 포장마차에 들어가서 튀김 5엔어치를 샀어요. 튀김을 사면 차를 마실 수 있거든요. 그래서 차를 한 잔 얻어 마시고 요미탄으로 갔고, 거기서 다시 술집에 들어갔어요. 식모로 써 달라고 했더니 역시나 식모는 있으니 위에 올라가 접대를 하라는데, 시간 여유가 있을 때라 거절하고 나와 버렸어요. 요미탄에는 이시카와 수용소에 같이 있던 사람이 있었어요. 이 아주머니 집을 찾아가 하룻밤 신세를 지고 고자로 갔어요. 거기서 또 술집에 들어갔더니 남자 주인이 주정뱅이라 꽥꽥거리면서 부부 싸움을 하더라고요. '아, 이 사람은 주정뱅이군.' 볼 것도 없겠다 싶었어요. 술만 마시면 난동을 부리니 무섭잖아요. 그래서 아침에 다들 자는 사이에 창문으로 도망쳤어요. 그러고는 '이런 젠장!' 하고 걸을 수 있는 데까지 또 걸었어요. 오키나와 땅은 죄다 걸었을 거예요. 매일 걷기만 했으니까. 어떤 집에 들어가서는 밤에 밥을 얻어먹고 나니까 녹초가 된 몸에 졸음이 몰려와 아침에도 일어나고 싶지가 않았어요. 한낮이 지날 때까지 쿨쿨 잤지요. 그리고 다시 나왔어요. '에라, 젠장.' 하면서 야케나는 어떤 곳인가 하고 가봤어요. 멀더라고요. 초가지붕으로 된 여관이 있었어요. 거기 열흘 있었지요. 방세는 150엔이었나, 방세를 받고도 내 수입에서 절반을 주인이 또 가져갔어요. 치사한 곳이었지요. 어딜 가도 그런 데는 없었어요.

방세를 내면 손님한테 받는 건 다 내 몫이거든요. 이 마담이 참 고약한 악질이었는데, 만주에서 군의 배급계 밑에서 일했다나? 능구렁이 같았어요. 재미있는 여자였지요. 이 마귀 같은 여자가 말재주는 청산유수였어요. 잘생긴 청년 하나가 자주 왔는데, '당신 단골, 그 남자가 당신을 다른 곳으로 보내 준대.' 하더군요. 정말인지 거짓말인지 몰라도."

방세를 받고도 여자가 몸을 팔아 받은 돈에서 반을 또 우려낸 만주에서 돌아왔다는 그 여자가 '군의 배급계 밑에서 일했다'고 한 걸 보면, 일본군의 명령을 받고 여자를 끌어 모아 위안소를 운영하던 사람인지도 모른다.

그러던 어느 날 봉기가 포장마차에서 우연히 옆에 있던 남자의 손에 매춘가로 팔려 갈 뻔했다. 고자에서 겪은 일이다. 걷다 지쳐 포장마차에 들어가 튀김을 주문했다. 먼저 온 손님이 하나 있었다. 봉기가 튀김을 다 먹고 나오니 그 사내가 따라 나왔다.

"나랑 어디 놀러 가지 않을래요?"

갈 곳이 없는 봉기는 남자의 요구에 응했다. 아직 해는 중천에 있었는데, 그가 봉기를 술집으로 데려갔다. 남자는 익숙한 몸짓으로 마담의 방에 들어가더니 술을 마시기 시작했다. 봉기는 머쓱해서 봉당에 앉아 있었다. 남자와 마담의 대화가 자연스럽게 귀에 들어왔다. 남자가 "여자를 데리고 왔어." 하며 마담에게 돈을 요구하는 것 같았다. 봉기는 그 사내가 자신을 팔아넘기려고 한다는 것을 직감했다. 그냥 앉아 있다가는 큰일 날 것 같았다. "변소가 어디에요?" 하고 볼일을 보러 가는 척했다. 다행히 변소가 밖에 있었다. 봉기는 잽싸게 도망쳤다. 이미 날이 저물기 시작하고 있었다. 정신없이 달리다 어떤 민가로 뛰어들어 사정한 끝에 하룻밤을 그 집에서 묵었다.

보따리 하나, 예전 황군의 작업화 한 켤레를 들고 떠돌아다니는 봉기의 처지를 남자는 꿰뚫어 보았을 것이다. 매춘가 여주인과 거래가 끝나면 남자는 돈을 갖고 모습을 감췄을 것이다. 아니, 더 악랄하게 끝까지 따라다니며 봉기가 버는 돈을 강제로 빼앗았을지도 모른다. 하마터면 봉기는 빌린 적도 없는 빚더미에 묶여 꼼짝도 못 하는 신세가 될 뻔했다.

그건 그렇고 봉기는 왜 엉덩이에 불이라도 붙은 듯 거처를 정하지 못하고 이리저리 전전했을까? "왜?"라는 질문에 봉기 씨는 말을 못 하고 짜증이 난다는 듯 비명을 질렀다.

"그냥! 마음이 안 놓여요, 불안하니까!"

1945년 8월 15일, 일본의 패전과 함께 봉기의 고향인 한국이 식민지 지배로부터 해방되었다. 강제로 또는 다른 식으로 오키나와로 끌려온 동포들은 대부분 새로 태어난 고국으로 돌아가고 있었다. 봉기는 한국으로 가는 귀환선 출발일도 아예 모른 채 동포들로부터 소외되어, 초토화된 땅을 여전히 떠돌고 있었다. 봉기의 방랑은, 도카시키 섬에서 사선을 아슬아슬하게 넘어 빠져나오고 낯선 곳으로 끌려와야 했던 30여 년 동안 겪은 자신의 처지에 대한 그야말로 몸이 부서질 만큼 격렬한 거부반응이 아니었을까? 적어도 가건물 환락가의 옹색한 매춘가에 머물러 있기보다는 곰보가 된 땅을 헤매고 다니는 것이 시간을 보내는 방법으로 나았을지도 모른다. 싸구려 술 냄새와 사내들의 체액으로 찌들어 있는 환락가에서 '한시도 편치 않았던 것'은 지극히 자연스러운 반응일 것이다. 봉기는 걸었다.

"에라, 젠장! 나고는 어떤 곳일까? 나고로 가 보자."

끝도 없이 동가숙서가식하는 봉기의 방랑은 1년가량 계속되었다. 그러다가 차츰 마음에 드는 업소에서는 한두 달 눌러 있기도 하고, 6개월에서 1년씩 머무르기도 하고, 어느새 오키나와의 주민이 되었다.

봉기가 머물러 있는 시간이 조금씩 늘기는 했지만 역시 한곳에 지그시 눌러 있지를 못하고 오키나와 술집을 전전했다. 그래 봤자 봉기가 지나온 많은 술집에서 작부로 번 수입은 없다. 거기서 일하는 여자들의 수입원은 술을 마시러 오는 남자들에게 성을 팔아 받는 대가다. 더구나 남자들로부터 받은 돈이 다 자기 수입이 되지는 않는다. 업소에 따라 비율은 달라도 절반 정도는 '방세'로 주인에게 내놓아야 한다. 업소에서는 벌이가 좋은 여자를 두면 '방세'도 많이 받는다. 물론 손님이 내는 술값은 모두 주인의 수입이다.

"술장사도 참 힘들어요. 몇 시간씩 앉아 있으면서도 돈은 안 내고 골치 아픈 푸념만 잔뜩 늘어놓질 않나, 정말 힘들더군요. 미리 계산이라도 해 주면 내버려 두고 도망가 버리겠는데 그걸 질질 끄는 작자들이 있어요. 얼른 마시고 갔으면 좋겠는데 맥주 한두 병 시켜 놓고 마시지를 않아요. 죽치고 앉아서 이 여자는 애교가 없다느니, 술값이 비싸다느니, 쓸데없는 소리만 늘어놓고 정말 힘들게 하는 손님이 있어요. 내가 맥주를 따르려고 하잖아요? 그럼 '어이, 그거 따르지 마.' 해요. 그러고는 컵을 들고 입만 적시는 것 같았어요. 정말 짜증 나는 작자였죠. 일이 끝나면 두세 시에 잠을 자게 되는데, 잠이 들 만하면 또 손님이 들어와요. 마담이 넣는 거예요. 이럴 때가 제일 힘들어요. 일어나서 나가기는 해도 손님이 야속해서 처음에 들어올 때부터 뚱하게 앉아 있었어요. 술을 가지고 가서 얼굴에 끼얹고 싶더라고요. 하지만 그럴 수는 없잖아요. 술손님보다 군인들이 나아. 뭐 개중에 까다롭게 구는 놈들도 있지만, 군인은 얼른 끝내고 바로 나가고 계속 들어왔으니까."

술집을 전전하는 데도 지친 봉기는 몇 번인가 다른 일을 해 보기도 했다. 나하의 그랜드 오리온 거리에 있던 식료품점에서 일한 건 이시카와 천막집을 나오고 얼마 안 되었을 때다. 아직 집다운 집이 세워지지 않았을 때라 그 가게도 작은 가건물이었다. 남편은 전사하고 세 아이를 데리고 사는 여자가 혼자 하는 장사였는데, 채소는 농업시험장에서 싸게 들여오고 과자류도 진열해 놓아 꽤 번창했다. 봉기는 식료품점에서 일하기 시작할 때, 전쟁 중에 계곡 옆 참호에서 줄곧 지내 몸이 냉해진 뒤로 다리와 허리가 아파 물은 길을 수 없다고 미리 양해를 구했다. 주인이 그 조건을 받아들여 물 긷기는 큰딸한테 시킬 테니까 괜찮다고 했다. 그 무렵 그랜드 오리온 거리 주변에도 아직 수도가 없고 우물도 몇 개 되지 않았다. 우물이 멀었기 때문에 물 긷는 일은 무척 힘들었을 것이다. 처음 얼마 동안은 그 집 딸이 학교에서 돌아오면 군

말 없이 그 일을 했다. 그런데 차츰 꾀를 부리기 시작하고, 그럴 때마다 엄마한테 야단을 맞았다.

"꾀도 났겠지요. 식모가 버젓이 있는데 왜 내가 물을 길어 와야 하나 싶었을 테니까. 물을 안 길어 와서 매일 실랑이를 하고 나 때문에 툭하면 매 맞는 걸 보고 있을 수가 없더군요. 그래서 한 달쯤 있다가 500엔 정도 받고 그만뒀어요."

나하에서 채소 장사, 떡 장사, 빈 병 수집도 했다.

"장사가 뭔지도 모르면서 채소를 바구니에 잔뜩 사다가 늘어놓고 아침부터 나가 밤 9시까지 앉아 있어도 두세 단 팔았을까?"

채소 장사는 밑천이 적어도 할 수 있는 일이라고 생각해서 시작했다. 그러나 길바닥에 채소를 늘어놓은 작은 가게라도 제각각 단골이 있었다. 새로 끼어든 데다 말도 제대로 못 하는 봉기는 손님을 불러들이는 것조차 생각처럼 되지 않았고, 길가에 즐비하게 나와 있는 상인들 틈에서 경쟁하는 것은 너무나 어려운 일 같았다. 하룻밤 지나면 시들어 팔지도 못하게 되는 채소를 하는 수 없이 다른 가게에 가져가서 본전보다 싸게 팔아넘기는 수밖에 없었다. 본전도 못 건지는 장사를 벌이가 되는 단계까지 계속 할 돈도 기력도 봉기에게는 없었다.

떡 장사를 시작할 때는 채소 장사를 시작했을 때보다 돈이 조금 더 여유 있었다. 목공소에 가서 주문 제작한 유리 덮개가 달린 진열 상자에 도매상에서 떼어 온 떡을 담고는 길가에 앉아 손님을 기다렸다. 하지만 그 목제 진열 상자는 바닥이 깊어서 안을 들여다보지 않는 이상

떡이 보이지도 않았다. 그래서 떡 장사로도 돈을 벌지 못했다.

"이런 젠장! 몽땅 먹어 버리자. 다 먹고 죽게 되면 죽지 뭐."

남은 떡을 버리기에는 아까워서 억지로 뱃속에 넣은 봉기는 형무소 근처에 있던 가게에 진열 상자를 가져가서 팔아 치웠다. 그 무렵 소베 형무소 뒤에 두 평도 채 안 되는 쪽방 한 칸을 얻어 살고 있었다.

빈 병 수집은 그래도 조금 길게 갔다. 술병, 맥주병, 간장병, 콜라병 등 온갖 병을 집집마다 다니며 사 모은다. 그리고 모인 빈 병을 머리에 이고 아사토에 있는 업자에게 가서 팔았다. 그러나 그 일은 어깨를 짓누르는 무게를 견디며 묵묵히 운반하는 것이 어리석게 느껴질 정도로 푼돈 벌이였다.

봉기는 다시 술집을 전전했다. 그렇게 하루 벌어 하루 사는 생활을 계속하면서도 절대 빚을 지지 않는 것과 기둥서방이라 불리는 남자들에게 걸려들지 않는 것은 굳게 지켰다. 술집에서 일하는 여자들은 집이 가난해서 거액의 선불을 빚으로 짊어지고 그 바닥에 뛰어든다. 선불금에는 비싼 이자가 붙어서 그것을 갚기란 쉬운 일이 아니다. 몇 년이 걸려 원금과 이자를 간신히 갚을 수 있을 무렵이 되면 가난의 바닥에서 빠져나오지 못한 부모가 새로운 빚을 또 떠넘긴다. 여자들은 자신의 벌이로 가족을 일시적으로나마 구할 수 있다면 그 일을 해야 한다고 생각했고, 고용주는 여자들이 빚을 지게 해서 자기 업소에 묶어두려고 한다. 빚의 늪에서 빠져나온 여자에게는 고용주가 비싼 옷이며 화장품을 강매하는 등 온갖 구실을 만들어 다시 빚을 지게 만든다. 독립적으로 일하는 여자는 마음대로 부릴 수가 없기 때문이다. 이런 식으로 여자들은 부모로부터도, 고용주로부터도, 스스로 뛰어든 수렁에서도 헤어나지 못하고 빚에 묶여 옴짝달싹 못하는 신세가 된다.

빚을 다 갚고 몸이 가벼워진 여자가 기둥서방이라는 사내에게 걸려드는 경우가 있다. 아니, 큰 빚을 지고서도 남자에게 걸려들어 더 큰 빚에 빠져드는 여자도 있다. 이런 여자들을 봉기는 수도 없이 봤다.

"일단 빚을 지면 끝장이에요. 벌어서 갚는다고 하지만, 그게 쉽지가 않아요. 뭐 운 좋게 착한 사람이 나타나 한꺼번에 갚아 주면 모르겠지만, 자기 힘으로 갚기란 하늘의 별 따기지요. 돈을 번다고 해도 옷을 사야 하고 화장품도 사야 하니까 대개는 빚이 있더군요. 뭐 사내한테 속아서, 아니면 사내한테 반해서 빚을 지는 여자도 있긴 했어요. 술집에서도 반한 남자한테는 외상으로 술을 마시게 해요. 외상으로 숙박도 하고. 이게 전부 여자의 빚이 되는 거예요. 사내한테 걸려들어 빚더미에 앉은 여자가 많아요. 한심하지 뭐예요! 남자는 놀고, 여자는 돈을 벌어도 남자한테 모조리 갈취당하고. 돈도 빼앗기고 죽도록 맞아 눈두덩에 시퍼렇게 멍이 들기도 하고. 여기저기 시커멓게 멍이 들어 안마 고약을 덕지덕지 붙이질 않나, 참 바보예요, 그런 여자는."

안마 고약이라는 것은 타박상, 어깨 결림, 요통 등에 바르는 약이다. 신경통으로 허리, 다리가 아픈 봉기도 촛불로 따뜻하게 해서 녹인 다음 아픈 부위에 붙이곤 했다. 오키나와의 방언으로 어머니를 안마라고 부른다는 데서 엄마 고약으로도 불리며 널리 애용되었다. 그 안마 고약을 사내한테 허구한 날 맞아 멍이 든 온몸에 붙이는 여자가 있다.

"2000, 3000달러씩 빚이 있는 여자는 정말 힘들어요. 이런 사람은 사내랑 짜고 도망치기도 해요. 도망치다 잡히기도 하고. 그러면 사내도 여자도 주인한테 죽도록 얻어맞는 거지요. 나는 월경이 있을 때마다 배가 아팠어요. 그리고 2, 3일은 아무것도 못 먹어요. 약만 먹고 누워 지내는데 무슨 맛인지도 모르면서 담배를 피워요. 그러면 속이 메슥거려요. 그러고 있을 때 남녀 한 쌍이 내가 일하던 곳으로 도망쳐 와서 2, 3일 있었어요. 화장실에 가려고 일어났는데, 내 옆방이라 다른 데서 온 여자와 남자가 자고 있는 게 보였어요. 예쁜 여자였는데 갑자기 여자가 전에 있던 술집 주인이 쳐들어와서 남자를 기둥에 메다꽂더군요. 이 집은 기둥이 한가운데 있었는데 몇 번이고 그러는 거야. 피가 철철 흘러서 보는 사람 속이 메슥거렸어요. 빚을 잔뜩 지고 남자랑 도망치면 주인이 찾아내서 남자도 여자도 죽지 않을 만큼 때렸어요. 맞은 남자는 그 집에 하루 동안 있었어요. 피를 철철 흘리면서. 그리고 주인은 여자를 데리고 가 버렸어요. 데려가서 죽도록 때렸겠지요."

빚이 있는 여자가 도망가면 고용주는 온갖 수단을 동원해 여자의 행방을 쫓는다. 좁은 오키나와의 업계에서는 도망갔다는 소문이 순식간에 퍼지기 때문에 오키나와를 벗어나 멀리 떠나지 않는 이상 여자가 빚과 업자의 손에서 놓여나는 일은 거의 불가능하다. 이 바닥에 들어와 결코 짧지 않은 세월을 겪어 온 봉기는 빚의 공포를 뼈저리게 알고 있었다.

봉기 씨는, 하루에도 몇 명씩 군인을 상대해야 했던 빨간 기와집보다도 민간 술집에 어쩌다 찾아오는 손님을 상대하는 게 훨씬 더 괴로웠다고 했다. 빨간 기와집에서 겪은 수많은 군인들을 상대로 한 성매매가 여자들의 성만을 대상으로 삼은 데 비해 어이없게도 민간에서는 매춘이라는 행위의 대상이 성에만 머물지 않고 용모나 감정, 색향 등 다양한 여성성으로 확장되었다. 고용주는 여자들끼리 경쟁하게 부추겨 손님이 붙지 않는 여자는 자신의 존재 가치를 부정당한 듯한 착각에 빠지게 한다. 그러지 않아도 이 바닥에서 사는 여자들은 성의 지극히 자연스러운 측면, 즉 생명을 잉태하고 탄생시킨다는 존엄성을 스스로 포기하고 그 허무함에 진저리를 치며 인간으로 살아갈 마지막 가치로 남자의 사랑에 매달리려고 한다. 그런 여자에게 '기둥서방'이라는 사내가 달라붙는 것이다. 아니, 남자 쪽도 처음에는 기둥서방이 아니었을 수 있다. 하지만 주머니 사정이 어지간히 좋은 사람이 아니고는 여자에게 몇 번이고 찾아오지 않는다. 술값은 순식간에 자신의 벌이로는 감당할 수 없는 액수가 되고, 그러다 보면 성실하게 일하는 것이 어리석게 느껴질 정도로 큰돈이 여자의 육체를 통해 움직인다는 것을 알게 된다. 여자에게 빠져들수록 '기둥서방'이라도 되지 않고는 옆에 붙어 있을 수 없게 되는 것이다.

술집에서 일하는 여자들이 두려워하는 것이 또 있다. 그것은 손님의 성병이 옮는 일이다. 봉기도 이 일에 익숙지 않은 무렵에는 몇 번이나 병이 옮아 병원 신세를 졌다.

"술집에서 돈을 벌어 보겠다고 손님을 상대하는데 병이 나면 큰일이잖아요. 병을 고치려면 또 빚을 져야 하니까. 손님을 받고 나서 기분이 나쁘다 싶으면 얼른 병원에 가서 페니실린 주사를 맞아야 해요. 바로 가면 고칠 수 있어요. 이 짓을 시작하고 나서 1년은 노상 병이 옮았어요. 정말 힘들더군요. 치료하려면 돈이 드니까. 손님이 '한번 즐겨 볼까.' 하고 찾아왔을 때, 대개는 얼굴만 보면 한눈에 알아요. 이 사람 이상하구나 하고."

성기가 문드러지고 고름이 나는데도 여자를 사러 오는 사내도 있다.

봉기는 40대 무렵부터 이따금 식당의 설거지나 요정의 세탁, 술집의 허드렛일 등 월급 받는 일을 한 적도 있다. 그러나 많은 경우, 정기적인 수입이 없이 술집에 오는 손님과 거래해서 얻은 수입으로 버텨왔다. 봉기가 5000, 6000엔이라는 적은 액수라도 월급으로 받고 일할 수 있게 된 것은 오키나와가 일본 땅으로 복귀하고 매춘 방지법이 적용되기 시작한 1972년 이후다.

봉기는 술집에서 절대 빚을 지지 않았지만, 그 대신 큰 벌이도 없었고 성을 농락당하는 잔혹함을 담담하게 견딘 것처럼 보인다. 그러나 나이 든 지금의 봉기 씨는 성을 매매당한 자신의 반생을 저주한다.

"그러니까 미치는 거지, 노상 머리가 아파요. 칼로 목을 콱 찌르고 싶은 심정도 있어요, 정말. 눈이 빠질 것처럼 머리가 아프고 신경통까지. 견디다 못해 여기저기 파스를 붙이면서 가위로 목을 콱 찌르고 싶을 때도 있었어요. 그렇게 해서 바로 죽으면 다행이지만 그러지 못했다가는 점점 더 가련해지겠지요. 전쟁 때 총알 한 발로 죽었으면 이런 고생은 하지 않았을 텐데."

궂은 날씨에 주위의 사탕수수가 바람에 부스럭거리는 가운데 봉기 씨는 오두막 판자문을 꼭 닫고 정갈하게 닦은 쪽방의 비닐 장판 위에서 조금이라도 아픔을 떨쳐 보려고 파스를 자른다. 하필 이런 때면 쥐는 천장을 뛰어다니고, 변소에서 기어 나온 도마뱀붙이는 어디로 들어왔는지 테이프로 꼼꼼하게 막아 놓았을 판자벽 틈새와 옹이구멍을 기어 다닌다. 봉기 씨는 쥐와 도마뱀붙이와 사탕수수의 부스럭거림 때문에 납으로 머리를 짓누르는 듯한 둔통에 시달린다.

부산을 떠난 지 어느덧 30여 년, 한국 땅보다 오키나와에서 지낸 세월이 갑절은 길어졌다. 봉기 씨는 늙어서도 결코 잊을 수 없는 꿈을 꾸었다. 그것은 고향 신례원으로 돌아간 꿈이다.

"내가 오키나와에 와서 30년 넘게 지냈는데 고향에 간 건…… 두세 번…… 꿈을 꿨어요. 꿈에서 간 거예요. 고향에 가 봐야 집도, 아무것도 없는걸요. 꿈에서 밖을 이리저리 두리번거리며 다녔어요. 집이 없었으니 집에는 들어가지 못했어요. 꿈에서도 그랬다니까."

17세 때 신례원에서 나온 뒤, 아버지는 19세 때 딱 한 번 만난 게 마지막이다. 언니는 봉기가 겨우 자의식이 생겼을 무렵 이미 다른 집으로 보내졌고, 남동생도 일곱 살 때 헤어진 뒤로 만나지 못했다. 아버지는 아마 세상을 떠났을 것이다. 어릴 때 신례원을 떠난 언니나 남동생이 지금 신례원에 있을 것 같지도 않고, 봉기 씨가 의지할 수 있는 인연이라고는 아무도 없을 것이다. 꿈속에서나마 고향으로 돌아간 봉기 씨는 마을 안을 떠돌다가 갈 곳이 없어, 어릴 때 자주 놀던 강가에서 여자들이 빨래하기에 적당한 크기의 아름다운 돌 위에 앉아 있었다. 꿈속에서 아버지와 언니가 나타난 적도 있다고 한다.

"전쟁이 끝나고 나서 꾼 꿈이었어요. 아버지가 길가에 가마니를 깔고 앉아 있더라고요. 나는 그 앞을 지나가면서 아무 이야기도 하지 않았어요. 깨 보니 꿈이더군요. '아, 꿈에서라도 이야기를 했으면 좋았을 걸.' 싶더라고요. 또 한번은 꿈에 나타나 '다리가 없어서 갈 수가 없구나.' 하는 거예요. 이런 꿈을 꾼 걸 보면 아버지는 죽었겠지요……. 또 한번은 작은 초가에 아무것도 없는 거예요. 댓돌 부근에 여자가 서 있다가 나를 보며 '고생했다.' 하는 거예요. 그러고 깨 보니 꿈이야. '아, 이건 우리 언니구나…….' 했지요."

봉기가 자의식이 생기기 시작할 무렵에 이미 집을 떠나 따로 산 언니의 현재 모습을 봉기 씨는 알지 못한다. 꿈속에 나타난 여자가 누구인지 알 수 없어서, '고향의 작은 초가 댓돌 위에 서 있었으니 언니겠거니.' 하고 잠을 깨고 난 뒤에 생각할 뿐이다.

도카시키 섬으로

어느 해 봄에 나는 봉기 씨와 함께 도카시키 섬에 갔다. 기후가 변덕스러운 오키나와지만 신경통이 있는 봉기 씨를 위해서도 비가 오지 않았으면 하고 기도하는 심정이었는데, 다행히 날씨는 맑았고 바다는 잔잔했다. 시야가 차단된 어둑한 선실에 들어갈 마음도 내키지 않아 춥지는 않을까 걱정하면서 갑판 벤치에 앉아 환하게 쏟아지는 밝은 봄볕에 몸을 맡겼다.

"내가 도카시키로 올 때는 작은 배였는데."

봉기 씨는 30여 년 전의 그날을 떠올리며 감회에 젖은 표정으로 말했다. 따뜻한 햇살이 신경을 가라앉혔다. 나는 말없이 듣고 있었다. 봉기 씨도 그 말만 하고는 부드러운 바닷바람에 눈을 가늘게 떴다. 도카시키 섬 앞쪽으로 드문드문 보이는 작은 섬들에 눈길을 던지고는 벤치에서 몸을 내밀며 말했다.

"저기가 자마민가? 도카시킨가?"

봉기 씨는 처음에 자마미 섬에 들렀다가 거기서 다시 도카시키 섬으로 건너갔기 때문에 나하에서 갔을 경우 자마미 섬이 가깝다고 생각하는 것 같았다. 배가 그 작은 무인도를 지나고 한참 더 가서 섬 하나가 보이기 시작했고, 도카시키 섬도 보였다. 내가 도카시키 섬을 가리키자 봉기 씨는 검은 실루엣으로 보이는 그 섬을 뚫어지게 응시했다. 그 무렵부터 갑자기 하늘에 먹구름이 생기더니 바다가 눈 깜짝할 사이에 시커멓게 변하면서 배가 크게 흔들렸다. 갑판 앞쪽에 있던 사람들의 벤치에 물보라가 사정없이 흩어졌다. 선원에게 도움을 받으며 선실로 들어갔다. 그러나 선실에 들어가자마자 섬에 있는 나무들의 짙은 초록색 잎이 선창으로 다가오고 배가 크게 흔들리면서 도카시키 항으로 들어갔다.

"도카시키 바다 좀 봐, 어쩜 저리 예쁜지……."

도카시키 항 주변은 봉기 씨가 말한 30여 년 전의 바다와는 사뭇 달라져 있었다. 30여 년 전에는 '빨간 기와집' 주변에 인가가 드문드문 있었다는 마을도 지금은 항구 가까이까지 콘크리트로 지은 집들이 즐비하다. 우리는 일단 숙소에 짐을 풀기로 했다.

나칸다카리 하츠코 씨, 신자토 요시에 씨와 약속한 시간까지는 아직 멀었지만 숙소에서 점심을 마친 우리는 '빨간 기와집' 근처까지 가 보려고 밖으로 나왔다. 숙소에서 겨우 3, 4분 거리다. 항구로 향하는 길을 곧장 가서 오른쪽으로 꺾어 들어서자, 오른쪽은 신자토 씨 집이고 왼쪽은 옛날 '빨간 기와집'이 있던 나칸다카리 씨 집이다. 요시에 씨가 담 밖으로 나와 빨래를 널고 있었다.

"우리가 좀 일찍 온 것 같은데요……." 내가 인사하며 말했다. 요시에 씨는 반가운 듯 봉기 씨의 손을 덥석 부여잡고 손바닥으로 감쌌다. 그것은 저 치열한 전쟁을 겪고 살아남았다는 감회에서 오는 몸짓이었을 것이다. 그러나 봉기 씨는 손을 잡힌 채 어리둥절한 표정으로 애매한 반응을 보였다.

봉기 씨와 오기 전에 나는 도카시키 섬에 몇 번 와서 요시에 씨와 하츠코 씨를 만났다. 처음에 신자토 씨 집을 찾아갔을 때 요시에 씨는 집에 없었지만, 봉기 씨가 특별 체류 허가를 받았을 때 신문 보도를 보고 신문사에 문의까지 하면서 봉기 씨를 찾으려고 했다는 이야기를 그 아들 부부에게 들었다. 그리고 내가 그들의 물음에 답하며 봉기 씨의 근황을 전하자, 요시에 씨도 하츠코 씨도 꼭 보고 싶다고 몇 번씩 말했다. 그 뜻을 전하자 봉기 씨의 반응은 조금 달랐다. 봉기 씨가 도카시키를 그리워했지만, 요시에 씨에 대해서도 하츠코 씨에 대해서도 특별한 감개가 있는 것은 아니었다. 요시에 씨와 하츠코 씨의 연민이나 동정에 대해 말라 버린 감정밖에 갖고 있지 않았던 것이다. 하지만 내가 강하게 요청하지도 않았는데 도카시키 섬에 올 마음이 내킨 것은, 이 섬을 다시 봐 두겠다는 생각과 함께 하루코의 유골을 요시에 씨가 마지막까지 보살펴 주었다는 사실 때문인지도 모른다.

1945년 3월 23일에 죽어 신자토 씨 집의 긴급 방공호 입구에 놓여 있던 하루코의 시신은, 주민들이 산속 깊은 계곡 옆 참호와 피란 오두막에 숨어들고 군대도 234고지로 철수해 인기척이 사라진 도카시키에 그대로 방치되어 있었다. 하루코의 시신을 매장한 사람은 2주 뒤 미군의 공격이 잠시 소강상태에 접어들었을 때 마을로 내려온 지넨 초보쿠 부관이다. 지넨 부관은 하루코의 시신이 놓여 있던 장소, 즉 신자토 씨 집의 방공호 옆을 매장 장소로 택했다. 그때 시신은 이미 부패해 있었다고 한다. 처리해야 할 수많은 시체 중 하나에 지나지 않았던 하루코의 매장은 황급히, 그리고 간단히 치러졌을 것이다. 전쟁이 끝나고 신자토 씨 일가가 산속 방공호에서 내려왔을 때 뼈가 보였다. 요시에 씨는 그 뼈를 다시 파내 항아리에 담아 언젠가 하루코와 연고 있는 사람이 한국에서 찾아올지도 모른다며 산 중턱에 묻어 두었다고 한다. 그러나 하루코가 군과 함께 왔다가 죽었기 때문에 전몰자 위령탑白玉之塔이 생긴 1961년에 군인의 유골과 합사했다고 한다. 봉기 씨는 그 이야기를 요시에 씨한테 다시 듣고 나서 말했다.

"하루코의 유골을, 그렇게까지 마음을 써 주었다니, 고맙군요."

그러면서 하루코의 유골을 찾으러 올 사람은 절대로 없을 것임을 요시에 씨에게 전했다. '빨간 기와집'에 있던 일곱 여자들의 친척 중 어느 누구에게도 부산을 떠나고 난 뒤 행선지를 알리지 않았기 때문이다.

그날 오후 우리는 전쟁 당시 마을 사무소 군사 담당이던 도미야마 신준 씨의 안내로 234고지에 갔다. 굽이굽이 포장도로를 자동차로 10여 분 달리니 산 정상이었다. 전후 미군 기지로 사용되던 전망대에 섰다. '국립 오키나와 청소년 교류의 집'이 생기고 주변 광장은 공원처럼 정비되어 있다. 우리는 전망대에 섰다. 게라마 해협과 자마미·아카·게루마 섬, 그 밖에 작은 섬들이 한눈에 들어온다. 해협은 둔탁한 잿빛을 띠고 있었다. 섬의 실루엣도 어두운 안개에 싸여 있다. 눈 아래로는 군데군데 작은 굴곡을 만들면서 높고 낮은 아열대 나무숲이 이어지고 있다. 도미야마 씨가 봉우리들 중 앞쪽의 하나를 가리켰다.

"저 산이 일본군과 미군이 싸운 A고지입니다."

섬사람들은 아쿠가나파기라고 부르는 산이다. 3월 27일에 상륙한 미군이 이미 아쿠가나파기까지 와 있다는 정보를 받고 하츠코 씨는 이 작은 섬에서 더는 피할 곳이 없다는 생각에 28일에 자결을 각오했다. 도미야마 씨는 그 A고지에서 더 앞으로, 전망대에서 코 닿을 거리에 제3전투부대가 겹으로 진지를 쌓던 234고지가 있다고 말했다. 섬사람들이 집단 자결한 계곡은 그 제3전투부대의 진지가 있었다는 짙은 녹색 숲의 완만한 굴곡을 하나 넘은 북쪽이다. 위에서 보면, 숲 아래로 흐르는 작은 계곡이 있다는 것이 상상도 되지 않았다.

우리는 전망대를 내려와 정비된 광장에서 깊은 덤불을 헤치고 들어갔다. 도미야마 씨가 덤불 속으로 겨우 한 사람 정도 지나갈 수 있는 오솔길을 발견했다. 나무에 발이 걸리는 비탈진 오솔길을 7, 8미터 내려가자 계곡이 있었다. 우리가 내려간 오솔길은 제3전투부대가 진지 밖으로 나가는 통로로 이용했다고 한다. 오솔길을 다 내려간 곳에서 계곡이 몇 갈래로 펼쳐져 있었다. 거기서는 계곡물도 작은 원을 그리며 머물고 있다. 제3전투부대의 취사장은 그 동그란 웅덩이 옆에 만들어져 있었다. 물을 머금고 있는 웅덩이가 1인당 성냥갑 하나 정도의 쌀과 현지 자활반이 날라 오는 고구마나 고구마 줄기, 또는 먹을 수 있는 들풀을 씻는 장소로 이용된 것이다. 갑자기 30여 년 전의 취사장으로 내려선 봉기 씨는 이내 그 위치를 알아보았다.

"이쯤에다 산의 점토를 반죽해 부뚜막을 만들었어요." 계곡의 둥그런 웅덩이 근처의 산기슭을 발로 밀면서 도미야마 씨가 말했다.

우리는 계곡을 따라 진지 흔적을 올라가 보기로 했다. 위쪽에는 아카마쓰 전투부대장이 기거하던 참호가 있을 것이다. 계곡 좌우로 지네다리처럼 여러 개의 참호가 있었다. 어떤 참호는 불과 몇 주 전에 판 것처럼 예리한 흔적을 점토질의 토벽으로 남기고 있었다. 물이 고인 참호 입구에 찢어진 군화가 보였다.

"미군 거겠지요."

전후의 어떤 시기에 일본군 유류품은 대부분 회수했다고 도미야마 씨가 말했다. 도미야마 씨와 하츠코 씨가 전시를 회상하는 동안 시종 입을 다물고 있던 봉기 씨가 문득 무슨 생각이 났는지 거친 비탈면에 쪼그리고 앉아 계곡을 향해 합장하고 있다.

강제로 끌려온 한국인 징용병은 이 계곡에서 죽었지만 봉기 씨의 동료는 죽지 않았다. 봉기 씨는 무엇을 향해 합장하는 걸까? 봉기 씨가 말한 이 계곡의 사망자는 취사장 옆에 있던 통로에서 빈약한 장비로 돌격하러 갔다가 상처를 입고 핏기를 잃은 채 업혀 온 일본군 장병들이다. 미군의 최신 무기 앞에서 속수무책으로 상처를 입고 업혀 온 장병을 봉기 씨는 마치 식구의 불행처럼 안타까운 심정으로 보고 있었다. 이 계곡의 물로 손이 터지도록 비벼도 빠지지 않는 핏덩이가 검게 엉겨 붙은 군복을 빨았다. 이 계곡은 젊은 일본군 장병과 한국인 징용병의 피를 빨아들이고 있다.

계곡에 있는 동안 봉기 씨는 줄곧 일본군이 이길 거라고 믿었다. 그러나 8월 중순에 계곡 위로 항복을 권하는 쪽지가 살포되고, 8월 26일에는 일본군과 계곡을 내려와 무장해제식에 참가했다. 일본군 장교가 무기를 받들고 미군 장교에게 전달하는 장면을 봤을 때 봉기 씨는 분해서 눈물이 나왔다고 했다.

하지만 봉기 씨를 오키나와까지 끌고 와서 그 후의 인생을 짓밟아 버린 건 바로 일본군이 아닌가? 일본군 장교가 국화 문양이 들어간 군도軍刀를 미군 장교에게 바쳤을 때 도카시키 섬에 군림하던 대일본제국과 그 군대는 해체되었다. 그때 봉기의 고국 한국은 이미 일본의 식민지 지배에서 해방되어 있었다. 하지만 봉기는 고국의 독립을 의식조차 하지 못하고 이 계곡에서 5개월 동안 생사를 같이한 패전군 장교의 가련한 모습에 눈물을 흘렸다는 것이다.

생각해 보면, 봉기 씨가 본 '나라'는 늘 이방의 국가였다. 봉기 씨가 태어났을 때 한국은 이미 일본의 식민지 지배를 받고 있었다. 미군 지배하의 오키나와에 살던 전후 시절에도 그랬고, 오키나와가 일본에 반환된 뒤에도 봉기 씨에게 '나라'는 이방의 국가였다. 봉기 씨가 '나라'라고 할 때 그것은 늘 고향을 의미했을 뿐 국가를 상기시키는 경우는 없었다. 봉기 씨는 '나라'를 넘어 이 계곡에서 죽어 간 사람의 영령을 향해 합장했을지도 모른다. 위를 올려다보니 나무 사이로 구름 낀 하늘이 얼핏얼핏 보였다. 계곡은 축축한 습기를 머금고 어둡다. 봉기 씨를 보니 위태로운 자세로 여전히 눈을 감고 있다.

이튿날 도카시키 항 부근의 해안을 봉기 씨와 걸었다. 봉기 씨가 도카시키 섬에 있었을 무렵에는 마을 안을 함부로 배회하는 것이 금지되어 있었다. 그래서 봉기 씨와 여자들은 마을 사무소와 우체국, 학교가 있던 마을 중심부 쪽으로는 가 본 적이 거의 없었고, 할 일이 없는 날에는 마을 외진 곳에 있는 빨간 기와집에서 바닷가로 나갔다. 바닷가에서 해초나 조개를 줍고 파도를 희롱하며 놀았다.

전후 미군이 기지를 두고 있을 무렵 도카시키 항 주변은 방파제와 군사용 부두가 건설되어 크게 변모했다고 한다. 봉기 씨는 30여 년 전의 풍경을 좀처럼 떠올리지 못했다. 항구 주변을 한 바퀴 돌고 숙소로 돌아가려고 했을 때 봉기 씨가 갑자기 걸음을 멈췄다. 시선은 우거진 덤불 속을 흐르는 시냇물에 가 있었다. 봉기 씨는 그 자리에 털퍼덕 주저앉았다. 부두에서 보초를 서고 있던 병사가 던지는 희롱의 목소리를 귓전으로 흘려들으며 빨래하던 산비탈의 냇가였다. 봉기 씨와 여자들은 시냇물에 빨래를 헹구면서 자주 노래를 불렀다. 내가 그 노래를 물어보았다. 봉기 씨는 1절만 불렀다.

매미가 울고 호박꽃이 피네

내 고향
아리땁고 얌전한 아가씨는
여름이면 오이로
김치도 잘 담그고 음식 솜씨도 좋은
부지런히 일하는 알뜰한 살림꾼
언젠가 아들도 낳고 딸도 낳겠지
얌전하고 아리따운 아가씨

노랫말에는 평온한 가정에서 태어나 얌전하게 살아가는 여자의 모습이 담겨 있다. 신례원에서 남의 집에 민며느리로 들어가 일하던 시절, 봉기 씨에게 늘 친절하게 대해 주었다는 선애 어미가 문득 떠올랐다. 하지만 봉기 씨 자신은 신례원에서 끝없이 먼 곳까지 헤매기만 하면서 살아왔다. 그리고 그런 평온한 가정의 여자가 누리는 생활과는 인연이 없는 세월을 살아왔다. 봉기 씨는 외우고 있는 게 신기할 정도로, 오래도록 흥얼거려 본 적도 없던 까마득한 옛날 노래라고 말했다.

하츠코 씨는 1945년 3월 28일, 234고지 터 뒤쪽이고 지금은 옥쇄장玉碎場으로 불리는 계곡에서 생긴 상처 때문에 약혼한 남자에게 파혼당하고 상처투성이의 몸으로 혼자 살아가야 했다. 전쟁이 끝나고 얼마 지나지 않아 친척들에게 부탁해 빨간 기와집 터에 오두막을 지었는데, 그때 하츠코 씨는 가문의 집터를 더럽혔다는 생각에 마을 무당인

유타에게 액막이를 해 달라고 부탁했다. 미군 폭격으로 '빨간 기와집'이 흔적도 없이 타 버렸어도 여전히 여자들의 성을 사고팔던 부정이 그대로 배어 있는 것 같았기 때문이다. 지금 그곳에는 훌륭한 콘크리트 집이 들어섰고, 평소에는 나하에서 지내느라 비워 두던 집을 마을 보건소 간호사에게 세를 내주었다. 아들 부부와 사는 요시에 씨는 키가 크고 탄탄한 체격으로 매일 밭에 나가 일하느라 여념이 없다.

이 여행에서 돌아오고 얼마 있다 봉기 씨는 사탕수수밭의 오두막을 나와 나하로 이주했다.

"이웃에서 기르던 개가 새끼를 세 마리나 낳았는데, 한 마리가 미친 개였대요. 그 미친 개가 우물에 빠져 죽었는데 바로 건져 올렸으면 좋았을 것을 우물 안에서 그냥 썩혀 버려서 물을 쓸 수가 없어요."

빨래나 오두막 안 청소를 해야 하는데 바난나무 그늘 아래 우물물이 썩어 버렸으니 결벽증이 있는 봉기 씨는 하루도 살 수가 없었다. 그래서 오랫동안 지지부진 미루던 이사를 하는 수 없이 결심한 것이다.

세 평 정도 되는데 다다미도 없는 방 하나와 두 평 남짓한 부엌이 있고, 변소는 밖에 있지만 전기·가스·수도가 들어와 있다. 현관 양옆에는 전처럼 부정을 막기 위해 소금을 올려놓았다. 세 평짜리 방에는 비닐 장판을 깔고, 집들이 선물로 지인에게 받은 전기 고타츠(틀 안에 화로를 비롯한 열원을 넣고 그 위에 이불이나 담요를 덮는 일본식 실내 난방장치다. - 옮긴이)를 얇은 천으로 덮어 놓았다. 적외선램프의 따뜻한 색깔이 덮개 속에서 퍼져 나온다. 기둥에 매단 일력은 정확한 날짜를 가리키고, 침구는 차분한 무늬가 들어간 파란색 아름다운 천 안에 개어 긴 궤짝 같은 가구 위에 놓여 있다. 그 방에는 창문이 두 개 있는데, 낮에도 모두 덧문까지 걸어 잠그고 종일 형광등 불빛에 의지해 살았다.

"덧문을 열면 아이들이 돌을 던져 유리를 깨거든요."

창문 바로 옆 언덕을 오르내리는 자동차의 진동 때문에 금이 간 유리가 이따금 떨리는 소리를 낸다. 봉기 씨는 여기서도 사탕수수밭 오두막에서처럼 집에 틀어박혀 지낸다.

옆집, 구조가 똑같은 셋집에서 수도꼭지를 틀었는지 귀에 거슬리는 쇳소리가 수도관을 타고 들려왔다. 부엌 창에는 덧문이 없어서, 보리차를 끓인다며 개수대 앞에 선 봉기 씨의 손목으로 눈이 부실 정도로 비추는 햇살에 물이 반짝거리면서 튀었다.

봉기 씨가 나하로 이사하고 나서 2, 3년이 지나도록 나는 여전히 글을 완성하지 못하고 있었다. 이제 겨우 뒤뚱뒤뚱 걸음마를 시작했지만 아직 기저귀를 떼지 못한 아이를 데리고 오랜만에 찾아간 그해.

"머리가 아프고 멍텅구리가 돼서 이야기나 할 수 있을지 모르겠네."

봉기 씨가 힘없이 중얼거렸다. 3월이었다. 변덕스러운 날씨가 계속되고 있었다. 습기를 머금고 시시각각 변하는 구름들이, 힘줄이 불거진 봉기 씨의 작은 몸을 들볶고 있는 것만 같았다. 등을 곧게 펴고 맞바람을 버틸 만한 기력은 야윈 몸에서 이미 빠져나가고 없다. 빨리 감기로 필름을 감듯이 노화 현상이 급속하게 봉기 씨를 파고들고 있었다.

기분을 바꿀 겸 어디 가서 맛있는 거라도 먹자고 미리 약속해 놓고 찾아갔는데 현관문이 잠겨 있었다. 문을 두드리며 밖에서 부르니, 전과 달리 옆에 있는 창의 덧문이 열렸다. 나는 창가로 다가갔다. 가랑비가 내리기 시작하고 있었다.

"오늘은 머리가 너무 아파요. 모처럼 약속인데 못 가겠는걸."

두통이 심하면 병원에 가야 하지 않을까 싶어서 나는 속을 끓였다. 병원에 가려면 시청까지 가서 의료 카드를 받아 와야 한다. 의료 카드라는 복지 혜택을 이용할 수 없어도 근처에 있는 병원에 가 보자고, 같이 갈 생각으로 말했다. 봉기 씨의 두통을 어떻게든 줄여 주고 싶었다. 그러나 주제넘은 내 제의에 대꾸하는 것조차 고통인 듯했다. 입술이 일그러졌다. 한쪽 뺨이 당겨 올라가고 턱이 찌그러졌다. 발작이 일어나고 있었다. 이 발작을 멈추게 할 묘약은 없다는 것을 누구보다 봉기 씨가 잘 안다.

"어린 시절 배고팠을 때도, 전쟁으로 산에 있을 때도, 전쟁이 끝나고 나서도, 항상 괴롭기는 했지만 그때는 젊어서 지금 같지는 않았어요. 나이를 먹으니 몸도 마음대로 움직여지지 않고 여기저기 아파요. 늘 아파. 전쟁 때보다 지금이 더 힘들고 괴로워요."

가족이 함께 살 수도 없을 정도의 가난, 어릴 때 뿔뿔이 흩어진 가족, 굶주림, 식모살이, 도카시키 섬의 위안소 생활, 전쟁, 낯선 나라의 폐허에 내던져져 하룻밤 잠잘 곳과 끼니만을 위해 취객에게 몸을 맡기며 지내 온 나날, 그리고 전쟁이 끝난 후 오키나와에서 오래 한 작부 생활……. 태어나서 지금까지 봉기 씨는 단 한 순간도 편할 날이 없이 고난을 헤치며 살아온 것 같았다. 그러나 고통에 가득 찬 60여 년의 어느 때보다 지금이 가장 괴롭다고, 엄습해 오는 발작에 저항하며 야차 같은 몰골로 신음하듯 말했다.

2

쉐 섬에 설치된 위안소

도카시키 섬

하츠코의 체험

겹겹이 쌓인 마른 잎의 탄력이 밟을 때마다 기분 좋게 느껴진다. 잡목림 속 어떤 나무 아래, 그곳만 유난히 이질적인 덩어리가 눈에 들어왔다. 의아해서 자세히 들여다보는 내게 하츠코 씨가 중얼거렸다.

"올해가 마지막 분향입니다. 그래서 다들 산으로 올라오는 거예요."

자세히 보니 술과 과자, 과일 등이 차려졌던 흔적 주위에 타다 만 향토막도 흩어져 있다. 전후 30년 넘게 흐른 그해는 234고지의 산 하나를 사이에 둔 계곡에서 목숨을 끊은 사람들의 33주기였다. 한두 번 비를 맞은 듯했지만 여전히 색깔이 선명하게 눈에 들어오는 술병 상표와 과자 봉지는 1945년 3월 28일에 자결한 사람들의 영혼을 달래기 위한 분향의 흔적이었다. 봉기 씨와 같이 와서 제3전투부대의 진지가 있던 자리를 확인한 후 하츠코 씨의 발걸음은 자연스럽게 그 계곡으로 향했다. 안내를 해 주던 도미야마 신준 씨는 "거기도 갑니까?" 하고 당혹스러운 듯 복잡한 표정을 보였다. 언제부턴가 옥쇄장이라고 불리게 된 그 계곡에서 약 300명이 한꺼번에 죽었다. 도미야마 씨는 당시 주민의 절반 가까운 사람들이 자결했다는, 섬이 짊어진 불행을 가능하면 가까이하고 싶지 않은 것 같았다. 하지만 하츠코 씨는 빨려들 듯 그 계곡으로 향했다.

제3전투부대의 진지 터에서 그 계곡까지 10여 분쯤 걸었을까? 나지막한 산 하나를 사이에 두고 있었지만 그리 먼 거리는 아니었다. 사람들이 모였다는 계곡 옆의 완만한 비탈은 나무들이 우거져 어둑했다. 적당한 간격을 두고 늘어선 나무들 사이는 벌초라도 한 것처럼 관목도 조릿대 덤불도 없이 깔끔하다. 사람들은 그곳에 가족끼리 친척끼리 모여 앉아 있었다고 한다. 완만한 비탈이긴 해도 늘 아래쪽을 향하고 있지 않은 이상 오랫동안 앉아 있기에는 불안정한 기울기였다. 비탈 위쪽에 굵은 적송이 쓰러져 있었다. 도미야마 씨는 가로놓여 있는 적송을 한쪽 발로 쿵쿵 두드리면서 "흰개미가 먹어 치웠군." 하고 중얼거렸다. 우뚝 선 적송 아래에 촌장과 우체국장 등 마을 지도층이 있었다고 한다. 그곳에서는 모인 사람들이 한눈에 내려다보였을 것이다.

계곡물이 비탈을 날카롭게 침식하며 흘러서 쉽게 내려갈 수 있을 것 같지도 않았다. 그러나 도미야마 씨는 딛기 쉬운 곳을 찾아 발을 뻗어 내려가, 미군이 다이너마이트로 계곡 기슭을 깎아 내고 자결자의 시체를 묻었다는 곳을 찾았다.

하츠코 씨의 아버지, 어머니, 여동생도 그 계곡에서 죽었다. 하츠코 씨는 박격포를 맞아 중상을 입고 생사의 갈림길을 헤매면서 며칠 동안 그 계곡에 묻혀 있었는데, 촌장과 순경이 이끄는 소년들에게 발견되어 목숨을 건질 수 있었다. 소집 연령이 한 살 더 내려가는 바람에 소집된 남동생은 오키나와 본도로 건너가 전사했다. 홀로 남은 하츠코 씨의 뇌리에 가족과 함께 지내던 소녀 시절의 기억이 불쑥 그리운 울림으로 되살아난다.

"도카시키 사람들은 옛날부터 모두 일을 잘했지요. 물질적으로나 모든 면에서 불편함이 없는 풍요로운 곳이었어요. 고기잡이가 왕성했으니까요. 우리가 어리고 아직 중일전쟁이 일어나지 않았던 1932년, 1933년에 아버지가 가다랑어를 잡아 오면 내장을 빼고 포를 만들고 다른 물고기는 반찬을 해서 먹었어요. '게라마 가다랑어'의 명산지니까 이걸 팔면 돈이 생기고, 농업도 가능했거든요. 먹을거리는 사지 않아도 뭐든 풍부하게 누리며 살 수 있었어요."

하츠코 씨의 아버지는 어부였다. 오랫동안 남양 방면으로 나가 고기잡이를 했다. 하츠코 씨는 집을 떠나 있는 아버지가 옷이며 학용품을 보내 주는 것이 무엇보다 큰 낙이었다. 아버지는 가다랑어잡이의 명인이었다. 가다랑어 배에서는 고기잡이를 할 때 명인의 자리가 선미나 이물에 정해 있었다. 그 자리를 차지하는 것은 어부의 자랑이었다.

가다랑어잡이 명인인 아버지는 상으로 받은 다양한 기념품을 집에 가져왔다. 기념품은 담요나 자명종, 주판 등이었는데 나칸다카리 씨 집에서는 그 물건들을 가보처럼 여겼다. 그리고 '이건 아버지가 가다랑어잡이에서 일을 잘했다고 받은 상이니까 귀하게 간직했다가 손자 대에도 할아버지가 가져온 상이라고 가르쳐 줘야 한다'고 들었다. 그래서 게라마의 섬들이 미군의 공격을 받아 산으로 피할 때도 아버지의 기념품들은 다른 귀중품과 함께 비상 주머니에 넣어 가지고 다녔다.

1944년 9월 9일, 스즈키 대위가 이끄는 해상 정진 기지 제3대대가 아하렌 북쪽의 아름다운 하구 도카시쿠에서 상륙해 왔다. 어부들이 대부분 가다랑어를 쫓아 남양 방면으로 돈을 벌러 떠났고, 소집 연령에 해당하는 사람은 잇따라 전쟁터로 출정해 섬에서 남자들이 사라졌다. 드물게 볼 수 있는 장정은 공무원 같은 예외적인 존재였다. 어느 집이나 여자와 아이들과 노인뿐이고 전황이 차츰 악화하는 중에 불안한 나날을 보내고 있었다. 당시 섬에 남은 사람은 700명 정도였다. 거기에 1000명이나 되는 군인이 상륙했다. 사람들은 이렇게 작은 마을까지 지켜 주러 왔다며 감격에 겨워 일본군을 환영했다. 촌장의 지휘 아래 부인회와 여자청년단까지 나서서 접대하느라 분주했다. 조용하던 섬의 분위기는 그날부터 엄청난 혼란에 휘말렸다. 고작 20명으로 구성된 청년단, 80명 정도의 여자청년단, 초등학생까지 연일 군사 작업에 동원되었다. 그리고 넓은 집의 손님방과 불단이 있는 방은 병영이 완성되는 동안 장교와 하사관의 숙소로 이용되었으며 초등학교가 민가에 들어가지 못한 군인의 숙소로 배정되었다. 하츠코 씨도 여자청년단의 일원으로 매일 군사 작업을 하러 나갔다.

"젊으니까 한껏 들떠서 자기들도 군인과 똑같다고 생각했지요. 후

방의 여성으로서 군인 다음은 자신들이 전사라고 세뇌받았거든요. 그래서 무슨 일이든 군에 협력하고 여자청년단원으로서 의무를 다하다 보면 살림 따위가 어떻게 돌아가는지는 아랑곳하지 않았어요. '오늘은 군사 작업을 쉬고 집안일을 도우라'고 해도 아무도 쉬지 않을 정도였어요. 병영을 지어야 하니까 풀을 베어 와야 한다고 하면 그 전날부터 낫을 갈고 작업화를 신고 몸빼 차림으로 나갔어요."

하츠코가 속했던 반은 여자청년단 중에서도 비교적 나이가 많은 20세 이상의 아가씨가 많았기 때문에 군인들이 '우리 반은 연장자가 많아서 유리하다'며 작업이 순조롭게 진행되는 걸 기뻐했다.

그해 10월 10일은 날씨가 화창해서 하늘에 빠져들 것 같았다. 하츠코는 그날 다리를 접질려 군사 작업을 쉬고 있었다. 그리고 미군 비행기의 공습에 대비해 아버지가 빨간 기와지붕을 아단 잎으로 위장하는 일을 돕고 있었다. 빨간 기와는 멀리서도 눈에 띄어 표적이 될까 봐 걱정했기 때문이다. 하츠코는 아침 일찍 도카시키 섬 상공에서 나하를 향해 전투기가 편대를 이루며 날아가는 것을 보았다. 일본군은 아군 비행기의 훈련이라고 했다. 하지만 얼마 후 맑은 하늘이 수평선과 만나는 나하 부근에 검은 연기가 피어오르는 것이 보였다. 그리고 순식간에 짙어진 검은 연기는 하루 내내 사라지지 않았다. 편대를 짜고 나하 방면으로 간 것은 미군 비행기였다. 이날 공습으로 나하 시내가 거의 초토화되었다는 사실을 도카시키 사람들은 얼마 지나지 않아 알게 되었다.

도카시키 섬에서도 오키나와 본도의 제32군에 가다랑어를 공출하던 징용선 가호 호의 기관장이 고기잡이를 하다가 비행기의 기관총 세례를 받아 사망했다. 도카시키 항에 피해 있던 연락선 한 척과 어선 한 척도 공습을 받아 침몰했다.

9월 9일 일본군의 상륙과 10·10공습을 기점으로 도카시키 섬은 급속하게 전쟁의 소용돌이에 말려들고 있었다. 처음에는 '이렇게 작은 섬까지 지켜 주러 왔다'고 '아군'을 환영하던 섬사람들의 생각은, 300명 남짓한 자결자를 내는 큰 희생을 치르고 나서야, 사실은 '전쟁 자체를 이 섬으로 끌어들였다'는 쪽으로 바뀌었다. 불길한 예감은, 10·10공습을 눈으로 보고 작은 섬에서 주민 수보다 많은 군인들을 맞아들이고 접촉하는 중에 차츰 강해졌다.

1945년 3월 23일, 공습이 시작되었을 때 하츠코는 아사히자와에서 2중대의 사역 작업을 하고 있었다. 그보다 나흘 정도 전에, 그때까지 장비와 인원을 집중해 가며 어렵게 만들던 소형 돌격선 마루레의 엄폐참호가 드디어 완성되었다. 그리고 20일과 21일, 이틀간 오랜만에 휴가를 받았다. 때마침 히간을 맞아 각 가정에서 조촐하게 장만한 음식을 군인들도 먹게 하자며 여자청년단원들이 추렴해 온 음식을 먹고 나서 사역 작업이 재개된 직후였다.

공습경보가 마을 쪽에는 오전 10시에 발령되었다고 하는데, 하츠코는 오전에 작업을 하고 있었다. 공습이 심해져서 작업할 수 없게 된 것은 아마 정오 무렵이었다. 그때부터는 섬이 초토화되는 게 아닐까 싶을 정도로 대규모 공습이 이어졌다. 하츠코는 반장의 지휘에 따라 같이 작업하던 여자들과 함께 피신했다. 군인들이 마을 사무소와 우체국, 그 주변의 민가는 다 타 버렸지만 위안소 주변은 괜찮았다고 전했다. 그 말을 듣고 우체국 바로 가까이에 집이 있는 여자는 울음을 터뜨렸다. 하츠코는 머리 위로 날아다니는 전투기의 날카로운 금속음에 몸을 긴장시키면서 자기 집은 타지 않았다고, 가족도 분명 무사할 거라고 주문 같은 말을 가슴속에서 몇 번이고 되뇌었다. 저녁이 되자 섬 전체를 두려움에 떨게 하던 무수한 전투기가 거짓말처럼 모습을 감췄다. 행동을 함께 하던 작업반은 해산되었지만 언제 또 공습이 올지 몰라 마을로 돌아간다는 건 위험하다고 생각했다. 그리고 마을이 어느 정도 타 버렸는지 짐작할 수가 없었다. 하츠코는 동료와 함께 온나카라의 피란 오두막 쪽으로 돌아갔다. 피란소에는 아버지와 어머니와 여동생도 와 있었다.

온나카라 상류에는 나칸다카리 씨네뿐만 아니라 많은 주민이 계곡을 따라 방공호를 파고 피란처를 지어 공습에 대비하고 있었다. 그 주변은 울창한 나무들로 덮여 쉽게 발견될 것 같지 않았다. 나칸다카리 씨 집에서는 피란에 대비한 고구마밭과 채소밭도 그 부근에 미리 만들어 한동안은 거기서 지낼 수 있도록 준비해 놓았다. 산속 계곡을 따라 주민들이 만든 피란처는 온나카라만이 아니라 몇 군데 더 있었다. 계곡 옆이 선택된 것은 마실 물을 확보하기 위해서였다.

이튿날인 24일은 전날 못지않게 어마어마한 전투기가 이른 아침부터 섬을 습격했다. 언제 멈출지 모르는 굉음에 한 발짝도 움직일 수 없어서, 나칸다카리 씨 가족은 종일 방공호 안에 있었다. 그러나 5시쯤 되자 갑자기 주위가 조용해졌다. 밖으로 나와 보니 하늘을 덮고 있던 전투기가 모두 모습을 감추고 없었다. 그 전날도 저녁에는 미군 전투기가 섬에서 썰물처럼 사라져 되돌아오지 않았다. 미군이 야간 공습은 하지 않는 것 같았다. 하츠코는 집을 살펴보러 간다는 아버지를 따라 마을로 가 보았다. 온나카라 옆으로 계곡을 내려가 한참을 가다 보니 생나무 타는 냄새가 났다. 소이탄이 산에 떨어진 것이다. 다행히 불이 번지지는 않았지만 오래도록 검은 연기를 뿜어냈다. 도카시키 마을은 무참하게 초토화되어 새벽의 어둠 속에서 귀기鬼氣가 감도는 폐허가 되었다. 아직도 여기저기 불길이 타오르는 집도 있었다. 몽땅 타 버려 쓰레기 더미만 어둠 속에서 검은 그림자를 떨구는 집터도 있었다. 하츠코는 낯선 세상에 발을 들여놓듯 조심조심 아버지의 뒤를 따랐다.

우연히 만난 안면 있는 사람이 "위안소 사람이 죽었다네요." 하고 불쑥 말했다. 누가 죽었나 싶어서 걸음을 재촉해 가 보니 어제는 무사하다고 했던 자기 집이 다 타 버렸다. 마당 구석의 큰 바나나무와 본채 주변의 돌담만 남아 있었다.

아키코(봉기)가 하츠코보다 먼저 와서 문 앞에 망연자실한 채로 서 있었다. 자세히 보니 그 발치에 하루코의 시체가 있었다. 하츠코는 넋을 놓고 서 있는 아키코에게 합장하라고 재촉했다. 아키코가 시키는 대로 손을 모았다. 위안소 여자들이 쓰던 알록달록한 세면도구와 화장품이 나무 밑에 흩어져 있었다. 하츠코는 자기도 모르게 그것을 주우려다가 아버지에게 꾸지람을 들었다.

하츠코는 아버지와 둘이서 온나카라로 돌아갔다. 그리고 26일까지 피란처에서 미군의 맹공격을 피해 있었다.

나칸다카리 씨 집안이 온나카라를 떠난 것은 니시야마의 가시가라 상류로 피하라는 아카마쓰 전투부대장의 전령이 왔기 때문이다. 자마미 섬과 아카 섬에는 26일에 미군이 상륙했다. 도카시키 섬의 미군 상륙도 시간문제였다.

제3전투부대는 27일 새벽2시에 도카시쿠, 아하렌 진지 철수를 결정하고 234고지로 이동하기 시작했다. 그때 주민의 처우 문제로 주재원 아사토 기준의 방문을 받은 아카마쓰 전투부대장은 군이 진지를 만들 땅의 뒤쪽 계곡으로 피하라고 지시했다. 아카마쓰 전투부대장은 지도만 믿고, 뒤로는 절벽을 낀 해안선이 에워싸고 전면에는 군이 포진한 그 계곡이 피란처로서 적당하다고 판단한 것이다.

하츠코는 234고지 뒤에 있는 계곡으로 향하기 직전에 가족과 둘러앉아 먹던 큰 냄비의 된장국 맛을 지금도 잊을 수 없다.

"그때의 식사가 우리 가족의 진짜 '최후의 만찬'이 되었지요. 큰 냄비에 다랑어를 듬뿍 넣고 채소랑 고기를 넣어 끓인 국물……. 고기라고 해 봐야 신선한 것도 아니고 기름을 뺀 찌꺼기였지만요. 그래야 보존이 되니까요. 그걸 넣고 가다랑어 국물까지 우려냈으니 얼마나 맛이 좋았겠어요. 아이들도 배불리 먹이고 나서 올라가자며 듬뿍 줬어요.

그리고 남은 밥은 주먹밥을 만들어 바구니에 담아 어깨에 짊어지듯이 들고……. 그때 먹은 마지막 식사의 국물 냄새가 지금도……. 아무리 맛있는 걸 먹어도 절대 그때 그 국물보다 맛있진 않을 거예요."

나칸다카리 씨 일가는 27일 새벽에 온나카라를 출발했다. 아버지, 어머니, 하츠코, 여동생, 어머니 숙부의 식구들, 사촌 언니와 그 아이들. 모두 열 명이 어두운 산길을 더듬더듬 올라갔다. 그러나 얼마 못 가서 날이 밝아 버렸다. 밝아지면 공습이 시작된다. 섬을 에워싼 미군 함정에서 포도 날아온다. 낮 동안은 위험해서 걸을 수가 없다. 방공호를 찾아 어두워지기를 기다리기로 했다. 오전 내내 맑은 날씨였는데, 오후부터 소나기가 쏟아졌다. 저녁에 요란한 빗소리에 섞여 들리던 폭음이 멎은 것을 확인한 일행이 방공호를 나왔다. 주위가 이미 어두워지고 있었다. 비가 어둠을 더욱 짙게 만들고 있었다. 가끔 땔감을 주우러 왔기 때문에 모르는 산은 아니었지만, 무엇 하나 또렷이 보이지 않는 어둠 속에서 몇 번씩 방향을 잃고 오르막길을 오르락내리락했다.

장대비가 온몸을 때렸다. 각자 앞사람의 허리를 잡고 조심조심 걸음을 옮기다가 진창에 발이 빠지고, 풀 위로 미끄러지고, 돌에 부딪히고, 그럴 때마다 허리를 놓쳤다. 발밑에 뭔가 걸려서 집어 보면 아기의 작은 이불이거나 아직 새것인 솜이불이었다. 먼저 산에 올라간 사람들이 떨어뜨리고 갔을 것이다. 비 맞은 생쥐 꼴이 되어 가며 밤새 걸어서 지정된 234고지 뒤의 계곡에 도착했을 때는 이미 28일 아침이 되어 동녘이 뿌옇게 밝아지기 시작했다. 그곳은 사람들이 가시가라라고 부르는 강의 상류였다. 도카시키 사람들도, 아하렌 사람들도 계곡을 따라 산 중턱으로 계속 모여들었다. 그리고 가족끼리 친척끼리 어깨를 기대듯 나무들 사이에 앉았다. 제3전투부대가 앞을 막아서고 뒤로 절벽의 해안선을 끼고 있다고 해도 안전한 피신처가 될지 안 될지 모르는 상황이었다. 그런데도 전령을 따른 사람들이 포탄을 피할 방공호도 없는 계곡에 식량은 도시락 정도만 들고 올라와 불안정한 상태로 앉아 있었다. 산에 오를 때는 줄기차게 쏟아지던 비가 오전 중에 그치고, 정오 무렵에는 계곡 사이로 힐끗힐끗 햇살이 흔들렸다. 하츠코는 젖은 옷을 나뭇가지에 걸어 흔들리는 햇볕을 쐬게 했다. 그 계곡에서 무엇이 자결의 도화선이 되었는지 하츠코는 이해할 수 없었다.

23일 이후 무수한 폭격기가 섬을 핥듯이 선회하고 있었고, 25일부터는 게라마 해협을 가득 채운 미군 함선이 함포사격을 했다. 마을은 이미 초토화되고 27일 이른 아침에 상륙한 미군이 A고지에 포진했다는 정보가 계곡에 있는 사람들에게 전했다. A고지라면 사람들이 모여 있는 계곡에서 300미터 정도밖에 안 떨어진 곳이다. 자신들이 쌓은 방공호와 움막을 뒤로하고 아카마쓰 전투부대장이 지정한 피란처로 쏟아지는 빗속을 뚫고 올라왔는데, 미군은 이미 엎어지면 코 닿을 곳까지 와 있었던 것이다. 사람들은 막다른 지경에 몰렸다. 이 작은 섬에서 더는 피할 데가 없을 것 같았다.

사람들이 모여 있던 계곡 옆 산기슭 위쪽에 큰 적송이 있었는데, 그 밑에서 촌장과 우체국장, 마을 사무소의 군사 주임이 "천황폐하 만

세!"를 외치는 모습이 보였다.

"모두 '천황폐하 만세'를 외쳤어요. '우리의 시체를 넘어 일본은 반드시 승리한다'고도 했어요. 적이 300미터 앞까지 접근했다니까 아무리 용을 써도 더 살 길이 없다고 생각한 거지요. 그래서 비참한 마음으로 죽기보다 자기들은 훌륭한 일본 정신을 갖고 죽는다고 생각하고 싶었겠지요. 포로가 되면 온갖 잔혹한 방법을 동원해 죽인다고 세뇌받았으니까요. 아기를 드럼통에 넣어 태운다느니, 가랑이를 찢어서 그대로 버린다느니, 남자는 손을 묶고 석유를 끼얹어 태운다느니, 여자는 강간하고 나서 태워 버린다느니……. 일본군도 지나(중국 본토를 가리키는 다른 이름이다. – 옮긴이)에서 그런 짓을 했다는 이야기를 들었기 때문에 그렇게 죽느니 차라리 자결하는 게 낫겠다 싶었고, 죽은 사람을 봐도 불쌍하다거나 하는 생각이 들지 않았어요. 살아서 어떻게 될지를 생각하면……."

어차피 죽음은 피할 수 없다고 생각했다. 혹시 그때 살아남는다고 해도 더 끔찍한 죽음이 기다리고 있을 거라고 생각했다. 자결을 각오했을 때 친구 중 하나가 화장을 시작했다. 그 와중에 화장품을 갖고 왔던 것이다. 나들이옷으로 갈아입는 사람도 있었다. 화장품은 근처에 있던 여자들 사이에 돌고 돌았다. 몸빼 차림으로 산을 올라온 하츠코는 몸단장하는 여자들의 순서에서 자기 차례가 되자 화장품을 빌렸다.

만세 삼창 뒤에 방위대원이 갖고 있던 수류탄이 15~20인당 한 개꼴로 배당되었다. 계곡 옆 비탈에 수류탄을 둘러싸고 동그랗게 앉은 무리가 여럿 생겼다. 비탈 위쪽은 도카시키 사람들이, 아래쪽은 아하렌 사람들이 차지했다. 나칸다카리 씨 일가는 아하렌 사람들 바로 위에 있었다.

"옥쇄 현장이라는 게 말이죠, 다 같이 앉아 있는 모습이에요. 하지만 수류탄은 대부분 불발이었고, 그래서 시끌벅적 소란이 벌어졌어요. 그러고 나서 바로 총알이 날아왔어요. 바로 아래쪽에 계곡이 있었잖아요. 그 부근에 총알 한 발이 핑, 탕 하고 떨어졌어요. 그곳에는 친구네 가족, 기쿠, 미츠코, 도미타 등이 있었는데 총알이 날아오는구나 싶은 순간, 일단 튕겨 오르다가 떨어져서 기쿠가 강으로 풍덩……. 얼굴을 보니까 피투성이였어요. 이미 죽을 작정으로 몸뻬 위에다 예쁜 여름 기모노를 걸치고 있었어요. 적의 비행기는 산을 스치듯이 피잉, 쏴아 하고 다가왔지요. 포탄이 떨어져서, 위쪽에 있던 사람들은 모두 즉시 피했다고 했어요. 우리는 피하지 않았어요. 아쿠가나파기(A고지)라면 잘 아는데, 적이 300미터 떨어진 곳까지 왔다면 피해 봤자 결국 끔찍한 죽음밖에 없거든요. 그걸 생각하면 오히려 여기가 더 낫겠다 싶어서……."

뇌관을 제대로 빼지 못하고 수류탄을 자꾸만 두드리는 사람, 그래도 그것이 폭발하지 않으니까 나무를 꺾어 가족을 마구 때리는 사람, 나무를 베거나 방공호를 팔 때나 산으로 피할 때 필수품이던 손도끼며 쇠스랑을 휘두르는 사람……. 그런 곳에 A고지에서 날아온 박격포가 떨어졌다. 계곡이 갑자기 조용해졌다. 미군기는 계곡을 훑듯이 오락가락했고, 그때마다 나뭇가지들이 출렁거렸다.

첫 번째 박격포가 떨어졌을 때 그 자리를 피해 제3전투부대 진지로 밀려들어 구원을 요청한 사람도 있었다. 그러나 걸리적거린다는 이유로 군인들에게 쫓겨났다. 쫓겨나온 사람들 중 일부는 진지 동쪽 분지로 이동해 거기서 다시 수류탄을 터뜨렸는데 박격포까지 떨어진 바람에 30여 명이 사망했다.

나칸다카리 씨 일가가 둘러싸고 있던 수류탄도 불발이었다.

"이노하 씨라는 의사가 있었어요. 그 의사의 손을 빌려서라도 죽겠다는 마음으로 빙 둘러앉아 있었어요. 하지만 수류탄을 아무리 두드려도 터지지를 않는 거예요. 이노하 씨가 '이건 못 쓰겠다.' 하며 버리더니 '여보, 내 옆으로 와.' 하고 아내를 앉히고는 '자, 모두 엄마 아빠를 둘러싸고 앉아라.' 했어요. 아이가 서너 명은 됐으니까요. 그러고는 아들을 향해 '준, 칼 갖고 있니?' 하고 물었어요. 4학년쯤 되는 남자아이가 '예, 아버지. 여기 있어요.' 하면서 내놓았어요. 그걸 받아들더니 '그럼 당신부터…….' 하면서 부인의 목을 쓰다듬다가……. 부인은 으으, 신음하면서 피를 철철 흘렸어요. 이런 것을 보고 나니까 저렇게까지 하면서 죽을 수는 없다는 생각이 들어 도망쳤는데, 그 뒤 곧바로 쓰러져서 뭐가 뭔지 알 수가 없었어요. A고지에서 탕탕 박격포를 쏴 댔으니까요."

이노하 씨가 아내의 경동맥을 작은 칼로 찔러 피가 솟구치는 모습을 본 하츠코는 본능적으로 죽는 게 무서워졌다. 그래서 그 자리를 빠져

나오려는 순간 몸에 큰 충격을 받고 그대로 의식을 잃었다. 박격포를 맞은 것이다.

얼마나 시간이 흘렀을까?

“이모, 이모, 물 마시고 싶어.”

자신을 향한 사촌 언니 딸의 목소리가 들렸다.

“이모는 죽었단다. 그래서 물 같은 거 못 마신단다.”

그것은 어머니의 목소리였다. 어머니는 하츠코가 죽은 줄 알았던 모양이다.

“엄마.”

“어머나! 살아 있었구나, 아가야.”

“아버지랑 밋짱은?”

“이렇게 되어 버렸단다.”

보니까 어머니 무릎 위에 모포로 감싼 여동생은 흙빛 얼굴을 하고 이미 숨이 끊어져 있었다. 어머니도 한쪽 다리가 날아가고 없었다. 아버지는 계곡으로 튀어나온 소나무에 걸려 죽어 있었다. 아버지는 즉사인 것 같았고 어머니 무릎에 안겨 있는 여동생도 박격포를 맞고 조금 있다 죽은 것 같았다.

아버지와 여동생이 죽었다는 사실을 꿈이라도 꾸듯 반추하는 사이에 다시 의식이 몽롱해졌다. 그로부터 얼마나 시간이 흘렀을까, 멀리서 어머니의 신음이 들린 것 같았다. 정신을 차렸을 때 어머니는 죽어 있었다. 어머니는 의식을 잃은 하츠코도 죽은 줄 알았나 보다. 그래서 친척 노인이 "자네 혼자라도 살아야지, 암, 살아야지. 걸을 수 있으면 천천히 위쪽으로 가게." 하고 격려할 때 도망치면 살 수 있었을 텐데도 "무슨 소립니까? 하츠코도 밋짱도 애들 아빠도 다 죽었는데 나 혼자 살아서 뭐합니까?" 하며 그 자리를 떠나지 않았다고 한다.

처음에 박격포가 떨어져 경사지 위쪽에서 수류탄을 둘러싸고 있던 사람들이 도망쳐 나갔을 때 아버지도 어머니도 도망가자고 했다. 그것을 말린 사람이 하츠코다.

"내가 말렸어요, 그래서 더 억울해요. 도망쳐도 어차피 적에게 잡혀 비참하게 죽을 테니까 여기 있는 게 낫다고 하면서, 옥신각신하는 중에 포탄이 떨어졌고……."

수류탄으로 자결한 사람, 수류탄이 터지지 않자 갖고 있던 톱이나 쇠스랑·칼 등을 사용한 사람, 그것조차 없어 나무토막으로 서로를 때린 사람, A고지에서 날아온 박격포를 맞고 폭사한 사람 등 그리 넓지도 않은 계곡 기슭에 약 300명의 시체가 첩첩이 쌓여 있었다. 죽을 사람은 죽고, 산 사람은 그 자리를 떠났다. 하지만 후두부와 정강이 등 몇 군데에 박격포 파편을 맞아 중상을 입은 하츠코는 움직일 수가 없었다. 부모님과 여동생도 죽고 도와주러 올 사람은 아무도 없었다.

(진중 일지에 따르면 29일에) 일본군이 시체를 매장하러 왔을 때 하츠코의 목을 잡아당기는 사람이 있었다. 그러나 살아 있다는 것을 알아차렸는지 그대로 두고 떠났다. 그 후 미군도 와서 일본군이 미처 매장하지 못한 시체를 다이너마이트로 처리했다. 그런데도 죽지 않은 네

명이 여전히 계곡에 남아 있었다.

“모두 주변에서 썩어 가는 시체 냄새 때문에 숨도 쉴 수 없었다지만, 내 코는 후각을 잃어 아무 감각도 없었어요. 머리를 맞아 출혈 과다로 빈혈이었잖아요. 눈도 전혀 보이지 않았어요. 죽은 사람은 모두 소지품을 버리잖아요, 산 사람들이 살아남기 위해서 가다랑어포며 설탕을 찾으러 옥쇄장에 왔대요. 그랬더니 우리가 땅속에 묻혀 꿈틀꿈틀 움직이면서 도깨비처럼 눈을 게슴츠레 뜨고 ‘살려 주세요.’ 하더래요. 그 사람들은, 적이 가까이에 있는 데다 우리는 유령 같아 무서우니까 살려 줄 수도 없어서 모르는 척하고 물건을 찾으러 돌아다녔다고 하더라고요. 그리고 군인이라도 지나가면 노파가 ‘군인 아저씨, 살려 주세요!’ 하고 외쳤는데 ‘쉿! 적이 있으니까 소리치지 말아요! 금방 구하러 올게요.’ 하고는 그대로 가 버렸어요. 그리고 어느 날 방위대 아저씨가 ‘도카시키 아가씬가?’ 하기에 ‘나칸다카리 씨 딸이에요.’ 했더니 배고프냐고 묻더군요. ‘주먹밥을 매일 두 개씩 받으니까 내일 저녁에 가지고 올게.’ 그래 놓고 오지는 않았어요. 모두 거짓말만 하고 우리한테서 도망치려고 하는 것 같아서……. 아무것도 먹지 못했어요. 목이 너무 말랐어요. 물을 마실 요량으로 천천히 아래쪽으로 내려가 겨우 깡통인가 뭔가에 담아…… 그게 아무리 흙탕물이라도 배불리 마시니 맛있었어요…….”

하츠코는 박격포를 맞은 뒤로 아무것도 입에 넣지 못했다. 남아 있는 힘을 쥐어짜서 비탈을 내려간 하츠코가 그때 살았구나 싶은 기분으로 마셨다는 계곡물은 죽은 사람들의 피로 검붉은 색깔인 데다 부글부글 거품이 일고 있었다고 섬사람들은 말한다.

미군 상륙 직후의 공황 상태 속에서 도카시키 섬의 당시 주민 약 700명 가운데 절반 가까운 사람이 목숨을 잃었다. 몰살당한 가족, 노인만 남은 집, 방위대에 소집당하는 바람에 자기 혼자 살아나고 처자식을 잃은 사람 등을 대충 훑어 보면 남자가 있는 가정에서 더 많은 희생자가 나왔다. 수류탄이 불발이었을 때, 남자들의 힘을 이용해 자결했기 때문이다.

요시에도 다섯 아이를 데리고 234고지의 뒤쪽 계곡으로 올라갔다. 하지만 계곡에 도착했을 때 방위대에 소집되었던 남편을 만났고, "여기 있으면 모두 옥쇄한다는 얘기가 있어. 산에서 내려가야 해." 하는 남편 말을 들어 빗속을 뚫고 힘겹게 올라갔던 산길을 다시 하루 밤낮 동안 내려와 자신들의 방공호로 돌아왔다. 남편은 죽지 말라고 말해 주려고 요시에와 아이들을 찾아 계곡으로 왔던 것이다.

9일간 계속되던 미군의 거센 공격은 4월에 접어들자 거짓말처럼 잦아들었다. 귀에서 떠나지 않던 비행기의 기관총 사격 소리도 함포사격 소리도 박격포의 폭음도 사라지고, 절반 가까운 주민을 한꺼번에 잃은 섬은 음산한 정적에 싸였다. 하츠코는 시체가 썩는 악취 속에서 며칠이나 산속에 묻혀 있었을까? 낮인지 밤인지 구별도 되지 않았고, 몽롱한 의식을 되찾는 순간이 있다가도 조금 지나면 다시 흐릿해지기를 반복했다. 감각은 마비되고 배고픔과 상처의 아픔도 느끼지 못하고 눈도 보이지 않고 코도 냄새를 맡지 못해 그저 소리만 들렸다. 렌게라는 중대장이 옆에 와서 반드시 도와주러 오겠다고 약속하고 갔기 때문에 나뭇잎 스치는 소리만 들려도 귀를 쫑긋 세우며 애타게 기다렸다. 그러나 그날은 허무하게 저물고 다음 날에도 나타나지 않았다. 촌장과 순경이 이끄는 소년들 몇 명이 데리러 온 것은 중대장이 약속하고 간 지 이틀이나 지나서였다. 중대장이 아카마쓰 부대장에게 들것을 내 달라고 요청했는데 민간인을 구조할 상황이 아니라면서 허락하지 않았다는 것을 나중에 알았다. 그래서 이들의 구조 작전은 민간으로 넘어갔다고 한다. 하츠코는 마을 사람들이 모두 죽은 줄로만 알았다. 촌장과 소년들의 건강한 모습을 보고, 살아 있는 사람도 아직 많다는 이야기를 들었을 때 비로소 살고 싶은 욕구가 간절해졌다.

온나카라 피란소로 옮겨졌는데, 며칠 전 그곳을 떠날 때 가족과 둘러앉았던 큰 냄비가 그대로 있었다. '부모님과 여동생은 이제 이 냄비를 가운데 두고 둘러앉을 수가 없구나.' 하고 생각하자 슬픔으로 가슴이 찢어지듯 아팠다.

후두부와 다리에 중상을 입고 가족을 잃은 채 혼자만 살아남아 온나카라에서 지내는 나날은 악취가 진동하는 계곡에 묻혀 있었을 때보다 더 괴로웠다. 누워서 움직이지 못하는 하츠코에게 친척들이 식사를 날라다 주었다. 제3전투부대 군의관과 위생병이 정기적으로 온나카라로 주민들을 진찰하러 왔는데, 그럴 때는 군의관이 있는 곳까지 하츠코를 업고 가 주었다. 그러나 미군이 공격해 올 거라는 정보가 들어오고 사람들이 온나카라에서 더 깊은 산속으로 피하러 갈 때는 혼자만 피란소에 남겨졌다.

“그때 자기 자식도 거두기 힘들 정도였기 때문에 친척도 봐주는 사람이 없었어요. 혼자 살아남아 부모 형제도 없으니, 적이 상륙하면 나한테는 즉시 이불을 뒤집어씌워 놓고 모두 안전한 곳으로 피하는 거지요. 어차피 나는 죽을 수밖에 없다고 체념하고 있었기 때문에 여기 같으면 안심하고 죽을 수 있지 않을까 싶어서 이불을 뒤집어썼지만 잠이 오질 않았어요. 미군이 올 때는 총을 쏘면서 오니까, 가까이 오면 핑, 철컥철컥 소리가 들려요. 언젠가는 총알을 맞고 죽을 신세, 이렇게 이불을 덮고 죽을 수 있으니 그나마 다행이라고 생각하면서……. 옥쇄장에서 구조된 뒤 그때가 제일 괴로웠어요. 아무리 부상했다고 해도 다른 사람은 가족이 있어서 치료해 주니까요. 상처를 입어도 그대로 방치되고 돌봐 줄 사람도 없는 사람이 한둘이 아니었잖아요. A고지에서 오는 미군에게 잡힐 거라고만 생각했기 때문에 방공호 안에서 목을 매 죽을까 했지만, 그렇게 하지도 못하고…….”

하츠코는 28일에 자결할 생각이었지만 죽지 않았다. 그때 죽겠다는 생각으로 치달은 것은 미군에게 잡히면 어떤 능욕을 당하고 얼마나 잔혹하게 죽을지 모른다는 공포 때문이었다. 움직이지 못하는 몸으로 온나카라에 혼자 남겨졌을 때 엄습한 공포에 시달린 것이다. 이불 속에 누운 채 총을 맞고 죽으면 좋을 것 같았다. 총에 맞아 죽는 것보다 미군에게 잡히는 게 더 무서웠다. 하지만 초가로 된 임시 피란처에 있기가 불안해 밭 근처에 판 방공호로 기듯이 들어가 누워 있었다. 그러자 얼마 후 발이 시렸다. 몸을 일으켜 보니 발치에서 물이 솟고 있었다. 그러나 하츠코는 다른 방공호로 몸을 옮길 기력이 없었다. "방공호 속이니 거기서 죽어도 백골이 되어 떠내려갈 염려는 없겠다고 스스로 위로하면서……."

이틀 뒤 멀리서 사람 목소리가 들린 것 같았다. 반가웠다. 방공호를 나와 살금살금 계곡을 따라 아래쪽으로 내려가니 두 아들과 며느리까지 잃은 노부부가 있었다. 노부부는 하츠코를 손짓으로 불렀다. "저 위에서 그저께부터 혼자……. 할머니……, 무서웠어요." 하츠코는 노부부의 품에 안기려는 마음으로 매달렸다. 할머니도 자식을 잃은 고통을 하츠코에게 털어놓았다.

"변소에 가서 구더기가 우글거리는 걸 보면 지금쯤 아이들이 저 옥쇄장에서 저렇게 구더기가 우글거리는 꼴이 되었겠구나 싶으니까 괴로워." 할머니가 울면서 말했다. 보름달이 환하게 주위를 비추고 있었다. 밤이 샐 때까지 할머니와 이야기를 나누니 마음이 조금 풀려 피란처로 돌아갔다. 그리고 다음 날은 피란처나 방공호보다 인기척이 없는 곳으로 가면 들킬 공산이 적을 것 같아 덤불 속에 몸을 웅크리고 있었다.

"종일 총알이 날아와 죽어도 좋겠다고 생각하면서 하늘을 쳐다보고 앉아서……. 또 밤이 되고 총알이 멎으면 혼자 넋을 놓고 있었지요. 먹을 것도 없으니 축 늘어져서……."

조금 걸을 수 있게 되자 그나마 식사를 갖다 주는 게 고작인 친척들의 발걸음도 차츰 멀어지고, 하츠코는 아직 상처도 낫지 않은 몸으로 직접 식량을 찾아야 했다. 어느 집이나 비축해 둔 식량은 바닥나 있었고 자생하는 소철도 도토리도 뽕잎도 이미 다 먹어 버렸다.

굶어 죽을 신세를 벗어난 건 얼마 후 일본군이 항복했기 때문이다.

징용병의 도망

사탕수수밭 오두막에서 봉기 씨의 반생을 대략이나마 모두 듣고 난 나는 도카시키 섬에 같이 있던 여섯 여자들의 행방이 궁금해졌다.

하루코는 죽었다. 아이코와 밋짱은 3월 23일 공습으로 중상을 입은 뒤 생사를 알 수 없었지만, 미군의 야전병원에서 대화를 나눴다는 자마미 섬 미야시로 하츠에宮城初枝 씨의 증언으로 살아 있었다고 확인되었다. 마지막까지 봉기 씨와 취사반에서 일하다가 234고지를 내려올 때도 같이 있었던 가즈코와는 이시카와 수용소에서도 숙식을 같이 했다. 그 뒤에도 2, 3년은 봉기 씨가 가즈코를 찾아가기도 했지만, 차츰 연락이 뜸해지다 기지 마을 고자(현 오키나와 시)에서 병사했다는 것을 최근에 알았다. 기쿠마루와 스즈란은 어떻게 되었을까?

어느 날 아침 봉기 씨가 눈을 떠 보니 같은 방공호에서 함께 지내던 기쿠마루와 스즈란이 사라지고 없었다. 그 후로 봉기 씨는 두 사람을 만나지 못했다. 그리고 두 사람이 어찌 되었는지 소문을 들은 적도 없다.

1945년 6월 30일에 소네라는 일등병이 한국인 징용병을 데리고 234고지를 탈출해 미군에게 투항하는 사건이 있었다. 제3전투부대의 장병이던 사람의 말로는 이때 위안소 여자도 같이 갔다고 한다. 제3전투부대 대장이던 아카마쓰 씨가 이렇게 말했다.

"여자들도 소네 일등병과 같이 있었을 겁니다. 따로는 도저히 복곽진지(234고지)를 빠져나갈 수 없습니다. 진지 주위에 보초병을 세워 놓았고, 적과는 거리가 있습니다. 거기에 지뢰가 있고 날이 밝으면 미군에게 당하기 때문에 통과할 수가 없지요."

그때나 지금이나 아하렌에 살고 있고 현지 소집되었던 전직 방위대원 오시로 료헤이 씨는 보초를 섰던 군인에게 들은 말이 있다.

"그때 모습을 봤다는 보초병 말로는 여자들도 철모를 쓰고 군복을 입고 있었다네요."

기쿠마루와 스즈란은 동포 징용병들과 같이 미군에 투항했다고 한다. 이 무리를 이끌었다고 알려진 소네 일등병은, 아카마쓰 대장의 말로는 시고쿠·마쓰야마의 피차별 부락(봉건시대 이래 차별당하던 천민들이 따로 모여 살던 곳으로 제2차 세계대전이 끝난 뒤까지 남아 있었다. - 옮긴이) 출신으로 현지 자활반에 편입되어 있었다고 한다.

"소도 잡아서 요리를 맛있게 해 줬어요. 그런 솜씨 때문에 현지 자활반에 들어가 있었습니다. 니시야마(234고지)에 본부를 두었을 때 아하렌에서는 자활반이 쓰러진 집 밑에서 건어물이며 여러 가지 식품을 찾아내기도 하고 돼지나 산양을 잡아 징용병이 밤에 옮겨 옵니다. 그걸 능숙하게 해체했습니다."

현지 자활반은 주로 그 지역 출신 방위대원이나 한국인 징용병으로 구성되어 있었다. 아하렌의 현지 자활반에서 취사반장을 한 오시로 전 방위대원은 징용병 도망 사건의 개요를 이렇게 말했다.

"소네라는 남자는 내가 있던 곳에서 도망쳤습니다. 자활대라고 해서 그들이 식량 조달, 그러니까 고구마 같은 것을 심어 놓고 적의 눈을 피해 경작하는 걸 맡았습니다. 그리고 주민 중에 벼를 베야 할 사람이 있으면 벼를 베서 주민들에게 나눠 주고 자기들도 본부 진지로 전달한 겁니다. 보통 이런 인솔은 상등병 이상이 아니면 할 수가 없습니다. 소네는 일등병이지만 본인이 이 일을 희망했습니다. '상등병만 위험한 일로 내모는 게 미안하니 그 대신 나를 보내 달라.' 이랬지요. 그래서 이 자를 지휘관으로 해서 징용병과 군인을 시켜 수집한 식량을 수송하게 했습니다. 본부 쪽은 논밭이 전혀 없었으니까요. 그렇게 여기저기서 모은 걸 보내 굶주림을 면하게 했습니다. 그 인솔을 소네가 희망한 거지요. 적이 많아서 낮에는 돌아다닐 수 없으니까, 밤새 운반하고 아침까지 돌아오는 조건이었습니다. 보통 한 번 갔다 오면 교대하는데, 이 자가 또 희망하는 겁니다. 그다음에 또 가겠다고 했어요. 세 번 연속으로. 그래서 이건 좀 이상하다 싶었습니다. 상등병 진급을 노리나 보다 했지요. 그런데 그게 아니었습니다. 도망을 계획한 겁니다. 첫 번째

갔을 때 연락이 불충분하니까 다시 가서 연락을 충분히 취하고, 세 번째에 전원이 모여 도망친 겁니다. 징용병은 취사반에 다섯 명이 있었습니다. 내가 취사반장을 하고, 이 자들을 부리면서 취사를 시켰습니다. 이 자들도 모두 소네가 꼬드겨 도망친 겁니다."

오시로 전 방위대원의 증언으로 소네 일등병이 징용병과 면밀하게 연락한 다음에 도망을 실행했을 것으로 짐작된다. 지넨 초보쿠 전 부관도 이와 비슷하게 지적했다.

"징용병, 즉 조선 사람들이 그때 일제히 없어졌습니다. 약았던 거지요. 우리 쪽 경계가 아주 엄했다고 생각했는데, 교묘하게 서로 연락한 겁니다. 소네 일등병은 조선어에 능통했잖습니까."

아카마쓰·오시로·지넨 등 전 장병의 증언으로 유추해 보면, 소나 돼지·산양의 고기를 해체하는 솜씨가 좋다는 이유로 현지 자활반에 편입되었던 소네 일등병이 징용병과 면밀하게 연락해서 도망을 계획하고 실행했다는 이야기가 된다. 그 무리에 기쿠마루와 스즈란도 가담했다는 것이다.

나는 소네 일등병을 만나고 싶었다. 그를 만나면 기쿠마루와 스즈란의 종전 후 거취까지는 몰라도 도카시키 섬 탈출이 무사히 성공했는지 여부는 알 수 있을 것이다. 소네 씨의 현주소는 후생성 원호과에 문의하면 알 수 있을 거라고 생각했다. 봉기 씨가 이름을 기억하고 있는 이노우에 취사반장에게 연락이 닿은 것은 후생성으로 한 문의가 계기였기 때문이다. 하지만 그때 전화로 용건을 말하자 전화를 받은 여직원이 이쪽에는 안 들릴 줄 알았는지 이런 말을 했다. “해상 정진 기지 제3대대라면, 그러니까 뭐냐, 도카시키 섬, 매스컴에서 보도된 문제의 거기네요.” 오키나와가 본토 복귀 운동으로 들끓을 무렵 반전·평화운동에 힘쓰는 사람들이, 전사한 부하들의 혼을 위로하기 위해 오키나와에 간 아카마쓰 씨를 상대로 주민에게 자결 명령을 내린 것에 대해 추궁한 적이 있다. 그것을 계기로 언론에서 300명 남짓한 도카시키 섬 주민이 집단 자결했다는 사실이 크게 보도된 것이다. 이제 그 열기는 다소 식었지만, 후생성 여직원은 그 일을 말했을 것이다. 나는 여직원이 뭔가 꺼린다는 것을 직감했다. 하지만 다행히 하루인가 이틀 뒤에 이노우에 도시카즈 씨의 본적지를 알 수 있었다.

소네 일등병에 관해서도 사실 몇 년 전에 본적지 조사를 의뢰했다. 그때는 이노우에 씨의 일로 전화한 적이 있어서 취재라는 걸 숨기고 문의했다. 봉기 씨가 동료 두 명의 행방을 알고 싶어 하는데 소네 일등병을 만나면 알 수 있을 것 같으니 본적지를 가르쳐 달라고 에둘렀다. 거짓말은 아니었지만 본래 목적을 애매하게 해 말썽이었을 것이다. 두세 번의 전화 대응으로 거절당했다. 그 뒤 나는 출산으로 제대로 움직이지 못해 소네 일등병을 만나지 못한 것에 대해 마음이 켕기면서도 원고를 진행하고 있었다. 그러나 완성된 원고가 마음에 들지 않았다. 마음에 걸리는 문제를 조사하지 못한 것이 원인이라는 생각에 다시 후생성에 전화를 걸어 취재 목적을 알렸다. 소네 일등병이 전투부대에 속해 있었는지 기지대였는지조차 알지 못했다.

사흘 뒤에 약 1000명의 명단에서 소네 기요시 일등병의 이름을 찾을 수 있었다. 수화기 너머로 중후한 목소리가 들렸다. 나는 가슴이 뛰었다. 몇 년 동안 궁금해하면서 만나지 못했던 사람이, 먼 거리를 두고 있기는 하지만 수화기 너머에 있었다. 그가 단호하게 말했다.

"뭐든 얘기하겠습니다. 지금도 나는 내가 한 일이 잘못되었다고는 생각하지 않고, 켕길 건 아무것도 없습니다."

소네 일등병이 징용병들을 이끌고 제3전투부대에서 탈출한 행위가 군대에서는 사형에 처할 만한 규율 위반이다. 패전하면서 군국주의는 끝났고 민주주의 국가로 전환했다고 하지만 전쟁 전 일본 전체를 지배하던 국가 개념이 현재 일본인들의 실생활에도 집요하게 살아 있다는 것을 때때로 볼 수 있기 때문에, 6월 30일의 그 사건을 어떻게 언급해야 좋을지 몰라 나는 순간적으로 주저했다. 그런 망설임을 소네 씨는 전화 너머에서 민감하게 간파한 듯했다. 그의 단호한 어조에 나는 안도했다. 봉기 씨의 생존을 전하고, 함께 행동했던 기쿠마루와 스즈란에 관해 사소한 것이라도 알고 싶다고 말했다. 소네 씨는 잠시 40년 전을 회상하고, 나는 지금까지 알아낸 1945년 도카시키 섬의 상황과 그가 말하는 내용을 맞춰 보면서 맞장구를 치고 있었다. 그런데 갑자기 소네 씨가 말을 못 하고 울먹거렸다. 나이 든 남자가 오열하는 기색이 말없는 수화기를 통해 느껴졌다.

"지금도 유감스럽기 짝이 없는 건 일본 군인을 한 명도 데리고 나올 수 없었던 일입니다. 그때 전우가 몇이나 죽었습니다. 왜 그때 같이 나가자고 권하지 못했는지……."

소네 씨는 마쓰야마 출신은 아니었다. 마쓰야마 근처 도이초가 본적지고, 지금도 그곳에 산다.

초여름, 내가 두 살배기 딸을 데리고 소네 씨가 가르쳐 준 이요도이로 향했다.

소네 씨의 집은 바다와 나지막한 산을 낀 작은 마을 외곽에 있었다. 택시 운전사가 데려다 준 집 모퉁이에는 비파나무가 열매를 잔뜩 매달고 있었다. 현관으로 들어서자 근엄해 보이는 노신사와 품위 있는 노부인이 맞아 주었다. 통화할 때 의사가 된 아들이 생활비를 보내 주지만 몸이 무뎌질까 봐 밀감을 재배한다고 했다. 눈앞에 있는 훤칠한 노신사는 어깨가 넓고 골격도 탄탄해 보였지만 농사꾼의 흙냄새는 느껴지지 않는다. 노부인도 온화하고 몸가짐이 우아했다. 어린아이를 데리고 다니는 여행이라면 여관이나 호텔보다는 집에 묵는 게 더 좋을 거라는 소네 씨의 제의에 그날 밤 나는 염치없이 노부인의 정성어린 대접을 받았다.

소네 씨는 농가의 차남으로 에히메 현 도이초에서 태어나고 자랐다. 소년기에 농사를 도우며 성장했지만 20세 때 고베로 나가 던롭 공장에서 일했다. 그 무렵 관련 업체인 제너럴모터스의 노동조합이 쟁의 중이라 연설을 들으러 모임에 갔는데 연설이 시작되자마자 '행사 중지' 명령이 떨어져 퇴장당하는 장면을 여러 번 봤다. 민중을 우격다짐으로 제지하는 특별고등경찰의 횡포를 볼 때마다 소네 씨의 내면에서는 반권력, 평화에 대한 의지가 크게 부풀었다. 뜻을 같이하는 사람들끼리 교류하기는 했지만 1920년대 후반 이후 군국주의가 판치는 엄격한 사상 통제 속에서 자신의 사상을 행동으로 나타내는 일은 한 가지도 할 수 없었다. 그러나 시대를 꿰뚫어 보는 안목이 예리해진 것만은 분명하다. 그 후 오쿠라로 옮겨 결혼을 하고 식료품 판매업을 했는데 전황이 나빠지자 1944년 4월에 가족을 데리고 고향 도이초로 돌아왔다. 소집영장이 날아든 것은 그로부터 2개월 후인 6월이다. 이미 30대 중반으로 열 살이 된 첫째를 포함해 세 딸이 있었다. 가족을 남기고 떠나야 하는 몸이 찢어지는 듯한 출정이었다.

그리고 9월에 제3항설대(해상 정진 기지 제3대대)로 편성되어 우지나를 출발했다. 가고시마에서 선단을 꾸려 오키나와로 향한 지 이틀째 되던 날 배 두 척이 미군 잠수함의 습격을 받았다. 그때 소네 씨의 뇌리에는 불길한 예감이 스쳤다. 이렇게 가까이까지 잠수함이 출몰한다면 중국 대륙으로 가는 길도 남방으로 가는 항로도 끊긴 게 아닐까 하는. 그래도 도카시키 섬에 도착하고 얼마 동안은 기지대의 장병들이 모두 오키나와는 반드시 지킨다고 생각했다. '오키나와가 함락되면 남방으로 가는 교통이 차단된다, 이곳만은 어떻게든 사수해야 한다.' 소네 씨 자신도 이렇게 생각했다.

이듬해 2월, 기지대 대부분이 오키나와 본도로 이동하고 남은 100여 명은 제3전투부대에 편입되었다. 소네 씨도 도카시키 섬에 남아 전투부대의 지휘 아래로 들어갔다. 기지대와 번갈아 근무하는 작업 원조 요원으로 특설수상근무대 200여 명이 배치되었다. 이 부대는 지휘관과 한국인 징용병으로 구성되었고, 무기는 휴대하지 않았다.

3월 하순, 미군의 게라마 공략을 받았을 때 제3전투부대의 병력은 고작 260명에 지나지 않았다. 한국인 징용병을 포함해도 약 460명이었다. 무기라야 소총 정도밖에 없고 23일부터 300기나 되는 미군 전투기가 상공을 선회했지만 방어 태세를 전혀 갖추지 못해, 미군 상륙은 시간문제였다. 27일, 제3전투부대는 도카시쿠·아하렌·아사히자와 등에 구축한 진지를 나와 234고지로 철수했다.

234고지로 퇴각한 소네 씨는 오키나와로 향하는 배에서 한 예감이 적중했다는 것을 알았다. 25일부터 시작된 미군의 함포사격은 제3전투부대를 압박하듯이 해안선에서 차츰 산 위로 조준 위치를 높여 왔다. 234고지의 산등성이에서 사격하는 정체를 봤을 때 소네 씨는 자기도 모르게 숨을 삼켰다. 게라마 해협의 수면이 보이지 않을 정도로 미군 함정이 빼곡하게 들어와 있는 게 아닌가! 게라마 해협을 마주한 도카시쿠 해안에서는 함포의 위력을 과시하듯 큰 바위가 산산조각으로 부서지고 있었다. 함포가 산에 맞으면 머리 위의 차폐물은 순식간에 날아가고 뻥 뚫린 하늘이 보였다. 면도날처럼 예리한 파편이 울창한 나뭇가지와 잎을 싹둑싹둑 잘라 냈다.

게라마 해협을 정박지로 한 미군 함정은 4월에 접어들자 오키나와 본도로 갔다. 게라마가 받은 맹공격이 본도에서도 반복되어 제32군이 미군의 공격에 속절없이 당하는 모습이 234고지에서도 손에 잡힐 듯이 보였다. 제공권도 제해권도 미군이 장악하고 있었다. 날이면 날마다 검게 피어오르는 연기는 5월 말 슈리가 함락된 후 차츰 남하해 막판에는 마부니까지 이동했다.

산 위에서 오키나와 본도가 고전하는 모습을 봤을 때 소네 씨 일행은 반드시 건재한 연합함대가 나타날 것이라고 믿었다. 오키나와를 지키지 못하면 남은 건 일본 땅에서 치르는 결전뿐이다. 미군의 공격에 속수무책이던 도카시키 사람들의 비참한 모습을 진저리가 나도록 보았다. 일본이 전쟁터가 되면 얼마나 많은 비전투원, 여자와 아이, 노인들이 죽을 것인가? 그러나 기도하는 마음으로 기다린 연합함대는 며칠이 지나도 나타나지 않았다. 미군이 오키나와에 오기 전에는 일본 비행기가 타이완 쪽으로 날아가는 모습을 종종 보았다. 그러나 미군이 오고 나서부터는 아군기를 보는 일은 거의 없었다.

"오키나와가 점령당하는 걸 보고 '이건 틀렸구나.' 싶었습니다. 바다에 떠 있는 건 모두 적의 군함, 하늘을 나는 건 모조리 적의 비행기였습니다. 산으로 숨어들어 봤자 전투가 되지도 않을 판이었지요. 전투를 하려면 앞으로 나가야 하는데, 포는 쏠 수도 없었습니다. 진지의 위치를 알려 적의 공격을 받을 뿐이니."

특공기特攻機가 게라마 상공을 날아오는 일이 드물게 있었다. 그러나 밤에 모기가 우는 듯한 불안한 소리로 게라마 상공에 나타난 작은 특공기는 얼마 지나지 않아 육지와 바다 양쪽에서 비추는 탐조등에 잡혀 어둠을 찢는 몇 줄기 광선이 오가는 정점에서 불을 뿜고, 그 순간

조종사가 반사적으로 레버를 당기는지 특공기가 일단 살짝 상승하다가 바로 불덩이가 되어 거꾸로 떨어졌다. 그리고 주변으로 흩어진 연료가 어두운 수면에서 선명하게 타 올랐다.

"아아, 또 일본의 젊은이가 부질없이 저항하다 죽었구나. 이 전쟁은 이미 진 게 아닌가? 절대로 이길 수 없을 터. 군 지도자가 한시라도 빨리 항복하지 않으면 희생자만 늘어날 판이군. 아군의 비행기가 우리 상공까지 오는 모습을 보고 기뻐하기보다 '가엽게도 오늘 밤 또 떨어지겠구나, 제발 가 주면 좋을 텐데.' 하고 기도하는 심정이었습니다."

미군의 초계선을 뚫고 날아온 특공기가 게라마 주변에서 목적을 완수하는 일이 드물게 있었다. 제3전투부대의 통신대는 제32군에 도카시키 섬의 상황을 전했지만 다시 제32군으로부터 대본영(청일전쟁과 제2차 세계대전 당시 일본 왕 직속으로 군대를 통솔한 최고 통수 기관이다. - 옮긴이)으로 전달하는 과정에 오류가 생기거나 정보가 고의로 조작됐는지, 실제로 공격한 것은 수송선이나 구축함·초계정 종류였는데도 대본영 발표는 '게라마 해협에서 적의 항공모함 침몰'이라는 식으로 과대 선전되었다.

전우가 여러 명 죽었다. 어떤 장병과 보초를 섰을 때의 일이다. 산등성이에 수직으로 판 참호에 들어가 머리만 내밀고 적진의 움직임을 살피고 있었는데, 소네 씨가 잠깐 아래쪽 참호까지 상황을 전하러 갔다가 돌아와 보니 조금 전까지 건장하던 장병이 참혹한 모습으로 죽어 있었다. 아래쪽 참호로 가는 시간이 조금만 늦었다면 소네 씨도 무사하지 못했을 것이다.

“정말이지 오늘도 무사히 살아남았구나, 겨우 목숨을 부지했구나, 싶은 적이 몇 번이나 있었으니까요. 쏟아지는 박격포를 뚫고 말입니다.”

이따금 미군 비행기가 조종사의 얼굴이 보일 정도로 낮게 날아 234고지를 살펴보다가 무시하듯 25킬로그램 정도의 작은 폭탄을 떨어뜨리고 가는 일이 있었다. 다가와도 격추당할 일은 전혀 없다는 걸 알고 놀리듯 머리 위를 아슬아슬하게 비켜 가는 저공비행이었다. 500킬로그램이나 되는 폭탄을 투하할 때도 있었다. 그러면 그곳에는 큰 연못이 생겼다. 그러나 비행기는 배에 비하면 그나마 낫다. 한 군데 가만히 머물러 있지 않기 때문이다. 연료가 바닥이 날 테니까 일정 시간이 지나면 반드시 모습을 감춘다. 그러나 포탄을 잔뜩 실은 군함은 여유롭게 해상에 자리 잡고 포탄을 아낌없이 쏘아 댔다.

보급이 끊기고 234고지에 틀어박힌 지 석 달이 지나자 많은 군인이 영양실조에 빠졌다. 소네 씨는 현지 자활반이 조달해 온 식량을 부대본부로 옮기라는 명령을 몇 번 받았다. 아하렌과 아리가 등 몇 곳에 설치된 현지 자활반에서 234고지로 가려면 길다운 길도 없다. 길이 있어도 짐승이 다니는 길이고, 부대가 몇 번 오가는 동안 다져진 오솔길이다. 그 오솔길도 미군에게 탐지됐는지, 종종 박격포가 떨어져 군데군데 끊겨 있었다. 소네 씨가 징용병들과 그 임무를 수행할 때도 박격포를 만났다. 갑작스러운 굉음에 몸을 엎드리자 엄청난 흙먼지가 날아올라 숨을 쉴 수 없을 정도로 파묻힐 지경이었다. 다행히 소네 씨도 징용병도 무사했지만, 그 정도로 위험을 무릅쓰며 운반하는 식량은 고구마 잎이나 털머위나 손가락만 한 고구마 등 보잘것없는 양이었다.

"이래 가지고는 전쟁이 될 수 없다고, 말이 안 된다고 생각했습니다. 필승의 신념은 상대를 이길 무기가 있고, 상대를 이길 만한 기술·기계적인 능력이 있을 때 생기는 겁니다. 식량도 없고 영양실조가 심해지는 상태에서 필승의 신념 따위가 생길 까닭이 없지요. 특별간부후보생의 소형 돌격선 마루레가 일본의 강력한 무기였던 모양이지만, 그것도 적의 배가 꼼짝도 않고 있을 때나 소용 있지요. 일본은 연료가 부족하니까 오키나와로 적을 상륙시켜 놓고 섬멸하겠다며 32군 쪽에서는 훈련하라고 했습니다. 하지만 무사하다는 일본의 연합기는 아무리 기다려도 나타나지 않았습니다. 우리가 속은 거지요. 오키나와뿐만 아니라 일본 본토도 제공권을 빼앗기고 폭격당하는데 어떤 전망이 있다는 건지, 발버둥 칠 뿐이었지요. 결국에는 영양실조로 죽거나 총알을 맞고 죽거나, 둘 중 하나였지요."

패전은 이미 정해진 일이 되어 있었다. 대본영은 하루라도 빨리 이 전쟁에 종지부를 찍어야 했다. 234고지에서 생존마저 위태로운 기아를 견디며 포탄을 피해 임무를 수행하는 것에 아무 의미가 없었다. 개죽음 당하고 싶지 않았다. 지금 미군에게 투항하면 생명을 부지할 수 있다. 전우에게도 그렇게 말해 주고 싶었다. 그러나 철저한 황국 사상, 군국 교육을 받아 온 일본군에게 투항하자는 말을 섣불리 꺼내는 건 위험했다. 이 지경이 되어서도 여전히 신국 일본은 반드시 승리한다고 믿는 자도 적지 않았고 객관적인 전망을 입 밖에 내는 것조차 꺼려졌다. 실제로 누가 밀고했는지 불려 가, 중대장이 "너, 이 자식, 비관론을 선동하고 다니는 거 아냐!" 하고 코끝에 군도를 들이댄 적도 있었다. 일본군에게는 털어놓을 수 없었다. 하지만 가능한 한 많은 사람과 함께 살고 싶었다.

"내 몸 하나만 살겠다는 생각은 하지 않았습니다."

소네 씨는 한국인 징용병에게 먼저 투항하자는 이야기를 꺼냈다.

"내 판단으로 한국 징용병은 전진훈戦陣訓(1941년 1월 8일, 당시 육군대신 도조 히데키가 군인들에게 마땅히 지켜야 할 행동 규범으로 제시한 훈령이다. '살아서 포로의 능욕을 당하지 않고……'로 시작하는 구절이 유명하다. - 옮긴이)에 세뇌되지도 않았고 황국 사상도 갖지 않았습니다. 강제로 끌려왔을 뿐, 군을 위한 충성을 맹세하거나 천황폐하를 위해 생명을 버리겠다는 사람은 없었습니다. 징용병도 모두 누군가의 아버지이고 아들이고 남편이니까 한 사람이라도 많이 모으고 싶었지만, 워낙 위험한 일이라 그럴 수가 없었습니다. 혹시라도 들통 나면 당연히 총살입니다. 군인이 적진 앞에서 도망치다가 잡히면 그 자리에서 총살합니다. 충분한 각오가 필요했습니다."

소네 씨는 일본의 패전이 멀지 않았다는 건 예감했지만, 6월 23일 오키나와 수비군 제32군의 붕괴는 알지 못했다. 제3전투부대에서는 22일에 무전기로 본도의 군사령부에서 보낸 '최후의 돌격을 감행한다'는 전보를 접수하고 있었지만, 간부들만 그 소식을 알고 하급 병사에게는 전달하지 않았다.

오시로와 지넨은 소네 일등병이 징용병과 면밀한 연락을 취한 다음 행동으로 옮긴 것이라고 보고 있었다. 그러나 실제로는 그렇지 않았다.

"미리 의논했다가는 위험합니다. 군인들 사이에서도 패전에 대해 입을 뻥긋했다가는 반감을 갖고 반발하는 자가 있었기 때문입니다. 날짜를 많이 남겨 놓고 계획을 밝히면 그사이에 발각될지 모릅니다. 발각되면 끝장이었습니다. 어떻게 할까 고민한 끝에 이 방법밖에 없어서……."

그날 소네 씨는 아하렌의 현지 자활반에서 234고지 부대 본부로 식량을 운반하는 임무를 수행하고 있었다. 오시로 씨 말처럼 자진해서 위험이 많은 그 임무에 나선 것은 아니다. 상관의 명령에 따랐을 뿐이다. 그리고 아카마쓰 씨의 말처럼 현지 자활반에 편입된 것이 아니라 3중대에 소속되어 있었고, 참호도 본부 남쪽 3중대에 있었다.

6월 29일 밤, 소네 씨가 고구마와 고구마 잎이 든 자루를 짊어진 징용병들을 이끌고 아하렌을 출발했다. 1킬로미터 정도 가자 도카시쿠 바닷가가 보이는 언덕으로 접어들었다. '오늘 밤에 실행한다'고 결심한 것은 어둠 속에서 느릿느릿 출렁거리는 바다를 내려다봤을 때다. 저 해안까지 내려가면 바로 코앞에 미군이 있을 것이다. 그러나 명령대로 식량을 본부까지 운반하지 않으면 의심받는다. 본부에 식량을 갖다 놓고 나서 진지를 나와 저 모래밭으로 내려가자. 밤인데도 흐릿하게나마 구별할 수 있는 하구를 보면서 소네 씨는 생각에 잠겼다. 어둠 속을 더듬어 가며 산길을 올라 본부에 도착한 것은 한밤중이었다.

우선 징용병들의 수장인 후쿠다에게 계획을 털어놓았다. 그리고 다른 징용병들에게도 동참을 권해 달라고 부탁했다. 소네 씨는 한국어를 전혀 몰랐고, 징용병도 일본어가 통하는 사람은 극소수였다. 그리고 징용병 각 개인의 개성은 물론이고 어떤 생각을 하는지도 몰랐다. 별로 교류도 없던 소네 씨가 직접 나서면 징용병들이 오히려 경계한다. 시간도 없었다. 우물쭈물하다가 일본군 중 누군가가 눈치를 채면 그걸로 목숨은 끝이다. 그래서 재빨리 후쿠다에게 징용병들을 모아 보라고 부탁한 것이다. 후쿠다와 평소에 의기투합하는 사이도 아니었지만 전부터 교류는 있었다. 그리고 그날 식량 운반 임무를 맡아 소네 씨의 지휘하에 함께 있었다. 후쿠다는 한국인이지만 일본어를 할 수 있었기 때문에 징용병의 수장으로 선발된 것이다.

후쿠다가 자신의 수하 10여 명을 데리고 오기까지 30분쯤 걸렸을까? 그중에 여자가 있었다. 언젠가 위안소를 운영한 우두머리(가네코)가 제3전투부대로 울며 달려와서 여자들도 부대 본부로 숨어들었기 때문에 소네 씨는 그들이 위안소 여자일 것이라고 짐작했다. 전투 상태로 접어들기 전에는 외출하는 날 성병 예방용 콘돔이 배급되었지만, 소네 씨는 위안소에 한 번도 가지 않았다. 그래서 여자들과 안면이 없었다. 어떻게 마련했는지 여자들은 징용병이 입는 군복과 군모를 갖고 있었다.

"위안부는 내가 기다리고 있는 곳에 와서 '우리도 데려가 주세요.' 했습니다. 나는 안 된다고도 데리고 간다고도 말하지 못했고……. 후쿠다가 따라오라고 했습니다."

여자가 두 명이었는지 세 명이었는지 기억은 없다. 그중 하나인 후쿠마루인가 하는 여자(기쿠마루를 말하는 듯하다.)가 징용병 수장 후쿠다와 교섭이 있었을 거라고 생각했다.

일행은 식량을 본부까지 옮기는 데 쓴 빈 자루를 짊어지고 다시 아하렌까지 식량을 옮기러 가는 것처럼 꾸몄다.

"징용병을 동반하거나 여자를 데리고 2중대, 1중대 앞을 지나다가 누군가에게 들켜 조사당하면 위험합니다. 하지만 다른 염려는 없었습니다. 나도 징용병을 관리하는 책임을 맡고 있어서 무장했기 때문입니다. 수류탄과 실탄 열두 발 채워 놓은 걸 가져갔으니까……."

전투부대 본부를 에워싼 234고지 주변의 산등성이에는 감시초소가 빙 둘러 있었다. 소네 씨는 평소처럼 초소 옆을 통과했다.

취사반에 편입된 여자들이 식량 운반 같은 위험한 임무를 수행한 적은 한 번도 없었다. 이때 보초가 여자가 섞여 있는 것을 이상하게 생각했다면, 소네 씨 일행의 탈출은 실패로 끝났을지도 모른다. 또 징용병들을 일일이 살펴봤다면, 그들의 표정에 나타난 긴장과 불안을 어둠 속에서라도 간파당했을지도 모른다. 징용병들만으로는 보초선을 통과할 수 없지만, 일본인 장병인 소네 씨가 인솔하고 있었기 때문에 보초는 아무런 의심도 하지 않았다. 일행은 무난히 감시초소를 통과했다. 그 후에도 추격병은 오지 않았다. 본부에서 아직 소네 씨와 징용병들의 도망을 알아차리지 못한 것이다.

징용병 우두머리 후쿠다는 본부로 식량을 무사히 운반했다는 것을 상관에게 보고하고 빈 자루를 갖다 놓기 위해 아하렌 현지 자활반으로 돌아갔다. 아하렌으로 갈 필요가 없는 소네 일등병과 본부 주변의 중대에 소속되어 있던 징용병들은 길이 도카시쿠와 아하렌으로 갈라지는 지점에서 기다리고 있었다. 시간이 얼마나 지났을까? 징용병 후쿠다는 아하렌의 자활반 소속 징용병 몇 명을 동반하고 소네 씨가 있는 곳에 모습을 나타냈다. 일행은 스무 명이 넘었다. 도카시쿠로 가는 길은 구불구불 꺾어지며 내려간다. 대단한 거리는 아니다. 감시초소도 없다. 그 전해 9월, 처음 배치되었을 때 자마미 섬을 거쳐 도카시쿠로 상륙했다. 게라마 해협을 끌어안듯이 하얀 모래밭이 활처럼 펼쳐진 아름다운 하구다. 게라마 해협 너머에는 자마미 섬과 몇몇 섬들이 보인다. 그 도카시쿠 해변에 도착했을 때 하늘은 뿌옇게 밝아 오고 있었다.

"적의 코앞까지 왔으니 섣불리 앞으로 나가다가 총을 맞으면 큰일이지요. 어떻게든 항복하겠다는 표시, 백기를 들어야 합니다. '누구 하얀 천 조각 갖고 있나?' 물었는데 여자가, 위안부가 갖고 있었어요. 그걸 막대 끝에 매달고 해안에서 흔들었지요. 바로 앞이니까 군함에서 보였겠지요. 상륙용 배로 즉각 다가오더니 도카시쿠 해안 앞에 멈췄고 우리는 밑에서 항복한다는 뜻을 표시했습니다. 무기를 내놓으라고 하기에 총도 내놓고 모든 소지품을 조사받고 나니 상대도 위험은 없다고 봤겠지요. '여기 타라.' 하더군요. 미군이 상륙용 배를 타라고 했을 때 비로소 안도의 한숨을 내쉬었습니다. '이제 살았구나.' 하고."

소네 씨가 인솔한 일행, 후쿠다를 비롯한 징용병 약 20명과 위안소에 있던 여자는 미군 상륙용 배에 무사히 올랐다.

진중 일지에 도망 사건과 징용병들에 대한 기술이 있다.(징용병에 대한 기술은 복각판을 발행할 때 덧붙인 것으로 보인다.)

6월 30일 06:00 제3중대소속 수상근무대의 징용병 요시모토(이름 불명)로부터 이와무라 반 등이 어젯밤 도망했다는 보고를 받음. 14:30 아하렌 주둔 척후병 렌게 부대에서 온 연락병 2명에게 특설수상근무대 소네 일등병을 주모자로 한 모 사건의 보고를 받았다. 18:00 신카이 중위 이하 22명 수색대를 편성, 소네 일등병 이하의 정찰을 위해 출발함.

모 사건이란,

특설수상근무대 사이다 소위 이하 240명 조선인을 주력으로 하는 징용병으로 전투부대의 주정舟艇을 은닉하는 주정 참호 굴진, 주정의 범수泛水, 인양, 기재의 운반을 목적으로 모집되어 전장으로 차출한 것이다. 적의 상륙 후에는 니시야마 복곽 진지에서 매일 밤낮 진지 만들기(방공호, 수직 참호 파기)와 탄약 기재 집적에 종사해 무장하는 병기 없이 오로지 자결용 수류탄 한 개만

주어지는 상태다. 적탄이 낙하하는 가운데 부족한 식량에 굶주려 정신적인 초조를 견디다 못해 적군에 집단 투항을 기도하고 도망친 사건이다.

적진으로 도망치다 발각되면 사형을 면할 수 없다. 목숨을 건 이 행동을 약 20명의 징용병은 참여 권유와 동시에 결단했다. 징용병들이 이 결사 행동을 순식간에 결의한 것은 그 전에 제3전투부대에서 죽음보다 더한 고통을 맛보았기 때문이다. 징용병이 처한 상황에서 제3전투부대에 머물며 살아남기가 오히려 어렵다는 실감이 소네 씨보다 더 했다고 해도 이상하지 않다. 도망치자는 제의를 받고도 결단을 내리지 못한 징용병도 있었다. 234고지에서 살아남기 어렵다는 것을 알면서도 탈출 성공을 확신할 수 없고, 미군에게 투항하는 데 성공한다고 해도 미군이 포로를 어떻게 대할지 전혀 추측할 수 없었기 때문이다.

"징용병 수장이 탈주를 권유한 것은 한 시간도 채 되지 않았습니다. 30분이나 40분 정도. 그리고 바로 내려갔으니까요. 그 짧은 시간에 결단을 내리지 못한 징용병이 많았을 겁니다. 순식간에 자기 판단을 촉구하고 전원의 동의를 얻을 수는 없었겠지요. 차분히 생각할 틈도 없이 다짜고짜 '지금부터 미군에 투항하러 가지 않겠나?' 해 놓고 덤벼드는 사람만 데리고 오지 않았을까 싶습니다."

결단한 자와 망설인 자의 운명이 순간의 판단으로 갈렸다. 그러나 밀고한 자는 분명히 없었다. 전투부대 본부가 소네 씨와 징용병들의 도망을 파악한 때가 오전 6시, 이미 일행이 도카시쿠에 도착해 있을 무렵이다. 처음 달려와 연락한 사람은 소네 씨와 같은 3중대에 소속되어 있던 한국인 징용병 요시모토다. 제3중대 참호에서 본부까지 그리 멀지는 않다. 요시모토가 본부에 보고하러 간 것은 일행이 234고지를 나간 지 몇 시간이나 지나서였다. 본부에서 아하렌 진지로 유선통신을 할 수 있었다면 전투부대 간부는 도카시쿠에 가까운 아하렌에서 수색대를 급파할 생각도 했을 것이다. 그러나 3월 하순 공습으로 통신선은 두절되고 복구되지 않은 채 방치되어 있었다. 아하렌과 연락할 방법이 도보밖에 없었다. 징용병의 도망을 알아차린 아하렌에서 척후대의 연락병 두 명이 본부로 달려온 것은 오후 2시 반이다. 그리고 소네 일등병의 직속상관인 제3중대장 신카이 중위 이하 22명이 수색에 나선 것이 오후 6시. 대응이 늦다는 걸 알았지만 낮에 대대적인 수색을 펼치는 건 미군의 총알받이로 나가는 것과 같았기 때문에 일몰을 기다려 출발했을 것이다.

미군의 상륙용 배를 타고 자마미 섬으로 이송된 소네 일등병과 징용병들은 별도의 수용소에 넣어졌다. 위안소에 있던 여자들도 다른 수용소로 들어간 것 같다. 6월 30일 새벽 몇 시간 동안 결사의 행동을 함께 한 징용병과 여자 들은 그 뒤로 만나지 못했다.

그리고 얼마 후 소네 일등병은 미군의 조사를 받았다. 통역은 오키나와 본도의 이토만 출신이라는 일본계 2세 미군이 맡았다. 눈앞에 도카시키 섬 지도가 펼쳐졌다. 미군은 제3전투부대 진지의 위치를 찾으려고 했다. 소네 씨는 도카시키 섬에 머물며 전쟁을 계속하는 것에 아무 의미도 찾을 수 없다는 고민 끝에 제3전투부대 탈출을 결행했지만, 전우의 생명을 미군에게 팔아넘기는 짓은 절대 할 수 없었다. 소네 씨는 통역을 통해 집요하게 반복하는 질문에 "나는 무학이라 지도를 볼 줄 모른다."로 일관하며 대답을 완강하게 거절했다. 담당관은 고개를 크게 가로젓고 단념했다.

자마미 섬 수용소에서는 아카 섬의 제2전투부대에서 투항해 온 소메야 소위와 마주쳤다. 자마미 섬의 제1전투부대장 우메자와 소좌도 이미 오래전에 미군에 투항했다고 들었다.

스무 명 남짓한 징용병들을 이끌고 소네 일등병이 미군에 투항한 것이 제3전투부대 간부에게 엄청난 혼란을 불러일으켰다는 것은 진중일지를 보면 쉽게 상상할 수 있다. 아니, 그 전에 6월 22일 오키나와 본도 군사령부의 '최후의 돌격을 감행한다'는 전보가 234고지의 작은 계곡으로 쫓겨 들어가 있는 제3전투부대 간부에게 결정적인 타격을 준 것이 틀림없다.

22일을 기점으로 그때까지 대일본제국 천황의 군대로서 제3전투부대를 지탱하던 신념이 급속히 붕괴하기 시작했고, 그 붕괴감 속에서 아카마쓰 대장을 비롯한 전투부대 간부들은 정상적인 판단력을 잃어갔다. 그 징후는 26일, 징용병 세 명에 대한 '처형'으로 나타났다.

6월 26일: 작업하러 진지 밖으로 나가는 자, 부락민에게 식량을 달라고 강요하는 자 있음. 강탈하는 자는 엄벌에 처한다는 취지를 각 부대에 통보함. 수상근무대 징용병 3명 성명 미상, 온나카라에서 식량을 강요한 징후 있음.

진중 일지에는 주민에게 식량을 강요한 징용병 세 명에 대한 처벌을 어떻게 했는지 분명하게 나와 있지 않다. 세 징용병은 '처형'된 것이다. 제3전투부대 부관이던 지넨 소위는 세 명의 '처형'에 입회했다고 증언한다. 지넨 부관은 오키나와 출신 장교였다. 그에 따르면 온나카라에 피란해 있던 주민으로부터 징용병이 강간해 곤란하다는 불만을 접수했다고 한다. 징용병들이 분명히 주민의 밭에서 고구마 따위를 훔치기는 했겠지만, 강간은 확인되지 않고 있다. 주민의 밭에서 작물을 취하는 것은 제3전투부대가 명령을 내려 조직적으로 한 일이다. 그 작업에 입회한 사람은 자활반에 편입되어 있던 지역 출신 방위대원과 그 인원의 약 세 배인 징용병들이다. 도카시키 섬의 모든 식량을 제3전투부대 통제하에 둔다는 부대의 명령이 주민들 사이에 어느 정도 철저하게 지켜졌는지, 설사 주민 각자가 그 사실을 숙지했다고 해도 군의 처사에 대한 불만은 강했을 것이고, 그 불만이 직접 작업에 투여된 징용병을 향했다 해도 이상할 건 없다. 생존이 위협받을 정도로 식량이 바닥을 드러내는 가운데 주민이 군의 조직적인 작물 약탈에 대한 분노를 징용병들에게는 풀 수 있어도, 국가권력을 배경으로 섬에 군림하는 일본군 자체를 상대로 풀 수는 없었을 것이다.

또 군의 조직적인 농작물 약탈이 아니라 해도 일본군 이상으로 영양실조에 빠져 있는 징용병들이 남의 눈을 속여 주민의 식량을 훔치는 일도 없지는 않았을 것이다. 진중 일지에는 주민의 식량을 강탈하는 자는 엄벌에 처할 것임을 각 부대에 통보했다고 되어 있지만, 일본군이 주민에게 식량을 달라고 '강요'하는 일은 종종 있어도 그 행위가 '강탈'이 되는 일은 거의 없었다. 주민들이 일본군을 두려워했고, 배가 고파 구걸하러 오는 일본군에게 귀중한 식량을 나눠 주는 것을 황국의 신민이라는 증거로 삼았기 때문이다. 징용병들이 일본군보다 배고픔에 시달린다는 것을 섬사람들이 알고 있었지만, 동정만으로 음식을 나눠 줄 여유가 있었을 리 없다. 징용병이 음식을 얻으려면 훔치거나 강탈하는 수밖에 없었다. 많지도 않은 식량 때문에 동포 세 명이 일본군에게 살해당한 사건은, 징용병 수장인 후쿠다가 몇몇 동포에게 '소네 일등병이 미군에 투항하자고 한다'는 뜻을 전했을 때 징용병들이 즉각적으로 판단하는 데 적지 않은 영향을 끼쳤을 것이다.

그리고 6월 30일 소네 일등병과 징용병들의 미군에 대한 집단 투항이 성공한 뒤에는 부대 간부의 자멸적인 살의가 오키나와 주민을 향하기 시작한다.

7월 2일…… 맑음. 시간 불명. 방위대원 오시로, 수차례 진지에서 탈주 중 발견. 적과 내통할 우려가 있어서 처형.

오시로 방위대원은 도카시키초등학교의 교감이었다. 소네 씨는 투항 전에 오시로 교감이 이마에 땀을 뻘뻘 흘리며 정수 장치인 수압 펌프를 종일 누르는 모습을 보고 불쌍하다고 생각했다. 언젠가 오시로 교감이 '아군은 섬을 지키기는커녕 섬 주민을 괴롭히기만 한다. 전쟁이 끝나면 이 사실을 고소하겠다.' 하고 투덜거린 것을 누군가 간부에게 밀고했다. 종일 펌프를 누르는 작업은 군에 대해 비판적 언사를 취한 것에 대한 본보기였다. 하필 그 무렵 234고지를 에워싸는 산등성이 위의 감시초소가 잇따라 저격당하고, 제32군의 군사령부가 붕괴한 이튿날인 24일에 미군이 오키나와 장악을 과시하듯 함포·고사포·박격포로 맹렬하게 공격했다. 진지 부근을 집중적으로 겨냥한 것은 분명히 내부에 스파이가 있기 때문이라며, 제3전투부대에서는 스파이 색출이 시작되었다. 때마침 특공기가 미 수송선을 격침하자 섬사람들, 특히 남자가 있는 집에서는 해안으로 떠내려오는 음식들을 주워다 굶주림을 면했다. 그런데 스파이 색출이 시작되자 가장 먼저 오시로 교감의 집이 수색당했고, 이때 미제 통조림과 담배와 미군의 휴대 식량인 레이션이 발견되었다. 이 식료품들을 스파이 혐의의 증거품으로 둔갑시켜 오시로 교감을 더욱 혹독하게 고문했다. 그 자리에 있던 사람은 한국에서 형사였던 일본군이다. 고문은 집요하게 반복되었다. 소네 씨는 오시로 교감이 신음하며 몸부림치는 모습을 똑똑히 보았다. 나중에는 혀를 깨물었지만 죽지 않았고, 혀를 깨문 이상 자백할 의지가 없다고 간주되어 차밭 진지로 끌고 가서 참수했다고 들었다. (《오키나와 현사 沖繩県史 10》〈오키나와 기록 2〉에는 오시로 교감이 임신 중인 부인의 상태를 살피러 임지를 떠나 집으로 돌아간 사실이 발각되어 처형당했다고 되어 있다.)

이날 진중 일지는 또 다른 '처형'을 기록하고 있다.

미군에게 잡힌 이에 섬의 주민이 미군의 지시에 따라 투항 권고와 전쟁 기피를 위해 진지에 잠입, 이 자를 잡아 전투부대장에게 보고, 부대장이 권고를 거절, 진지의 상태가 노출된 이상 일본인으로서 자결을 권고함. 여자가 자결을 승낙하고 참수를 희망, 자결을 돕다.

지넨 전 부관에 따르면 '처형'된 사람은 남녀 네 명이었다. 형 집행은 전투부대장의 명령으로, 경험을 쌓기 위해서라며 '참수' 경험이 없는 자에게 떨어졌다. 그래서 네 명 중 여자 한 명은 숨이 끊어지지 않은 채로 흙에 묻혔다. 그 여성은 목덜미에 중상을 입고도 스스로 흙 속에서 기어 나와 그 자리를 벗어났다. 그러나 다시 잡혔고 두 번째 '처형'은 지넨 부관이 했다. 지넨 부관은 미군이 도카시키 섬으로 이주를 강요한 이에 마을 주민의 수용소에 정보를 수집하려고 잠입한 적이 있다. 그때 도망친 여자와 안면이 생겼다. 지넨 부관이 오키나와 출신이라는 이유로 그 여성을 도주하게 했다는 혐의가 더해져 두 번째 형 집행은 지넨 부관에게 명령한 것이다.

두 건의 오키나와 주민 학살 후 제3전투부대는 마치 이제야 생각났다는 듯 도망자 수색대를 재편성했다.

7월 4일, 지넨 소위 이하 10명, 소네 일등병 및 징용병 수색을 위해 도카시키 섬 남부 아하렌 방면으로 출발.

그리고 이튿날 이 수색대는 '도망자 네 명'을 발견해서 본부로 연행한다.

7월 5일 02:00 스가 상등병 이하 2명, 수색대로부터 귀대함. 13:00 수색대 가와사키 군조 이하 7명, 도망자 4명을 체포해 본부로 호송 귀대함. 오늘을 기해 수색대를 해산, 각 원대로 복귀시킴.

소네 씨가 이끈 20여 명의 징용병들은 모두 미군에 투항했다. 가와사키 군조 이하 수색대 일곱 명이 본부로 호송했다고 하는 '도망자 네 명'은 과연 어떤 '도망자'였을까? 적어도 소네 씨와 함께 투항한 징용병들이 아니라는 것만은 확실하다.

소네 씨가 징용병 수장 후쿠다를 통해 탈출을 권유했을 때 결단하지 못했던 징용병이 소네 씨 일행의 미군 투항 성공을 보고 그 뒤를 좇아 투항을 시도했다면, 있을 수 있는 일이다. 후쿠다에게 직접 권유받지 않았어도 동포의 투항 성공에 힘을 얻어 뜻을 굳히고 행동으로 옮긴 사람이 있었을 수도 있다. 그러나 그렇다면 재발한 징용병들의 도망은 당연히 진중 일지에 기록되었을 것이다. 그러나 그런 기록은 없다.

여기서 한 가지를 추측할 수 있다. '도망자 네 명'의 발견은 제3전투부대의 날조가 아니었을까? 소네 일등병과 징용병들이 모습을 감추고 나서 이미 4, 5일이 지났다. 도망자가 미군에 투항했다는 사실은 얼마 지나지 않아 누가 봐도 분명했을 것이다. 식량도 없이 미군에게 포위된 작은 섬에서 제3전투부대의 눈에 띄지 않고 살아가기는 도저히 불가능하기 때문이다. 투항에 실패해서 목숨을 잃었다면 시체나 유품이 발견되었을 것이다. 20여 명의 미군 투항 성공은 감출 수 없는 일이었다. 그러나 제3전투부대 간부는 절대로 그것을 간과할 수 없었다. 그대로 두었다가는 부대의 통솔력이 무너져 버린다. 적어도 도망 억제는 먹히지 않는다. 어떻게든 도망자에 대한 제재 의식儀式을 해야만 했을 것이다. 그래서 사건과 아무 관계도 없는 징용병 네 명이 그 제재 의식의 본보기로 동원되지 않았을까? 제제 의식이 끝나면, 도망자와 체포자의 수가 맞지 않아도 일단 기대하던 목적은 달성되고 '오늘을 기해 수색대를 해산, 각 원대로 복귀시킴'으로써 제3전투부대의 소네 일등병과 징용병들의 미군 투항 사건은 일단락되는 것이다.

제3전투부대가 6월 22일에 오키나와 본도 군사령부로부터 '최후의 돌격을 감행함'이라는 전보를 받고 나서 불과 2주 사이에 밝혀진 것만으로도 오키나와 주민에 대한 '처형'이 두 건, 한국인 징용병에 대한 '처형'이 한 건이다. 모두 여덟 명이 일본군의 손에 목숨을 잃었다. 여기에 '도망자 네 명'을 합치면 그 수는 열두 명이 된다. 지넨 씨는 이 밖에도 정확한 날짜는 모르지만 징용병의 '처형'이 아하렌 척후대에서 자행되었다고 증언한다. 소네 씨는, 징용병을 '처형'했다는 이유로 특설수상근무대 소대장 사이다 소위가 포로수용소에서 추궁당하는 것도 목격했다.

"그건 징용병이 반항했다거나 하는 이유가 아니고 영양실조로 쇠약해져서 일을 할 수 없었던 겁니다. 명령을 해도 움직이지 못하고 주저앉아 버렸습니다. 그걸 사이다 소위가, 꾀가 나서 일하지 않는다고 판단하고 처형했습니다. 수용소에서 징용병들한테 호되게 추궁당했습니다. 사이다 소위도 변명했지요. 그 사람들은 굳이 죽이지 않아도, 처형하지 않아도 어차피 죽었을 거라고…… 이런저런 변명을 늘어놓았습니다. 징용자들도 더는 추궁하지 않았습니다. 사이다 소위라는 자가 나쁜 사람은 아니었지만 본보기로 그랬을 거라고 생각해요."

징용병의 사망에 대해서라면, 제3전투부대의 '처형'은 물론이고 4월 16일 이후의 전사나 병사病死와 영양실조에 따른 사망도 진중 일지에는 전혀 기록되어 있지 않다.

징용병 수장 후쿠다를 통해 전한 소네 일등병의 투항 권유에 응한 기쿠마루와 스즈란은 징용병들을 위한 군모와 군복을 착용하고 봉기와 가즈코와 함께 지내던 234고지의 방공호에서 빠져나왔다. 빨간 기와집의 일곱 여자들 중에서는 체격도 좋고 목소리도 커서 언니 같던 기쿠마루가 이때 왜 봉기와 가즈코에게 같이 가자고 하지 않았는지는 알 수 없다. 순간적인 판단이었을 테니 심정적으로나 시간적으로나 그럴 여유가 없었을까? 보통 봉기는 가즈코와 짝이 되고 기쿠마루는 스즈란과 짝이 되어 취사반 일을 했기 때문에, 평소 행동을 같이 하는 스즈란을 반사적으로 방공호의 어둠 속에서 흔들어 깨웠을지도 모른다.

또는 징용병 수장이나 탈출을 결의한 징용병이 처음 깨운 사람이 스즈란이었을지도 모른다. 아무튼 기쿠마루와 스즈란은 결사의 무리에 가담했고 234고지 주변 산등성이의 감시초소를 통과해 밝아지기 시작하는 도카시쿠 해변에서 무사히 미군의 상륙용 배를 탈 수 있었다. 미군의 자마미 섬 수용소에서는 일본군인 소네 일등병이나 동포 징용병들과도 헤어져 다른 수용소에 들어갔다.

그 뒤 기쿠마루와 스즈란의 발자취는 알 수 없다. 소네 씨는 열흘 정도 자마미 섬 수용소에서 지낸 뒤에 오키나와 본도로 이송되어 소베 수용소에 들어갔다. 기쿠마루와 스즈란도 아마 이미 전투 상태가 종결되고 있는 본도의 수용소로 이송되었을 것이다. 하츠코는 기쿠마루가 미군의 부인이 되었다는 소문을 들었다고 한다. '부인'이라는 내용이 미군 또는 미군 장교의 정식 아내였는지, 당시 '온리'라고 불리던 현지처 같은 존재였는지는 확실치 않다.

이야기 도중에 소네 씨는, 노부인이 차를 우리고 따르는 동안 그 소리에 귀를 기울이다가 질문에 대한 대답을 애매하게 얼버무렸다. 두세 번 그런 일이 반복되어 이상했는데, 아무렇지도 않은 척하며 나를 초여름 마당으로 불러냈다. 오전의 맑은 햇살에 기분이 좋았다. 담이나 울타리가 없어서 마당의 나무들은 주위의 논밭과 길에 녹아들고 있었다. 인공 언덕과 정원수가 적당히 배치되어 손질이 잘 된 정원을 바라보고 있는데 소네 씨가 뒤에서 밖으로 데리고 나온 이유를 말했다.

"그 사건은 아내와 가족에게도 말하지 않았습니다. 내가 한 행동을 결코 부끄럽게 생각하지 않지만, 한편으로 그 사건이 알려지면 이 부근에서도 비난·중상하는 사람이 나올 것도 충분히 압니다. 평화를 희구하는 사상이 지금 세상에서 충분히 받아들여진다고는 결코 말할 수 없으니까……."

나는 깜짝 놀랐다. 보수적 기반에 집요하게 속박당하고 있는 풍토에서 이어 온 늙은 농부의 고고한 반골 정신을 마주한 것 같았다.

해는 중천까지 올라가고 우리는 그늘을 찾아 지장보살상이 놓여 있는 나무 밑으로 장소를 바꿨다. 들일하는 옷으로 갈아입은 부인이 지나가다가 말을 걸었다.

"저 밭의 강낭콩은 벌써 꽤 여물었어요."

"그건 먹으면 안 되잖소. 종자로 둡시다."

부인은 점심 때 쓸 채소를 따러 밭으로 나왔었나 보다. 아이는 긴 여행에 피곤했는지 내 품에 잠들어 있었다. 나는 소네 씨에게 줄곧 궁금하던 것에 대해 물을까 말까 주저하고 있었다. 어떻게 말을 꺼내야 좋을지 몰랐다. 그러나 그걸 주저하고 묻지 않는 것은 소네 씨에게도 피차별 부락에서 이유 없는 차별에 시달리는 사람들에게도 실례가 된다. 나는 물었다.

"소네 씨는 피차별 부락 출신으로 소고기나 돼지고기를 해체하는 솜씨가 뛰어나서 현지 자활반에 편입되었다고 아카마쓰 씨에게 들었습니다만……."

2, 3초 동안 침묵이 흘렀다. 그러고 나서 한숨 섞인 낮은 목소리로

소네 씨가 대답했다.

“아닙니다. 그러나 그런 말을 해서 사람을 깎아내리려는 심보를 가진 그 사람의 됨됨이가 의심스럽군요.”

가즈코의 그 후

가즈코는 봉기와 마지막까지 같이 있었다. 1945년 8월 26일에 234고지를 내려와 미군과 일본군이 나란히 서는 무장해제식에 참석했을 때도, 자마미 섬을 거쳐 오키나와 본도로 보내져 야카 포로수용소에서 하루를 묵은 다음 이시카와의 민간인 수용소에 들어갔을 때도 함께였다. 그로부터 얼마 동안 두 사람은 패전 직후 오키나와에서 서로 의지하며 살았다. 234고지에 있을 때는 일본어를 아는 징용병도 있고, 한국어를 하는 일본군도 있었기 때문에 언어가 통하지 않아도 그다지 어려운 일은 없었다. 그러나 오키나와의 방언과 표준어와 영어가 뒤섞여 오가는 수용소에서는 주위로부터 소외당해 봉기가 하는 말은 가즈코밖에, 가즈코의 말은 봉기밖에 알아듣지 못했다. 전쟁의 불길 때문에 집에서 쫓겨난 오키나와 사람들 속에서 자연히 두 사람은 모든 면에서 서로의 힘이 필요했다.

가즈코는 도카시키 주민에게도 일본 장병에게도 특별한 인상을 거의 남기지 못했다. 봉기도 그랬다. 맏언니 격인 기쿠마루, 애교가 있고 성격도 밝던 스즈란, 스즈키 대장의 관심을 받아 일본어를 조금 할 수 있어서 섬사람들과 대화할 수 있던 하루코, 소녀티가 가시지 않은 아이코와 밋짱은 많은 사람들로부터 연민의 눈길을 받았고 장병들의 사랑도 받았다. 제각각 어떤 인상이라도 남겼지만, 아키코라 불리던 봉기의 인상은 흐릿하다. 이미 중년에 접어들던 봉기는 장병들에게도 인기가 없어, 눈에 띄지 않는 존재였다. 가즈코도 얌전한 성격이었다. 이렇게 평범한 여자끼리 234고지에서 취사반 일을 시작하면서 자연스럽게 가까워졌다. 234고지에 같이 올라간 네 명이 일을 하기에 앞서 두 사람씩 짝을 지어 갈라진 것이 그 후의 행동을 결정지었다. 기쿠마루와 스즈란은 미군에 투항하고, 가즈코와 봉기는 일본군 장병과 함께 무장해제식에 참가하게 된 것이다. 그러나 북부 산악 지대를 제외하고 중부에서 남부까지는 거의 다 미군의 철저한 포격으로 초토화되었고, 잿더미가 된 오키나와에서는 패전 후 1년 동안 미군 지배하의 무통화無通貨 시대가 되어 누구나 미군이 주는 배급 물자에 기대어 살았다. 평등이라면 평등이었다고 당시를 아는 오키나와 사람들은 말한다. 죽음을 무릅쓰고 미군에 투항한 기쿠마루와 스즈란도, 그로부터 약 두 달 뒤에 무장해제식에 참석한 가즈코와 봉기도 운명이 갈린 것으로 보인 것은 고작 두 달뿐이고 그 뒤에는 무통화·무계급의 그야말로 아무것도 없는 오키나와의 폐허에서 살아가야 했다.

이시카와 수용소에 들어가고부터 가즈코도 봉기도 배가 고파 견딜 수 없었다. 234고지에서는 영양실조로 군인이 사망할 만큼 굶주리고 있었고 징용병의 처지는 더 심각했지만, 취사반에 있던 두 사람은 취사반장이 만든 관습에 따라 늘 군인들에게 배급한 뒤 냄비 바닥에 눌어붙은 된죽을 충분히 먹을 수 있었기 때문에 배고픔을 느껴도 견딜 수 없을 정도는 아니었다. 그러나 수용소에서는 아무런 특혜도 없이 배고픔을 견디면서 무더위 속에서 배급소 앞에 늘어선 긴 줄에 끼었다. 차례를 기다리는 긴 시간 동안 큰 바구니와 깡통 몇 개에 배급을 잔뜩 받는 사람이 눈에 들어오면, 그 사람이 여러 식구 몫을 받으러 왔다는 것을 알면서도 괜히 심술이 났다. 그리고 긴 시간을 기다린 것이 원망스러울 정도로 얼마 안 되는 두 사람 몫의 배급품을 작은 깡통에 담아 막사로 돌아갔다.

수용소를 나와 먹을 것을 찾기 위해 주변 마을을 배회한 적도 있다. 타다 남은 민가를 발견하면 안을 들여다보기도 했다. 뭔가 먹을 것을 얻을 수 있지 않을까 해서였다. 그러나 안에다 대고 말을 걸어 보지도 못하고 가만히 물러났다. 가즈코는 땔감을 줍는 척하면서 남의 밭에서 고구마를 훔쳤다. 그리고 땔감으로 주운 나뭇조각 밑에 숨겨, 군 작업에 나간 사람들이 일을 마치고 돌아올 시간을 가늠했다가 그 무리에 섞여 수용소 문을 통과했다. 수용소를 출입하려면 통행 허가증이 필요했는데, 신청하는 수속이 번잡해서 가즈코도 봉기도 받을 수가 없었다.

미군의 점령지 행정은 활발해지고 오키나와의 많은 사람들이 군 작업에 동원되었다. 하지만 두 사람은 군 작업에 거의 나가지 않았다. 군 작업은 무급이었지만 통조림이나 담배 등 현물이 지급되었다. 그러나 작업에 필요한 사람을 모집해도 말이 통하지 않는 두 사람으로서는 등록하는 수속이 번거로워서 갈 마음이 나지 않았다. 먹을 것을 구할 방법이 배급밖에 없는 두 사람을 일본 여자 다섯 명이 도와주었다. 일본어 단어를 손가락으로 꼽을 정도밖에 알지 못했던 봉기와 가즈코가 일본어를 배우는 계기를 만들어 준 것도 그들이었다. 그들과는 야카의 포로수용소에서 트럭을 타고 이시카와의 민간인 수용소로 이송될 때 만났다. 다섯 여자들이 왜 오키나와에 왔는지는 한마디도 말하지 않았지만, 봉기는 그들이 자신과 같은 일을 했을 거라고 직감했다. 민간용 유곽이었는지 군의 감독하에 설치된 위안소였는지는 알 수 없지만, 기노자 이야기를 자주 하는 것을 보면 기노자에 있었을 것이다.

봉기는 후쿠오카 출신이라는 사치코와 말은 통하지 않아도 죽이 잘 맞았다. 언제부턴가 가즈코와 봉기, 그리고 다섯 여자들은 큰 막사에서 내부가 방 넷으로 나뉜 천막으로 옮겨졌다. 방이라고 해 봐야 다다미는 물론이고 마루도 없었다. 한동안은 땅바닥에 그대로 요를 깔고 잤는데, 몸이 차서 견딜 수가 없었다. 천막은 해가 떠 있는 낮에는 더워서 그 안에 있을 수 없고, 새벽이 다가와 땅바닥이 밤이슬로 습기를 머금기 시작하면 냉기가 올라온다. 냉증이 있어서 남보다 갑절은 민감한 봉기에게 마루처럼 바닥에 깔라며 어디에선가 판자를 갖다 준 사람은 사치코다. 사치코는 일찌감치 군 작업에 나가게 되었는데, 언제부턴가 아침에 나갈 때면 "아키코, 불편한 거 없어? 오늘은 뭘 갖고 올까?" 하고 말을 걸기 시작했다.

미군 장병 주변에는 언제부턴가 '뿌스뿌스'나 '허니'라고 불리는 여자들이 무리를 짓기 시작했다. 깔개나 옷, 과자, 통조림 등 사치코가 '전리품'으로 가져오는 물건들은 미군 장병에게 몸을 주고 얻었을 것이다. 다른 두 여자도 미군으로부터 개인적인 '전리품'을 받아 왔는데, 나머지 두 사람은 가즈코와 봉기처럼 동료의 '전리품'을 얻어 갖는 것으로 만족할 수밖에 없었다. 그러다가 가즈코도 배급품이 아닌 미제 식품의 혜택을 누리기 시작했다. 군 작업의 반장으로 있는 마쓰야마라는 한국 남자가 찾아올 때마다 과자며 통조림 따위를 갖고 왔기 때문이다.

마쓰야마는 오키나와가 격렬한 전쟁의 불길에 휩싸이기 전에는 비행장 건설 작업에 참가했다. 그러나 처음부터 징용으로 오키나와에 오게 된 것이 아닌 모양이었다. 마쓰야마는 그때 이미 오카나와 여자와 아이를 셋이나 두고 이시카와 수용소 밖에 천막집을 지어 살고 있었기 때문이다.

가즈코와 봉기, 두 사람 몫의 식량을 갖고 온 마쓰야마는 어느 날 동료를 하나 데리고 왔다. 50세 전후의 본토 남자였다. 그리고 다음에 올 때는 그 남자가 봉기의 식량을 가지고 오기 시작했다. 그로부터 얼마 후 마쓰야마와 그 남자가 불에 타다 만 집 한 채를 찾아냈다. 작은 초가였는데, 어쨌거나 사람이 살던 집이었다. 가즈코와 봉기는 바로 이시카와 수용소의 천막집을 나와 그 남자와 초가에 들어갔다. 마쓰야마는 문턱이 닳도록 그 집을 드나들었다.

오키나와의 사람들이 아직 천막집과 가건물에서 여름 더위를 견디고 마루도 없는 땅바닥에서 살고 있을 때 집다운 집에 살 수 있게 되고 식량도 부족함이 없어 겨우 안심한 것도 잠시, 어느 날 오키나와 여자가 초가에 찾아왔다. 전쟁 통에 헤어졌던 그 남자의 아내였다. 가즈코와 봉기와 그 남자, 셋이 살던 집에 그의 아내인 오키나와 여자까지 들어와 같이 살기 시작했다. 말은 통하지 않아도 같은 공간에서 살다 보니 자연스럽게 봉기와 남편의 관계를 알게 되었다. 오키나와 여자는 남편이 일을 마치고 돌아오면 일부러 더 허리와 어깨를 주물렀고, 아침에는 일찍 일어나 식사 준비를 하고 남편을 배웅했다. 남자가 일하러 나간 뒤 초가에 남은 여자들 사이에는 묘한 긴장감이 감돌았다. 오카나와 여자가 가즈코와는 친해져서 손짓 발짓으로 이야기를 하면서도 봉기에게는 말 한마디 건네지 않았다.

부드러운 남자였고 그가 갖다 주는 식료품들에 마음을 빼앗겨 몸을 의탁하기는 했지만, 봉기가 그 남자를 사이에 두고 본처와 다툴 수는 없었다. 봉기는 초가에 더 있기가 힘들어져서 혼자 다시 수용소 천막집으로 돌아갔다. 내부가 방 넷으로 구분된 천막집에서 원래 있던 방으로 들어가니 옆방의 사치코가 다가와 "당신, 뭐하러 초가에 갔던 거야?" 하며 부부의 끈끈한 인연을 보고 쓸쓸하게 돌아온 봉기를 위로해 주었다. 그리고 전보다 더 살갑게 대해 주었다.

"아키코 씨, 오늘은 뭐가 필요해? 뭐 갖고 올까?" 미군에게 받은 '전리품'을 봉기에게 아침 인사처럼 갖다 주었다.

봉기에게 잘해 주던 사치코도 다른 사람들과 함께 일본 본토로 돌아갈 날이 왔다. 본토의 남자도 처자식을 데리고 같은 배로 돌아갔다. 네 방으로 나뉜 천막집이 갑자기 허전해졌다.

가즈코는 초가에 살 때 아들을 낳고, 이어서 딸을 낳았다. 1946년 5월부터 군 작업에 임금이 지불되기 시작했고, 식료품·옷·담배 같은 현물 지급이 차츰 없어졌다. 따라서 마쓰야마의 부수입도 적어지고, 가즈코가 두 번째 아이를 낳았을 때는 작업반장 자리도 잃어 이시카와의 천막집을 나하의 마키시로 옮겼다. 가즈코도 두 아이와 함께 초가를 나와 마키시로 같이 갔다.

봉기는 나중에 이시카와 수용소를 나와 오키나와의 마을을 전전하고 다니다가 마키시의 천막집으로 가즈코를 찾아갔다. 두 아이를 가진 가즈코는 본처와 그 세 아이들과 같이 살고 있었다. 작업반장 자리를 잃고 나서부터 마쓰야마는 차츰 술에 빠져 살면서, 가즈코와 봉기에게 온갖 미제 식료품을 갖다 주던 무렵의 기세는 그림자도 찾아보기 힘들게 되었다. 비가 오면 바로 침수되는 좁은 천막집에서 주정뱅이 마쓰야마를 중심으로 두 여자와 다섯 아이까지 모두 여덟 명이 복닥거리며 살고 있었다. 그런 와중에 가즈코는 딸을 병으로 잃었다. 그 직후에 봉기가 가즈코를 다시 찾아갔다.

봉기가 가즈코의 죽음을 안 것은 10년쯤 전, 특별 체류 허가를 받았을 때다. 오키나와로 끌려왔을 때 봉기는 대일본제국의 '신민'이었다. 그런데 일본의 패전으로 오키나와와 새 역사를 새기기 시작한 봉기의 고국 사이에는 국경선이 그어졌고, 그 뒤 고국은 38선을 경계로 분단되고 오키나와도 일본에서 떨어져 나왔다. 그사이에 오키나와의 도시에서 마을로 전전하며 살고 있던 봉기는 일본·오키나와·미국·남북으로 갈라진 한국 중 어떤 행정기관과도 관계를 맺지 않았고, 따라서 국가의 보호도 전혀 받지 못하고 살아왔다. 그리고 자기도 모르는 사이에 불법체류자가 되어 있었다. 특별 체류를 신청하게 된 계기는 신경통으로 거동을 못 하게 된 봉기를 보다 못한 주위 사람들이 '나라'에 도움을 요청한 것이다. 그 신청 수속을 할 때 봉기가 입국한 시기를 밝히기 위한 증인이 필요했다. 봉기가 일하던 술집 마담과 손님들의 노력으로 가즈코와 알고 지내던 데루야 시즈 씨를 찾을 수 있었다. 봉기는 영사관 직원과 시즈 씨를 찾아갔다가 가즈코의 마지막 소식을 들었다. 시즈 씨는 한국 출신이지만 전쟁 전 오키나와에 와서 오키나와 사람과 결혼했다. 그녀의 남편은 한국인을 만나면 자신의 아내와 고향이 같다며 반드시 집으로 데리고 왔다. 가즈코도 이시카와의 초가에 있을 무렵 그런 식으로 데리고 와서 시즈 씨를 만나게 해 준 게 인연이었다. 가즈코는 시즈 씨보다 두세 살 아래였다. 그래서 시즈 씨를 '언니'라고 부르며 따랐다. 이시카와에서 나하로 옮길 때 짐을 나를 비용이 모자라니 돈을 빌려 달라는 부탁을 받은 시즈 씨가 당시로서는 꽤 큰돈을 마련해 주었다. 남편에게는 비밀이었다.

가즈코는 세 살짜리 아들과 아직 걷지도 못하는 딸을 데리고 마쓰야마에게 의지해 마키시의 천막집으로 옮겼다. 그리고 본처와 그 자녀 세 명이 사는 집에서 더부살이를 했는데 생활이 곤궁해 먹을 것조차 부족한 형편이었다. 가즈코는 하는 수 없이 아이를 본처에게 맡기고 (매춘도 겸하는) 술집으로 일을 하러 나갔다. 이제 겨우 걸음마를 시작하던 딸이 그 무렵에 죽었다. 그 뒤 술집에서 일하는 것을 힘들어하는 모습을 보다 못한 시즈 씨의 남편이 자신의 장사를 돕게 했다. 당시 시즈 씨는 군사 작업에 나가고 있었다. 가즈코는 아들을 데리고 1년 정도 장사를 도왔는데, 어느 날 시즈 씨가 군사 작업에서 돌아와 보니 가즈코가 보이지 않았다. 언니, 언니, 하며 따랐는데 아무런 인사도 없이 모습을 감췄다는 것이 시즈 씨는 섭섭했다. 가즈코는 아직 어린 아들을 마쓰야마의 집, 본처에게 맡기고 기지촌 고자로 일을 하러 간 것이다. 그 무렵 마쓰야마는 아이 몫으로 배급된 식료품까지 들고 나가 술로 바꿔 마실 정도로 심각한 알코올중독에 빠져 있었다. 가즈코는 그런 마쓰야마에게 절망한 나머지 결단을 내리고 떠난 것이다. 얼마 후 고자에서 자리를 잡은 가즈코가 아들을 데리고 왔다. 시즈 씨는 가즈코가 어디에 있는지 모르다가 고자에서 일한다는 것을 남편에게 듣고 찾아가 보았다. 보고 싶기도 했고, 혹시 돈을 받을 수 있지 않을까 해서였다. 가즈코는 아들과 둘이서 셋방살이를 하고 있었다. 몸을 밑천으로 미군을 상대해 장사하고 있다면 경제적으로 여유가 생겼을 거라는 생각에 찾아갔지만, 가즈코는 돈이 한 푼도 없다고 했다. 실제로 가즈코의 생활은 조금도 여유로워 보이지 않았다. 그 후 몇 번 더 찾아갔지만 마찬가지였다.

13년의 세월이 지나 시즈 씨는 가즈코의 아들을 찾아갔다. 가즈코의 아들에 관한 기사가 《오키나와 타임스沖縄タイムス》 사회면에 크게 실렸기 때문이다. 아들이 진학할 시기가 되어 상선商船 대학(현 도쿄 해양대학)에 지원했는데, 무국적이라 여권을 취득할 수 없어서 본토로 건너가지 못하고 입시를 치를 수 없다는 내용이었다. 아직 오키나와가 일본 땅으로 복귀되지 않던 시절이다. 그래서 오키나와와 본토 간의 왕래에는 여권이 필요했다. 가즈코는 그 아들의 고등학교 졸업을 앞두고 죽었다. 오랫동안 미군을 상대로 몸을 혹사하는 바람에 난소인지 신장인지가 망가져 수술을 했지만 경과가 좋지 않아 숨을 거뒀다. 수술비와 입원비도 낼 수 없었다는 걸 보면 만족스러운 치료도 받지 못하고 죽지 않았을까, 시즈 씨는 생각했다.

알코올중독이던 마쓰야마도 본처의 수발을 받다가 이미 세상을 떠나고 없었다. 가즈코의 아들은 홀로 오키나와에 남겨졌다. 아들은 버스 차장을 하면서 고등학교에 다녔다. 돈을 벌러 오키나와로 흘러온 마쓰야마도, 가족에게 행선지도 알리지 못하고 일본군에게 끌려온 가즈코도, 고향에서 멀리 떨어져 묘지 따위가 있을 리 없다. 시즈 씨는 가즈코 유골이 어디 있는지 궁금해 그 아들에게 물었는데, 아직 화장장에 방치한 채 찾지 못했다고 했다.

가즈코는 부산에서 왔다고 했다. 부산이 단순히 출항지에 불과했는지, 거주지였는지까지는 시즈 씨가 묻지 않았지만 가즈코가 경상도 사투리를 썼으니 경상도 출신은 틀림없을 것이다. 가즈코의 유골은 아들이 지키기야 하겠지만 고향으로 돌아가지는 못할 것이다.

자마미 섬

여행 일정에 자마미 섬과 아카 섬을 넣은 것은 자마미 섬에 가면 미군 야전병원에 수용되었다는 밋짱과 아이코의 생사를 확인할 수 있을지 모른다는 생각에서였다.

도카시키 섬 사람들과 제3전투부대 장병이던 사람의 증언을 들어보면, 밋짱은 미군 상륙 직전인 1945년 3월 26일 심야까지 생존이 확인되고 자마미 섬으로 이송된 것 같다는 의견이 일치한다. 그러나 빈사 상태였던 아이코에 관해서는 죽었다는 증언과 자마미 섬 야전병원에서 미군의 치료를 받은 것 같다는 증언으로 갈린다. 자마미 섬은 미군의 게라마 공략이 개시된 3월 23일에 이미 중심 마을의 약 60퍼센트가 초토화되었다. 미군의 맹공 아래 모두가 생사의 경계에 서 있던 시기, 타지에서 온 낯선 여자의 안부를 마음에 둘 여유 따위가 섬사람들에게 있었을지 확신이 없었다. 그러나 만일 밋짱, 아이코와 어떤 식으로든 연결된 인물이 있다면 그를 만나 두 여자의 생사를 확인하고 싶었다.

그리고 하나 더, 봉기와 부산에서 같이 출발한 자마미 섬의 일곱 여자와 아카 섬의 일곱 여자의 발자취를 더듬어 볼 수 있지 않을까 하는 희미한 기대도 있었다.

당시 군은 기밀 누설을 우려해 주민의 위안소 출입을 금하고, 업자나 위안소 여자들에게도 주민과 접촉하는 것을 피하라고 명령했다. 그래서 도카시키 섬에서도 일반 주민 중 한국 여자들과 직접 말을 나눈 사람은 거의 없고, 위안소로 집을 제공한 나칸다카리 씨네 장녀 하츠코 씨와 대합실로 사용된 그 이웃 신자토 씨 집의 요시에 씨는 예외적인 존재였다. 자마미 섬과 아카 섬에서도 한국 여자들에 대해서는 담 너머로 엿본 인상이나 소문 정도의 흐릿한 회상밖에 들을 수 없을지도 모른다. 하지만 아무리 희미한 회상이라도 거기서 봉기 씨와 같이 오키나와로 끌려간 여자들의 발자취를 더듬어 볼 수 있다면 그렇게 하고 싶었다.

마치 들개 사냥처럼 마구잡이로 잡혀 고향을 떠난 여자들의 행방이 가족에게는 전혀 알려지지 않았다. 위안부로 전쟁터에 투입된 여자들의 숫자가 어느 정도였는지 공식적으로 밝혀진 것도 없다. 하물며 전쟁터로 보내진 여자들 가운데 몇 만 명이 살아남고 몇 만 명이 죽었는지는 오리무중 상태다. 공적인 요청에 따라 끌려간 사람의 죽음이 밝혀지지 않은 채 방치될 리 없다. 그러나 힘없는 개인으로서는 당국이 고의로 감추는 위안부의 총수를 파악하기가 거의 불가능하다. 또한 당국조차 파악하지 못하는 사망자의 수를 알아내기는 더욱 어렵다. 나는 적어도 봉기 씨와 같이 게라마까지 끌려간 여자들의 생사에 관해서 한 가지라도 확인하고 싶었다.

나는 우선 자마미 섬으로 건너갔다. 봉기 씨가 나하를 출발해 도카시키 섬으로 향하는 도중에 배에서 내려 하룻밤을 묵은 섬이다. 전쟁이 끝나고 도카시키 섬에서 오키나와 본도로 이송될 때도 들렀다. 게라마 해협을 끼고 도카시키 섬과 마주하고 서쪽에 위치한 섬이다. 면적은 6제곱킬로미터 정도이고, 주위는 더 작은 섬들로 둘러싸여 행정적으로는 아카 섬·게루마 섬을 포함해 자마미 촌이 되어 있다.

미군은 게라마를 공략할 때 도카시키 섬과 아카 섬·게루마 섬보다 자마미 섬에 맹렬한 공격을 퍼부었다. 오키나와 본도 공격에 앞서 게라마 해협을 함선의 정박지로 확보하는 한편 자마미 섬에 기지를 설치하기 위해서였다. 우메자와 소좌가 이끄는 제1전투부대는 전투가 개시되자마자 큰 타격을 입고 4월 11일에는 전투부대장이 중상을 입는 사태에 빠져, '조직적 전투는 계속할 수 없다고 판단'(《오키나와 육군 작전》)해 군으로서 기능이 해체되었다. 자마미 섬에 배치된 해상 정진 기지 제1대대와 해상 정진 제1전투부대에 관한 기록이 명료하지 않은 것은, 제1대대와 제1전투부대 내부의 기록자가 나타나지 않고 있다는 것과 제1전투부대가 전시에 처한 운명의 결과일 것이다.

《오키나와 육군 작전》과 《오키나와 현사 10》 〈오키나와전 기록 2〉에 따르면, 오자와 소좌가 이끄는 해상 정진 기지 제1대대가 1944년 9월 9일 자마미 섬에 상륙했다. 그러나 당시 자마미 섬 마을 사무소에서 일하던 미야시로 하츠에 씨가 쓴 《오키나와 패전 기록·비극의 자마미 섬沖縄敗戦記録·悲劇の座間味島》(이하 《비극의 자마미 섬》으로 약칭)에 따르면 9월 10일이다. 제1대대의 규모는 《오키나와 현사》에서 1500명, 《비극의 자마미 섬》에서 1000명이다. 《오키나와 육군 작전》에는 그 숫자가 기록되어 있지 않다. (육군에서는 일반적으로 약 1000명을 1대대로 구성한다는 것을 전제로 한 생략일까?)

그 후 9월 27일에 우메자와 소좌가 이끄는 해상 정진 기지 제1전투부대 104명도 상륙했다. 그리고 이듬해 2월 중순, 기지대인 제1대대의 주력부대가 오키나와 본도로 이동해 작업 원조 요원으로 특설수상근무대가 배치되는 과정은 도카시키 섬의 제3전투부대와 같다. 특설수상근무대의 수는 300명(《오키나와 육군 작전》)으로 도카시키 섬보다 100명이 많다. 그리고 봉기와 같이 부산을 출발한 한국 여성 일곱 명이 11월 상순에 위안부로서 이 섬에 내렸다.

나는 자마미 섬에 도착한 날 위안소가 있었다는 아마에 가기로 했다. 자마미 섬에는 자마미, 아마, 아사 등 세 마을이 있다. 마을 사무소나 우체국과 진료소가 있는 섬의 중심지는 자마미다. 자마미에서 아마로는 해안을 따라 새로 생긴 포장도로가 있었다. 자마미 항을 왼쪽으로 바라보면서 20분 남짓 걸어가니 길이 자연스럽게 아마로 들어갔다. 겨울이라는 생각이 들지 않을 정도로 따뜻한 햇살 속에서 마을은 정적에 싸여 있었다. 파도 소리가 들리는 것도 아니고 바다 냄새가 닿는 것도 아닌데, 그 일대에 온통 바다 분위기가 감도는 것은 마을이 작은 섬의 해안 근처에 있기 때문일 것이다.

바람과 조수를 막기 위한 나무들로 에워싸인 집들은 적당한 간격으로 빼곡했다. 그리고 오솔길이 바둑판무늬에 가까운 형태로 깔끔하게 집들을 이어 주고 있다. 이 안에 위안소로 사용된 나카무라 씨 집과 다카라 씨 집이 있을 것이다. 나는 하얀 오솔길을 천천히 걸어 보았다. 인적이라곤 없었다. 7, 8분을 걷다가 '나카무라 신도쿠'라는 문패가 걸린 집을 발견했다. 나카무라 씨 집 뒤로는 밭이 펼쳐져 있고, 그곳은 20가구가 채 안 되는 마을의 외곽이라는 것을 나중에 알았다. 꽤 넓은 집이다. 무성한 나무들로 에워싸인 왼쪽에 본채, 오른쪽에 사당이 모셔져 있었다. 마당에서 장작을 패는 사람이 있었다. 나카무라 신도쿠 씨일지도 모른다. 민박 아주머니는 나카무라 씨가 뇌졸중으로 쓰러진 뒤 반신불수가 되어 이야기를 들을 수 없을 거라고 했다. 그래도 장작을 패는 분이 나카무라 씨라면 인사 정도는 해 두고 싶어서 마당으로 들어갔다.

"(쓰러진 지) 벌써 3년 됐나, 일도 못 합니다. 아내가 있으면 얘기할 수 있겠는데, 작업하러 갔어요."

만혼이라 나이 들어 낳은 아들이 아직 초등학생이다. 아내가 일을 해 생계를 꾸려 가는 형편이라 목욕물을 데우는 것 정도는 도와야 한다며 잠긴 목소리로 힘들게 말했다. '아내의 일'이라는 것은 오키나와 개발청 주관으로 추진하는 도로 건설이나 보수공사 같은 토목공사인 듯했다.

나카무라 씨는 잠깐 담배나 한 대 피우려는 듯 도끼를 놓고 마당 밖으로 나왔다. 나카무라 씨 집 앞에는 오솔길을 끼고 오래된 우물이 있었다. 아직 아마에 수도가 설치되지 않았을 무렵에 사람들이 물을 길으러 오던 공동 우물일 것이다. 지금은 목제 뚜껑으로 덮어 놓았다. 나카무라 씨는 그 옛날 우물 뚜껑 위에 앉아 담배에 불을 붙였다. 나는 평소 습관대로 또 질문을 던진다. 목소리가 잔뜩 잠겨 말하기가 괴로운 모양이다. 이야기하는 걸 꺼리는 낌새는 없다. 나는 나카무라 씨의 이야기에 귀를 기울이며 한마디도 놓치지 않으려고 곰곰 되씹었다.

전쟁 동안 나카무라 씨는 이 집에 없었다. 남쪽으로 돈을 벌러 갔던 것이다. 고등소학교 2학년을 졸업한 해부터 아버지를 따라 남양으로 갔다. 주로 조개나 가다랑어를 잡는 배에 탔다. 예전에 오키나와 어부들 사이에서는 바다에 들어가 물고기를 그물로 몰아넣어 잡는 방식의 어업이 왕성했는데, 그 전통적인 잠수 기술을 가진 남자들이 남쪽으로 돈벌이를 나가 조개를 잡았다는 이야기는 자주 듣는다. 식용보다는 단추로 만들거나 벽에 넣기 위한 건축재로 쓰는 조개였다. 나카무라 씨가 타던 배는 진주조개도 잡았다. 그러나 나카무라 씨는 잠수를 하지 않았다. 장성하고 나서는 기관사가 되었다. 돈을 벌기는 했지만 30세까지 독신으로 살면서 재산을 모은 것도 아니고 번 돈은 거의 술로 탕진했다며 웃었다.

자마미 섬에 일본군이 들어왔을 무렵 이 집에는 어머니밖에 없었다. 아버지는 팔라우, 나카무라 씨는 포나페 섬, 여동생 하나는 남양으로 갔고 다른 네 남매는 오키나와 본도에 있었다. 집이 일본군 위안소로 지정되자 어머니는 뒤에 있던 작은 집으로 옮겨 살았다.

패전으로 남양청(일본이 1922년 팔라우에 설치한 통치기관이다. - 옮긴이)의 포나페 지청도 모두 철수한 후, 나카무라 씨는 가장 마지막 철수선을 탔다. 철수선은 오키나와를 통과해 일본 본토로 향했다. 오키나와로 바로 돌아올 수는 없었다. 1년 동안 지바에 살며 도쿄로 쌀을 밀매매하러 다녔다. 자마미 섬은 옥쇄했다고 들었기 때문에 섬으로 돌아와도 부모 형제가 아무도 없을 거라고 믿었다. 하지만 집안의 장남이니까 집이 어떻게 되었는지는 봐 둬야겠다는 생각에 돌아왔다가 어머니가 살아 있다는 것을 알았다. 그러나 미군 포로로 하와이에 끌려가 있었다. 아버지도 팔라우에서 철수했다. 간호사로 일하던 여동생 한 명은 오키나와 본도에서 죽었다. 다른 동생들은 무사했다.

나카무라 씨는 위안소에 대해서도 한국에서 온 여자들에 대해서도 몰랐다. 어머니가 살아 있으면 조금은 알 텐데, 몇 년 전에 별세했다고 한다. 근처 덤불에서 벌레가 울었다. 나카무라 씨는 앉아 있던 우물 뚜껑에서 천천히 일어서더니 "이 집을 내가 열세 살에 지었으니까 벌써 50년도 더 됐네요. 메밀잣밤나무로 지은 집이라 아주 튼튼합니다. 전쟁 때는 일본군들이 썼고, 그 뒤 또 미군이 썼고……." 하며 감회가 깊은 듯 우거진 나무로 둘러싸인 집을 바라보았다. 그러더니 "자, 한 번 더 힘내 볼까." 하며 다시 장작을 패러 마당으로 들어갔다. 나카무라 씨 집은 1945년 3월 하순에 자마미 섬을 점령한 미군의 본부로도 쓰였다는 이야기였다.

나는 다시 마을 안을 걸어 보았다. 작은 사당이 보였다. 저 사당은 뭘까? 발걸음은 자연스럽게 그곳으로 향했다. 우타키였다. 우타키는 지방에 따라 오가미야마, 무이, 구스크, 우간 등으로 불리며 마을의 수호신이나 축복을 주는 니라이카나이(이상향, 별천지)의 신, 항해 수호신 등을 모시는 성지다. 우타키는 그 존재를 주위에 알리려는 듯 한층 높이 뻗은 후쿠기福木(오키나와가 원산지이며 방풍을 위한 가로수로 쓰인다. - 옮긴이) 안에 조용히 자리 잡고 있었다. 그 우타키 옆에 다카라 씨 집이 있었다. 나카무라 씨 집에서는 걸어서 1, 2분 거리에 있고 역시 넓은 집이다. 남쪽으로 기다란 기와집이 보였다. 안에 대고 큰 소리로 불러 보았지만 대답이 없었다.

너무 늦지 않은 시간에 미야다 하루코 씨를 찾아봐야겠다고 생각했다. 민박 아주머니가 '위안소하고 직접 관련은 없지만 전쟁 때도 아마에 있었으니까 뭔가 알지도 모른다'고 가르쳐 준 사람이다. '미야다'라는 문패가 걸린 집 옆까지 가자, 함께 타고 온 오토바이에서 내려 다가오는 초로의 부부와 마주쳤다. 미야다 부부였다. 자마미로 나갔다가 돌아오는 길이라고 했다. 용건을 말하자 현관문을 열고 들어갔다가 곧장 툇마루 끝에서 나타나더니 즉시 전쟁 때 겪은 일에 대해 들려주었다.

당시 26세였던 하루코 씨는 약혼자가 만주로 출정해 결혼은 하지 않고 있었다. 그래서 부담 없이 움직일 수 있었고, 아마 마을 사람들이 다 같이 산속으로 도망쳐 한 달 가까이 피란 생활을 했을 때 노인과 아기를 안고 있는 여자들 대신 식량 공급을 맡아 날아다니는 총알을 헤치고 식량을 구하러 다녔다. 남자가 거의 없는 가운데 마을 사람들의 사활이 걸린 중요한 임무를 맡은 것이다.

하루코 씨는 위안소를 '삐의 집'이라고 했다. 당시 아마에는 열대여섯 가구가 있었는데 그 중 두 집, 즉 마을 끝에 있던 훌륭한 기와집이 위안소로 정해졌다. 지금은 해안을 따라 포장도로가 생겨서 지나는 사람이 많지 않지만 예전에 자마미와 아마를 이어 주던 길은 나지막한 산을 넘는 고갯길이었다. 그 고갯길이 아마로 꺾이는 막다른 길에 나카무라 씨 집이 있고, 그 집까지 가는 길에 다카라 씨 집의 뒷문이 있었다. 병영은 자마미에 세워지고 군인들은 20분쯤 걸리는 길을 걸어 '삐의 집'까지 왔을 텐데, 그때 군인은 마을에 들어가지 않고도 초입에서 목적을 달성할 수 있었다. 제한된 조건 안에서 군이 두 집 모두 마을 끝자락의 집으로 선택한 데는 몇 가지 이유가 있었을 것이다. 기밀누설을 방지하고, 위안소라는 군의 치부를 주민에게 보이지 않고, 주민에게 끼칠 악영향을 최소한으로 줄이는 등 세 가지가 주요했다. 그러나 고작 15, 16가구로 된 작은 마을에서 한국 여자들을 둔 '삐의 집'이라는 존재는 사람들의 호기심을 불러일으켰다. 한국 여자들은 보통 집 밖에 나오는 일이 적었기 때문에 하루코 씨는 그 모습을 거의 볼 수 없었다. 그러나 딱 두 사람, 인상에 강하게 남은 여자들이 있다. 그 여자는 '장교의 단골'이라는 소문이 나 있었다. 어느 날 "그 여자가 밖에 나와 있어." 하고 이웃 사람이 하는 말을 듣고 장교를 상대하는 여자는 도대체 어떤 모습인지 보러 갔다. 키가 크고 얼굴이 아름다운 여성이었다. 그 여성은 다른 젊은 아가씨들로부터 '언니'로 불렸다.

군은 위안소를 만들고 나서 얼마 지나지 않아 마을 사람들의 성역인 우타키에 '단팥죽 집'을 마련했다. 군인들은 단팥죽을 먹으러 오는 척하며 '여자를 사러' 왔다. 단팥죽 집 앞에도, 다카라 씨 집 앞에도, 나카무라 씨 집 앞에도 길게 늘어선 군인들의 행렬을 하루코는 자주 보았다.

단팥죽 집에는 군의 요청으로 아마의 아가씨 두 명이 일하고 있었는데, 두 사람 모두 하루코 씨의 사촌 동생이다. 그중 한 명인 게루마 요시코 씨는 이미 타계했다. 패전 직후 여자청년단 활동의 일환으로 시행된 소금 만드는 작업을 위해 바닷물을 끓일 장작을 가지러 다른 섬에 갔던 배가 돌아오는 길에 침몰해 네 명의 사망자를 냈는데, 요시코 씨도 그 배에 타고 있었다. 또 한 사람은 자마미로 시집간 미야사토 미요 씨로, 지금도 자마미에 살고 있다고 한다.

날이 저물기 시작했다. 사람들이 다니고 일본 장병이 '삐의 집'에 갈 때 지나다니던, 자마미와 아마를 잇는 옛 고갯길을 찾아가려고 내가 나서자 하루코 씨가 같이 밖에 나와 나카무라 씨 집 뒤쪽까지 배웅해 주었다. 고갯길을 넘을 때 날이 저물어 버릴까 봐 좀 불안하긴 했지만, 하루코 씨가 고갯길을 오르기 시작했다. 해안을 따라 난 포장도로는 자동차가 많아지면서 건설되었다. 고갯길은 사람이나 말이 다니기 적당한 폭에 나무 사이로 바다가 내려다보이는 완만한 비탈이었다.

이튿날 《비극의 자마미 섬》을 쓴 미야시로 하츠에 씨를 방문했다.

나하에서 만난 하츠에 씨의 장녀 하루미 씨(당시 잡지《파란 바다青い海》의 편집자)가 '뭔가 도움이 될 테니까 꼭 방문하라'고 권했기 때문이다. 하츠에 씨의 집은 자마미 항 근처에서 냉동식품을 파는 가게였다. 하츠에 씨 혼자 장사를 하고 있었다. 장사가 아주 잘 되는 것 같았다. 찾아간 뜻을 이야기하는 동안에도 계속 손님이 와서 차분하게 얘기를 들을 수 없었다. "밤에 일 마치고 나서 숙소로 찾아뵙지요." 하는 말에 고마워하며 가게를 나왔다.

그날 밤 하츠에 씨가 전쟁 때 여자청년단원으로 같이 활동했다는 오시로 스미에 씨와 숙소로 찾아와 주었다. 9시를 조금 넘은 시간이었다. 일을 가진 주부가 가족의 저녁상을 치우고 설거지까지 마치고 오면 이렇게 늦을 수밖에 없다. 나는 미안해서 얼른 테이프를 돌렸다.

자마미 섬은 당시 주민 700여 명 가운데 무려 360명 가까이 전쟁에 희생되었다. 1945년 3월 2일부터 공습을 받다가 25일에는 함포사격까지 더해졌다. 그리고 26일 오전 9시에 미군이 상륙했다. 희생자는 대부분 자결자라고 알려졌는데, 도카시키 섬처럼 한 군데서 자결한 게 아니고 여러 장소에서 자결했기 때문에 그 수를 확정할 수 없다. 하츠에 씨와 스미에 씨도 자결을 시도했지만 수류탄이 안 터져 미수에 그쳤다고 한다.

"그해 겨울은 지독하게 추웠어요."

하츠에 씨가 말문을 열었다.

자마미 섬에 끌려온 한국 여자 일곱 명도 도카시키 섬의 일곱 명처럼 여름용 얇은 원피스를 입고 있었다. 스미에 씨는 설날까지 실내복을 입고 있던 여자들의 모습이 인상 깊었다. 남방으로 간다며 끌려왔다고 했다. 봉기 씨의 말처럼 51명의 여자들은 처음에 싱가포르로 갈 예정이었던 것이다.

하츠에 씨의 집은 항구 쪽에 있었다. 그래서 자마미 섬으로 배가 드나드는 모습을 항상 보았다. 당시 자마미 항은 말만 항구였지, 방파제도 없이 먼 곳까지 얕은 바다였고 아름다운 모래밭이 이어졌다. 그래서 일본군이 상륙했을 때 선단이 전방에 떠 있는 섬과 섬 사이에 닻을 내리고 선단과 모래밭 사이를 모터보트가 오가며 짐을 내렸다. 원래 자마미와 나하 사이에는 민간인이 이용하는 연락선이 있었다. 만조 때는 연락선이 모래밭에 직접 짐을 내릴 수 있었지만, 물이 빠지면 무인도인 아케나시키 섬과 모래밭 중간쯤에 닻을 내렸기 때문에 해안까지 걸어와야 했다. 하츠에 씨는 산호 조각이 발바닥을 찔러 아팠다고 전쟁 전의 기억을 떠올렸다. 그 연락선은 10·10공습으로 타 버렸다. 일곱 여자들이 11월 상순에 자마미 섬에 도착했다면 분명히 군의 연락선으로 사용되던 징용 어선으로 왔을 것이라고 두 사람은 추측했다.

한국 여자들이 자마미 섬에 도착하던 날 하츠에 씨는 여자들의 짐을 배에서 내리는 모습을 목격했다. 산호 백사장에 내려놓은 다 해진 빨간색 침구가 특히 눈길을 끌었다. 여자들은 도착 직후에 일단 자마미의 민간인 집에 투숙했다.

하츠에 씨와 스미에 씨는 여자들의 이름을 꼽아 보았다. 이케가미 도미요, 에이코, 미에코, 이치마루, 미요시, 고나미, 또 한 사람은 생각이 나지 않는다고 했다. 여자들의 나이는 스무 살 안팎이었는데 15, 16세 소녀도 있었다. 이케가미 도미요는 24, 25세 정도 되었을까?

"마담은 아주 멋진 여자였어요. 몸매가 참 좋았어요. 얼굴도 예쁘고."

봉기를 비롯한 여자들 51명이 처음 오키나와 땅을 밟았을 때 여자들에게 '삼촌', '아버지'로 불린 위안소의 총무가 있었다. 51명이 배치된 섬마다 '조바(정산 담당)'라고 불린 남자가 한 명씩 따라갔는데, 자마미 섬에는 남자 대신 총무의 내연녀가 '정산' 임무를 겸했다. 그 사람이 바로 이케가미 도미요였다. 다른 여자들의 이름은 모두 위안소에서 쓰는 가명이라 성이 없다. 도미요에게만 '이케가미'라는 성이 붙어 있는 것은, 예전에 일본이 한국 민족에게 강요한 창시개명 때문이거나 도미요가 총무의 성을 따서 사용했기 때문일 것이다. 도미요는 큰 키에 아름다운 용모로 섬사람들에게 강한 인상을 남겼다. 아마 사람들이 도미요를 두고 '장교의 단골'이라고 수군거렸을 것이다.

한국 여자 일곱 명이 아마로 옮겨 위안소가 생겼지만 처음 얼마 동안 장병들이 그곳에 별로 가지 않았다고 한다. 다카라 씨 집 근처 우타키에 '단팥죽 집'이 생긴 것은, 위안소의 대기 장소로 쓰기 위해서였다. 하츠에 씨는 당시 마을 사무소에서 일하며 민간에서 모은 고구마를 '단팥죽 집'으로 옮기는 일을 맡고 있었다. 설탕의 경우 다른 물자가 부족해진 뒤에도 오키나와산 흑설탕을 구할 수 있었지만, 팥은 없었다. 군용 밀가루와 고구마를 으깨 반죽한 경단을 설탕물에 넣어 '단팥죽'이라는 이름으로 싸게 팔았다.

미군의 게라마 공략이 시작되고 나서 하츠에 씨와 스미에 씨는 한국 여자들의 모습을 훔쳐보곤 했다. 도미요는 해군용 푸른 제복을 입어 아름다운 용모가 한층 돋보였다. 그 전해 10·10공습 때 해군정이 오키나와 본도에서 게라마 해협으로 피해 오고 부상자가 자마미 섬으로 이송되었다. 도미요가 입고 있던 해군 제복은 그때 자마미 섬에 놓고 간 물건일 것이다. 3월 23일부터 공습이 시작되어 25일에 함포사격까지 더해지고 '주민은 남녀 불문하고 군의 전투에 협력하고 노인과 어린이는 마을 충혼비 앞에 집합·옥쇄하라'(《비극의 자마미 섬》)는 명령이 내려졌을 때 하츠에 씨와 스미에 씨는 촌장으로부터 고미네 쓰루코, 남동생 시게, 하츠에의 여동생 미에코까지 다섯 명이 마을 사무소의 중요 서류를 충혼비 앞으로 옮기라는 명령을 받았다. 옥쇄를 각오한 사람들이 충혼비 앞에 집합했지만, 우메자와 전투부대장과 촌장이 도착하기 전에 함포 한 발이 충혼비를 명중 폭발해 공황 상태에 빠진 사람들이 사방으로 흩어졌다. 하츠에 씨를 비롯한 다섯 명은 미군이 상륙한 26일에 군으로부터 탄약을 옮기라는 명령을 받고 27일 새벽에 목적지 이나자키 산에 도착했지만, 와 있어야 할 돌격대 생존자가 한 명도 보이지 않아 옥쇄해 버렸을 거라고 믿고 수류탄으로 자결을 시도했다. 그러나 수류탄 불발로 산속을 방황하다 마주친 주민으로부터 군이 이나자키 산에 모여 있다는 말을 듣고 그곳으로 돌아갔다. 거기서 다시 하츠에 씨와 스미에 씨 두 사람은 아마로 가는 돌격대의 길 안내를 의뢰받았다.

다행히 아마에는 미군의 모습이 보이지 않아 백병전은 피할 수 있었다. 이튿날인 28일에도 집중포화를 받는 가운데 취사, 피란 장소로 가는 군인들의 길 안내와 중상자 세 명에 대한 간호를 명령받았다. 중상자 한 명은 살 수 없다며 수류탄으로 직접 목숨을 끊고 다른 한 명은 과다 출혈로 사망해, 다섯 여자가 남은 한 명을 교대로 업어 가며 날이 저문 뒤 아사 산 방면으로 이동했다. 한국 여자들은 이튿날인 29일 낮에 마주쳤다. 통신병 두 명과 섬의 여자청년단 한 명이 길을 안내하려고 따라왔다. 그때 여자들의 수를 헤아려 보지는 않았지만, 에이코는 이미 자결했으니까 일곱 명이 다 있지는 않았을 거라고 하츠에 씨와 스미에 씨가 입을 모았다.

에이코의 자결은 위안소 여자들과 거의 관계가 없던 섬사람들 사이에서도 널리 알려졌다. 자마미 마을에서 아사 마을로 통하는 고갯길 초입에 군 본부 참호가 있었는데, 그 참호 안에서 에이코와 군인의 시체가 발견되었다. 자결은 26일 저녁에 한 것으로 알려졌다. 에이코는 다리에 중상을 입어 걸을 수 없는 상태로 본부 참호에 실려 와 있었다. 군인도 부상했다고 한다.

에이코는 왜 자결했을까? 26일이라면 미군이 자마미 섬에 상륙한 날이다. 그 전날에는 '옥쇄하라'는 명령이 섬사람들에게 전달되었다. 주민에게 내려진 자결 명령을 에이코도 따랐을까? 아니면 미군 상륙 직후의 공황 상태에서 이제 살아남을 수 없다고 절망해 스스로 목숨을 끊었을까? 스미에 씨는 에이코와 군인이 같이 자결했을 거라고 했다. 하츠에 씨는 둘이 같이 자결했는지, 우연히 본부 참호로 옮겨진 에이코와 군인이 각각 자결했는지 모르겠다며 두 사람의 관계를 연결하는 데 신중했다. 그러나 본부 참호에서는 에이코와 군인의 시체만 발견되었다는 말을 덧붙였다.

군의 취사반을 맡았던 4월 상순, 하츠에 씨는 한 번 더 아사의 논 주변에서 한국 여자들을 보았다. 밤에 취사용 물을 뜨러 논에 갔을 때다. 그 무렵 군도, 주민도 주변 일대에 피신하고 있었기 때문에 한국 여자들도 군과 주민들과 섞여 그곳으로 피해 있었을 것이다. 그 뒤로 하츠에 씨는 그 여자들을 보지 못했다. 어떻게 전쟁의 불길을 뚫고 살았는지, 총알을 맞았다는 이야기도 죽었다는 이야기도 듣지 못했다. 도미요가 4월 11일에 부상한 우메자와 전투부대장을 간병했다는 이야기를 들었을 뿐이다.

4월에 접어들어 소강상태가 이어지다가 10일부터 미군의 공습이 다시 시작되었다. 아주 가까운 거리에서 작렬한 박격포로 하츠에 씨가 오른쪽 대퇴부에 상처를 입은 날은 12일이다. 이 무렵 미군은 주민들을 향해 계속 투항을 호소하고 있었다. 하츠에 씨의 상처는 갈수록 악화해 심한 출혈과 아픔이 있었다. 몸을 움직이지 못하게 되어 미군 투항을 결심한 날은 17일이다.

폐허가 된 자마미는 미군이 점령하고 있었다. 점령 후의 사용 목적에 따라 마을을 폭격했는지, 커다란 빨간 기와집은 남겨 두어 그곳이 병원으로 사용되었다. 미군의 막사가 곳곳에 생기고 학교 운동장은 묘지가 되어 전에는 보지 못한 하얀 십자가가 세워졌다.

하츠에 씨가 도카시키 섬에서 왔다는 젊은 한국 여자 두 명과 이야기를 나눈 것은 아마 4월 말경이다. 미군의 치료를 받고 겨우 걸을 수 있게 되어 다른 병동 쪽으로 보행 연습을 하고 있었다. 거기서 낯선 사람이었지만 "피차 용케 전쟁의 불길을 뚫고 살아남았네요." 하며 무릎을 맞대고 이야기를 나누었다는 것이다.

도카시키 섬에서 미군이 데리고 온 한국 여자 두 명이라면 틀림없이 밋짱과 아이코다. 당시 도카시키 섬에는 한국 여자가 위안소의 일곱 명밖에 없었다. 밋짱은 제3전투부대가 234고지로 이동한 3월 27일 새벽에 도카시쿠의 의무실에 혼자 남겨졌다. 아이코는 도카시키에서 아하렌으로 가는 고갯길 초입에 있던 민간 방공호에 들어간 것까지는 확인할 수 있지만 그 뒤 어디에 있었는지는 모른다. 어쨌든 미군이 두 사람을 자마미 섬으로 옮겨 치료받을 수 있었던 것이다. 한 사람은 대퇴부에 붕대를 감고 있었다. 또 한 사람은 어디를 다쳤는지 확실한 기억이 없다. 중상을 입은 밋짱과 아이코가 미군 상륙을 눈앞에 두고 남겨진 지 벌써 한 달 정도 지났다. 밋짱도 아이코처럼 대퇴부에 상처를 입었지만 하츠에 씨가 만났을 때는 상처가 많이 나았을지도 모른다. 하얀 붕대를 감고 있었다면, 더 깊은 상처를 입은 아이코였을 것이다.

두 사람은 하츠에 씨와 서툴게나마 대화를 나눌 정도로 일본어를 할 수 있었다. 두 사람이 서툰 일본어로 나눈 대화를 하츠에 씨는 아직도 잊을 수가 없다. 한 사람은 어머니를 몹시 보고 싶어 했다. 또 한 사람은 만나고 싶지 않다고 했다. 어머니에게 끔찍한 상처를 받았기 때문에 보고 싶지 않다고 했다. 고향에서 멀리 떠나 처절한 전쟁을 겪어 왔으면서도 어머니가 보고 싶지 않다고 단호하게 말한 여자는 어쩌면 돈에 팔려서 오키나와에 오지 않았을까 하고 하츠에 씨는 생각했다.

하츠에 씨는 5월이 되자 상처가 나아 미군 병원에서 나왔고, 그 뒤에는 두 사람과 얼굴을 맞대는 일은 없었다. 하지만 아마 두 사람은 오키나와 본도의 수용소로 옮겨졌을 거라고 말했다. 도카시키 섬 사람들과 군 관계자의 증언으로는 아이코의 생사가 애매했다. 특히 아하렌으로 가는 고갯길 초입에 있던 민간 방공호로 아이코를 보러 갔다는 이노우에 도시카즈 전 오장은 아이코가 거기서 죽었을 거라고 했다. 그러나 도카시키 섬 사람들이 수군대던 소문대로 아이코가 밋짱과 함께 자마미 섬의 미군 병원에서 치료를 받고 건강해졌다는 사실을 뜻밖에 하츠에 씨의 증언으로 확인할 수 있었다. 밋짱과 아이코는 하츠에 씨의 추측대로 오키나와 본도의 수용소로 보내졌을 것이다. 그러나 도카시키 섬의 일곱 여자들 중 가장 젊었던 아이코가 패전 뒤 미군 점령하 오키나와의 혼란 속에 어떻게 살았을지는 밝혀지지 않았다.

이튿날 저녁, 군의 요청으로 '단팥죽 집' 일을 도왔다는 미야자토 미요 씨를 만날 수 있었다. 별빛만 보이는 캄캄한 밤길을 걸어 찾아가니 미요 씨는 방금 목욕을 끝낸 듯 말끔한 피부가 발그레하게 상기되어 있었다.

"그때는 어려서 아무것도 몰랐어요. 중학교 2학년을 졸업한 직후였으니까요."

슈호(단팥죽 집)가 위안소 옆에 있었지만 위안소 출입은 금지되어 있었고, 한국 여자들과 친하게 이야기를 나눌 기회가 없었기 때문에 특별히 해 줄 이야기는 없을 거라며 말을 아꼈다. 부담스러워한다는 느낌이 문득 들었다. 질문 받는 것 자체를 조심스럽게 거절하는, 처음 만난 미요 씨를 보면서 나는 많은 군인들 사이에 서 있는 한 소녀의 모습을 떠올려 보았다. 자신의 성과 이성에 눈뜨기 시작한 소녀에게는 여러 이성 틈에서 일한다는 것 자체가 상당히 끔찍한 경험이었을지도 모른다. 적어도 미요 씨에게는 기억하고 싶은 체험이 아니었던 것 같다. 하지만 나는 조심스럽게 물어보았다.

일본군이 자마미 섬에 상륙했을 때 미요는 전쟁이 눈앞에 다가왔음을 직감했다. 그 전에 출정하는 병사를 전송餞送한 적은 있어도 집단으로서 군대를 직접 눈으로 본 건 처음이었다. 각 군인이 하나의 인간일 텐데, 집단이 된 군대는 전쟁 자체로 보였다. 남방의 섬으로 돈을 벌러 간 사람들이 전쟁에 쫓기듯 아마로 돌아왔는데, 그런 사람들에게 들은 이야기도 미요의 직감이 결코 틀리지 않았음을 뒷받침하고 있었다. 미요는 다가올 사태가 두려워 떨면서 단팥죽 집에서 일을 시작했다.

미요 씨는 '단팥죽 집'을 '슈호', 즉 군대에서 쓰는 이름으로 불렀다. 당시 아마에 있던 청년단 여자는 네댓 명이었다. 그중 게루마 요시코와 미요가 '슈호'의 접객 담당으로 선정되었다. 요시코가 21세, 미요는 15세였다. 다른 여자청년단원은 장교 집회소의 취사 담당으로 임명되었다.

다카라 씨 집과 가까운 우타키는 울창한 후쿠기로 에워싸여 있고 안에 작은 초가가 있었다. 그 옆에 탁자와 의자를 늘어놓고 주위에 천막을 둘러 슈호로 이용한 것이다. 군 측에서는 군인 세 명이 슈호 담당으로 와 있었다. 다구치 오장, 아시다 상등병, (나중에 일등병이 된) 스사카 이등병이다. 아시다 상등병은 입대 전에 제과 기술자였는지, 거친 밀가루와 흑설탕으로 능숙하게 생과자를 만들곤 했다.

군인은 중대별로 휴가를 받았다. 슈호는 오후에 1시부터 5시까지 영업했다. 그러니까 휴일밖에 이용할 수 없는 시스템이었다. 군인들은 그 옆 다카라 씨 집에 있는 여자들을 '살아 있는 생과자'라고 불렀다. 자연히 아시다 상등병이 만든 생과자는 '죽은 생과자'였다. 그리고 슈호 앞에 긴 줄을 만들면서 "죽은 생과자보다 살아 있는 생과자가 더 좋아." 하고 저속한 농담을 던지며 단팥죽을 먹고 위안소로 갔다. 다카라 씨 집 쪽에서는 "아직이냐?", "어이 빨리 해!" 등 순서를 기다리는 군인들의 추잡한 목소리도 들려왔다.

군인들은 연일 해상 정진 기지의 작전에 투여되어 피로가 쌓여 있었다. 그리고 짧은 휴일을 탐닉하듯 밀려왔다. 미요로서는 땀과 체취로 코를 찌르는 악취를 풍기고 거친 농담을 주고받으면서 자신을 둘러싼 군인들이 무서웠다. 미요 씨가 기억하는 여자들의 이름은 도미요, 에이코, 고나미, 이치마루, 미에코, 요시마루, 미치코 등이다. 하츠에 씨의 기억과 조금 다르다. 하츠에 씨는 여섯 명의 이름밖에 기억하지 못하고 요시마루, 미치코 대신 미요시를 꼽았다. 미치코에 관해서는 미요 씨도 기억이 애매하다고 한다.

한국에서 온 일곱 여자 중에는 미요와 한두 살밖에 차이가 나지 않는 젊은 아가씨도 있었다. 미요는 어떻게 그렇게 젊은 여자들이 위안소에 일하러 왔는지 이해할 수 없었다. 징용이라고, 속아서 오키나와에 왔다고 사람들이 수군대는 소리를 들었다. 피부가 희고 예쁜 여자들뿐이었다. 그 전에는 섬에서 볼 수 없던 요란한 색깔의 원피스를 입은 일곱 여자들이 미요의 눈에는 마치 명가의 규수처럼 보였다. 언제부턴가 하얀 바탕에 빨간 줄무늬 잠옷 바람으로 다카라 씨 집과 나카무라 씨 집을 오가는 모습도 보였다. 그리고 여자들끼리 싸우는 모습을 본 적도 있다. 머리채를 잡고 옷이 찢어질 정도로 격렬하게 싸우는 것이 미요는 그저 놀랍기만 했다. 요시마루가 자주 싸웠다. 그때마다 슈호의 반장인 다구치 오장이 중재에 나섰다. 요시마루는 나중에 다른 여자들과 관계가 나쁘다는 이유로 도카시키 섬으로 갔다는 말을 군인에게 들었다. 그러나 자마미 섬에서 옮겨 온 여자에 대해서는 봉기로부터도 도카시키 섬의 주민으로부터도 듣지 못했다. 어쩌면 아카 섬을 도카시키 섬으로 잘못 알았고, 해상 정진 기지 제2대대가 오키나와 본도로 이전했을 때 위안소 여자들도 데려갔는데 요시마루가 그 안에 섞여 있었는지도 모른다.

군인이 오지 않는 한가한 날 나카무라 씨 집 앞을 지나가면 아름다운 노랫소리가 들릴 때도 있었다. 노래를 아주 잘하는 여자가 한 명 끼어 있었다. 미요로서는 뜻을 알 수 없는 한국 노래가 조용한 그 일대에 울려 퍼졌다. 구슬픈 노래가 많았다. 미요가 알 리 없는 한국 노래 중 딱 하나는 들어 본 것이었다. 〈아리랑〉이다. 〈아리랑〉은 나카무라 씨 집에 있던 한국 여자들이 모두 좋아하는 것 같았다. 귀에 익은 그 노랫소리가 자주 흘러나왔다.

해상 전진 기지 제1대대의 주력부대가 2월 중순 오키나와 본도로 이동하자 위안소도 슈호도 아마에서 자마미로 옮겨졌다. 슈호의 규모는 대폭 축소되고, 미요와 선배인 게루마 요시코만 작업에 참여해 콩가루를 묻힌 경단을 만들었다. 앉아서 먹을 곳이 없어지고 판매만 했다.

3월 23일에 미군의 게라마 공략이 시작된 뒤로 미요는 아마 사람들과 함께 산으로 피했다. 한국 여자들이 처절한 폭격이 쏟아지는 곳에서 어떻게 살아남았는지에 대해 미요는 알지 못한다. 딱 한 번, 아사에 피신하고 있을 무렵 취사장이 되었던 곳에서 밤에 본 적이 있다. 하츠에 씨도 같은 장소에서 한국 여자들을 보았다. 그 뒤 우메자와 전투부대장이 부상하고 도미요가 그 수발을 들었다는 소문을 들었지만, 그때 다른 여자들도 같이 있었는지 따로 행동했는지는 모른다.

미요는 에이코가 참호 안에서 장교 한 명과 같이 죽었다는 말를 들었다고 한다. 그리고 패전 후 아마에서 자마미로 시집온 지 얼마 되지 않았을 무렵 두 사람이 같이 매장되었다는 밭 옆에 서 있던 묘비를 보았다. 그 묘비에는 어떤 소위의 이름과 '처 에이코'라는 글자가 나란히 새겨져 있었다. 소위의 이름은 기억하지 못한다. 자마미의 지리를 잘 모르던 무렵이라 묘비가 있던 위치도 지금은 알지 못한다.

하츠에 씨는 중상을 입은 군인과 에이코가 우연히 본부 참호에 같이 있다가 더는 살 수 없다는 각오를 하고 각각 자결했을까 하고 두 사람의 자결을 감정이입 없이 객관적으로 보려고 했지만, 시체를 매장한 섬사람은 에이코의 이름에 '처'를 붙여 두 사람을 묶어 준 것이다. 또 하츠에 씨와 스미에 씨의 이야기로는 자결한 군인의 계급이 애매했는데, 미요 씨는 또렷하게 소위라고 기억했다.

마지막에 미요 씨는 '나보다 취사 담당이던 언니가 더 잘 알 것'이라며 위안소 취사 담당이던 미야히라 가즈코 씨가 오키나와 본도에 있다고 가르쳐 주었다. 나는 아직 희미한 일곱 여자들의 모습이 조금 더 분명하게 드러날 것 같은 예감을 안고 동쪽 하늘로 떠오른 큰 달을 바라보면서 민박으로 돌아왔다.

다음 날 밤에 하츠에 씨와 함께 아마로 가서 다카라 씨 집을 방문했다. 다카라 씨 집에는 당시를 아는 85세의 할머니가 계셨지만 할머니가 표준말을 못 해 듣고만 있었다. 나는 오키나와 사투리를 모른다. 가족 중 누군가에게 통역을 부탁하려고 했더니, 하츠에 씨가 그 지역 사람이 같이 찾아뵈면 상대방도 이야기하기가 한결 쉬울 거라며 통역을 자청하고 나서 주었다. 할머니는 감기로 얼마 전부터 누워 계신다고 했는데, 짧은 시간이라면 괜찮을 것 같아 할머니가 계신 곳으로 들어갔다.

느슨하게 머리를 묶은 할머니가 고개를 들고 상체를 일으켰다. 하츠에 씨가 인사하고 나서 오키나와 사투리로 내 용건을 전하자 할머니가 어떤 농담을 했는지 그 자리에 웃음소리가 터졌다. 나는 왜 웃는지도 몰랐다. 잠시 후 섬사람들끼리 나눈 잡담이 끝난 듯 "자, 무엇부터 물어보시려나?" 하고 운을 뗐다.

일본군이 위안소를 설치한다는 이유로 퇴거를 요청했을 때 다카라 씨 집에는 부부, 차남, 차녀 등 네 식구가 살고 있었다. 퇴거가 명분상으로는 군이 주민에게 협조를 구하는 '요청'이었지만 할머니는 '명령'으로 받아들였다. 아무리 군의 명령이라지만 위안소로 사용된다는 말을 듣고 집을 넘겨줄 때는 심경이 복잡하지 않았을까 싶어서 나는 당시 50세였다는 할머니의 마음속을 탐색해 보려고 했다. 그러나 돌아온 대답은 지극히 간결했다.

"나라가 하는 일이니 반대할 수가 없었지."

하츠에 씨의 느낌으로는 다카라 씨 집과 나카무라 씨 집이 아마에서 가장 컸다. 나는 초가가 즐비한 가운데 유난히 눈길을 끄는 새로 지은 빨간 기와집을 상상했지만, 할머니의 이야기로는 당시 다카라 씨 집과 나카무라 씨 집뿐만 아니라 많은 집들이 기와지붕이었다고 한다. 아마의 남자들이 대부분 남양으로 돈을 벌러 갔고, 거기에서 번 돈으로 집을 고쳤기 때문이다. 그래도 다카라 씨 집과 나카무라 씨 집이 크고 번듯했다. 오키나와의 풍토 탓인지, 다다미가 일상생활에 익숙해진 것은 극히 최근이라고 한다. 전쟁 전까지는 평소에 다다미를 깐 집이 아주 드물었고, 다다미를 보관해 두었다가 설날이나 특별한 날에만 깔았다고 한다. 장지문이 달려 있는 집도 없었다. 그러나 다카라 씨 집에서는 장지문으로 방을 나눠 쓰고 있었다. 그런 점도 그 집이 위안소로 지정되는 데 좋은 조건이었을 것이다.

집을 넘겨주고 위안소 영업이 시작된 뒤에는 다카라 씨 집의 가족조차 그 집에 가까이 가는 일이 엄하게 금지되었다. 가축까지 옮길 수는 없었기 때문에 집 뒤란의 축사에 아침저녁으로 먹이를 주러 드나들었지만 집안을 들여다보거나 들어가는 일은 무서워서 못 했다. 군이 무서웠다. 게다가 일본 장병들이 한국 여자들을 상대로 벌이는 행위를 엿보면 자기 자신을 욕보이는 것 같아 싫었다.

여자들은 다카라 씨 집에 네 명, 나카무라 씨 집에 세 명이 있었다. 도미요가 마담이라 불리며 회계를 겸하긴 했지만, 도미요가 여자들을 데리고 영업한 게 아니고 그 위에 업자가 있었다. 업자는 자마미 섬에 온 적도 없다.

정산을 맡은 도미요는 다카라 씨 집에 있었다. 따라서 위안소를 찾는 장병들은 나카무라 씨 집에 가는 경우라도 일단 다카라 씨 집에 들러 도미요에게 돈을 내고 수속을 마쳤을 것이다. 여자들의 식사 준비도 다카라 씨 집에서 했다. 자녀가 있는 아마의 주부가 취사를 맡아 민간인 중에서 유일하게 위안소 출입이 허용되었다. 나카무라 씨 집에 있던 세 명도 그 '언니'가 만든 식사를 다카라 씨 집으로 와서 먹었다. 취사를 맡았던 아이가 있는 주부가 바로 미요 씨가 가르쳐 준 미야히라 가즈코다.

할머니는 에이코의 자결에 관해 하츠에 씨와 미요 씨보다 좀 더 자세히 알고 있었다. 에이코가 언제 부상했는지는 확실치 않지만 공습이 시작되고 이틀째인 24일에는 군의 본부 근처 위생병 참호에 있었다. 할머니의 오키나와 사투리를 통역해 주던 하츠에 씨는 '위생병의 참호'라고 했지만, 그것은 의무실로 쓰던 참호일 것이다. 에이코는 다친 다리 때문에 움직일 수 없어서 25일에 그 참호에서 본부 참호로 옮겨졌다. 그리고 역시 다리에 상처를 입고 걷지 못하게 된 모리이 소위와 둘이서 미군이 상륙한 26일에 자결했다.

에이코와 같이 자결한 사람이 '모리이 소위'라고 할머니가 말했다. 《비극의 자마미 섬》에 기록된 전몰자 명부를 살펴보자. 해상 정진 제1전투부대 모리이 요시히코의 이름이 육군 중위라고 나와 있다. 사망하면서 소위에서 중위로 특진되었을 것이다. 본적은 히로시마 현으로 되어 있었다.

다카라 씨 집을 11시쯤 나왔을까? 우리는 손전등으로 발밑을 비추면서 아마에서 자마미로 가는 해안 길을 걸어 돌아왔다. 콘크리트 방파제를 씻는 잔물결의 어지러운 반복음이 자장가처럼 귀를 간질인다. 피로가 몰려왔다. 자마미 섬에 온 지 며칠째, 하츠에 씨의 증언으로 아이코와 밋짱이 미군 야전병원에서 치료받았다는 것은 확인할 수 있었지만 자마미 섬의 위안소로 끌려온 일곱 명에 관해서는 겨우 도미요와 얽힌 몇 가지 일화와 에이코가 자결했다는 사실을 알 수 있었을 뿐 아직 막연하다. 그러나 일곱 여자들의 모습을 더듬어 가는 실마리가 자마미 섬에서 끊어져 버렸다. 자마미 섬에 좀 더 머물며 새로운 실마리를 찾아봐야 할까? 아니, 주민 중에 여자들과 접촉했을 것으로 보이는 사람은 극히 제한되어 있다. 위안소에 집을 제공한 나카무라·다카라 집안, '단팥죽 집' 관계자, 취사반을 제외하면 위안소와 관련 있던 사람이 주민들 중에는 없을 것이다. 이튿날 나는 오키나와 본도에 있다는 미야히라 가즈코 씨를 만나러 가기 위해 자마미 섬을 뒤로했다.

며칠 뒤, 기노완 시에 사는 미야히라 가즈코 씨에게 연락했다. 미로처럼 얽힌 골목을 걸어가면서, 위안소 출입이 허용되었던 유일한 주민인 가즈코 씨를 만나면 일곱 여자들의 모습이 조금 더 명확해질 것이라고 상상을 부풀렸다.

아파트 현관 앞에 서자 아장아장 걷는 아이가 맞아 주었다. 손녀인가 했는데, 혼자 사는 가즈코 씨가 아이의 엄마가 일하는 동안 맡아서 돌본다고 한다. 아이를 맡은 지 채 한 달도 안 되었지만, 아이는 어느새 가즈코 씨의 집이 익숙해진 듯 방 안을 이리저리 돌아다니며 신나게 놀고 있었다.

가즈코 씨도 게라마의 많은 젊은 부부가 그랬듯이 남양으로 돈벌이를 하러 갔었다. 사이판이었다. 남편은 가다랑어잡이 배를 탔고, 가즈코 씨는 가다랑어포 제조 공장에서 일했다. 1941년에 출산을 위해 자마미 섬으로 돌아왔다. 남편은 사이판에 남았다. 아이를 낳고 체력이 회복되자 야카비 섬의 구리 광산으로 일하러 갔다. 야카비 섬은 자마미에서 약 5킬로미터 떨어진 게라마 제도의 최서단 섬이다. 지금은 무인도가 되었지만 그때는 많은 사람들이 돈을 벌러 들어갔다. 1944년 10월 10일, 나하가 초토화된 10·10공습 때 야카비 섬도 공습을 당했고 가즈코 씨는 자마미 섬으로 돌아왔다. 일본군이 위안소 취사를 맡아 달라고 요청한 것은 그로부터 얼마 후였다. 처음에는 말도 통하지 않는 사람들을 상대로 그런 일을 할 수 있을지 망설였다. 그러나 부모님이 짓는 농사를 돕는 것만으로는 현금 수입이 너무 적었다. 어떻게든 돈을 벌고 싶었다. 말은 통하지 않아도 하다 보면 적응이 될 거라는 격려를 받고 가즈코 씨가 취사를 맡기로 했다. 세 살이 되는 아이는 친정어머니가 보살펴 주었다.

낯선 나라의 여자들을 상대로 하는 일이라 처음에는 아무래도 정신적으로 힘들었다. 도미요가 일본인이라고 해도 될 정도로 일본어를 유창하게 했기 때문에 의사소통은 불편하지 않는데, 오키나와와 한국은 식습관이 전혀 달랐다. 이것저것 궁리해서 맛있게 먹으라고 반찬을 했지만 여자들은 가즈코 씨가 만든 나물에는 거의 손도 대지 않았다. 그리고 마늘과 고춧가루, 생채소를 원했다. "우리는 이거면 충분하니까 밥만 해 주면 반찬은 필요 없어요." 하고 생채소에 밥을 싸서 먹었다. 어느 날 "아주머니 이것 좀 먹어 봐요." 하는 말에 채소에 싼 것을 먹었다. 가즈코 씨는 마늘 냄새가 코를 찔러 맛있다는 생각이 조금도 들지 않았다. 하지만 참고 삼킨 다음 맛있다고 맞장구를 쳐 주었더니 빙그레 웃으며 여자들끼리 자기네 말로 한참 이야기를 했다. 차츰 적응이 되어 일은 그다지 고되지 않았다. 매일 아침 목욕물을 데우느라 욕실을 청소하고 떨어진 곳에 있는 공동 우물에서 물을 길어 오는 일이 조금 힘들었을 뿐이다.

휴일이면 군인들이 많이 왔다. 다카라 씨 집과 나카무라 씨 집 앞에 순서를 기다리는 줄이 생겨 밭이 있는 길까지 길게 이어졌을 정도다. 섬에 오락 시설이 전혀 없었다. 모처럼 맞은 휴일에 위안소밖에 갈 곳이 없는 군인들을 가즈코 씨는 안쓰럽게 여겼다.

가즈코 씨는 여자들의 이름은 명확하게 기억하지 못한다. 도미요, 미치코, 에이코, 그리고 미에코라는 아이도 있었나? 가장 젊은 사람은 미치코였던 것 같다. 아직 소녀티가 가시지 않아 천진난만했다. 그렇게 어리고 천진스러운 얼굴인데 남자를 상대하는 일을 시킬까 싶어서 그 아이가 안쓰럽고 안타까웠다. 가즈코 씨에게 도미요는 30세 정도로 보였다. 군인이 바다에서 낚은 물고기를 선물로 가져오거나 하면 도미요가 직접 조리해서 여자들을 먹이곤 했다. 또 장병들에 대한 서비스로 부지런히 간식을 만들어 대접하기도 했다.

해상 정진 기지 제1대대의 주력부대가 오키나와 본도로 이동하자 위안소가 아마에서 자마미로 옮겨졌다. 자마미의 동쪽 끝에 있던 마츠모토라는 사람의 집과 또 한 집, 모두 두 집이 위안소로 지정되었다. 가즈코 씨는 아마에서 매일 고갯길을 넘어 자마미로 다녔지만 어두워진 뒤에 고갯길을 다니는 것이 불안할 거라며 도미요가 신경을 써 주어서 일이 끝나는 대로 돌아갈 수 있게 되었다. 자마미로 다니게 되고 나서 공습경보가 발령된 적이 있다. 아침 일찍 가서 솥에 불을 지피고 있을 때였다. 도미요는 아직 자고 있었다. 비행기 폭음이 들렸다. 공습인가 싶어 귀를 세우고 주변을 살펴보는데 밖이 소란스러워지고 "공습, 공습!" 하며 피하라고 알리는 소리가 들렸다. 가즈코 씨는 아마에 남기고 온 아이가 걱정되어 정신이 하나도 없었다. 한시라도 빨리 아이에게로 달려가고 싶었다. 그래서 도미요에게 사정을 설명했다.

"아주머니, 가족들이랑 피하세요. 위험하니까 조심히 가요."

도미요의 말에 즉각 나무 그늘에 몸을 숨기면서 아마로 돌아왔다.

자마미로 옮기고 나서 가즈코는 탄약이나 다른 무기가 있어서 위험한 군 참호에는 절대 들어가지 말라고 평소에 도미요에게 지시받았다. 3월 23일에 무수한 전투기가 게라마 상공을 덮었을 때 도미요는 "아주머니, 끝까지 힘내세요. 살아남아야 해요." 하고 외쳤다. 그것이 마지막 인사였다. 가즈코 씨가 정신없이 뛰어든 곳은 근처에 있던 친구의 방공호였다. 무지막지한 공습에 방공호 밖으로는 한 발짝도 나갈 수 없었다.

공습은 오후 5시쯤 잦아들었다. 방공호 밖으로 나오자 자마미는 처참할 정도로 폐허가 되어 있었다. 아마도 초토화되었을까? 가족은 무사할까? 가즈코 씨는 여기저기에서 아직 불을 뿜고 있는 폐허를 지나 조마조마한 마음으로 고갯길을 지나 집으로 갔다. 아마는 초토화되지는 않았지만 저녁 어둠 속에서 음산한 정적에 싸여 있었다. 집으로 뛰어 들어가니 어머니 혼자 가즈코 씨가 돌아오기를 기다리며 집에 남아 있었다. 아마 사람들은 모두 이미 산속으로 피했다. 가즈코 씨도 어머니와 같이 아마 사람들이 피신한 산속으로 들어갔다. 아이는 가즈코 씨의 아버지가 데리고 먼저 피했다. 아이의 무사한 얼굴을 보고 그 자리에서 풀썩 무너지듯 쓰러졌다. 아마 사람들은 그 뒤에도 계속 같이 산속에서 집단행동을 했다. 비축한 식량도 없는 산속 피란 생활을 어른은 어떻게든 참을 수 있었지만, 아이가 불쌍해서 견딜 수가 없었다. 공포와 피로와 공복으로 아이의 어린 영혼이 짓눌리고 있었다. 그러나 적에게 노출될까 두려워서 아이를 울리는 것조차 꺼려졌다.

약 한 달 뒤에 이미 미군에게 투항한 사람이 '이제 자마미 사람도 아사 사람도 모두 포로가 되고 있으니 밖으로 나오라'고 외치는 소리가 들렸다. 조심조심 항복 깃발을 들고 아마 사람들이 모두 계곡을 내려왔다. 평지로 내려와 산을 올려다보니 미군 고사포가 보였다. 포를 쏘지는 않을까 두려워서 쭈뼛거리며 밭둑을 걷는데 일본군 시체가 뒹굴고 있었다.

나카무라 씨 집은 미군 본부가 되어 있었다. 가즈코 씨 일행은 모두 일단 본부에 모여 미군에 대한 투항을 확인하고 수용 시설이 된 각 집에 분산 수용되었다. 아마는 공습을 받지 않아, 함포사격 피해를 받지 않은 집들은 무사했다. 남은 집들이 민간인 수용소가 되어 먼저 투항한 자마미와 아사 사람들이 들어가 있었다. 자신들의 집이 타지 않고 남았어도 아마 사람들은 자기 집에 멋대로 들어가는 것이 허용되지 않아, 배정된 남의 집에 몇 가족이 함께 수용되었다.

그로부터 며칠이 지났을까? '조선인들이 포로가 되어 본부에 와 있다'는 이야기를 들었다. 도미요 일행은 그때까지 일본의 패잔병과 같이 있었을까? 그 무렵에 이미 주민은 대부분 미군에 투항하고 있었다. 가즈코는 도미요 일행을 만나고 싶어서 즉시 나카무라 씨 집으로 달려갔다.

도미요는 가즈코를 보자마자 눈물범벅이 되었다.

"다행이네요, 아주머니. 이 전쟁에서도 살아남았다니, 정말 다행이네요." 하고 서로 무사함을 기뻐했다. 그리고 가즈코에게 바지를 한 벌 주었다. 모두가 입은 옷 그대로 나온 처지라서 그것은 귀중한 물건이었다. 그때 도미요로부터 에이코가 장교와 자결했다는 이야기를 들었다. 다른 여자들은 무사한 것 같았다. 그러나 몇 사람이 살아남았는지는 확인하지 않았다. 에이코의 죽음은 자결인 데다 장교와 함께였다고 해서 기억에 선명하게 남아 있다. 생전에 에이코가 그 장교에게 마음을 주고 있었다는 것을 가즈코도 알았다. 다리 부상 같으면 아무리 중상이라도 살아남을 수 있었을지 모르건만, 혼란 중에도 한결같이 열정을 불태운 에이코의 심정이 가여웠다.

그 후 도미요 일행은 자마미의 수용소로 이송되었다. 폐허가 된 자마미에는 막사가 세워지고 철조망이 둘러쳐져 일본군 포로수용소, 한국인 징용병 수용소, 주민 수용소가 만들어졌다. 도미요가 어느 수용소에 들어갔는지는 알 수 없었고 철조망 안에 있다는 소문은 들었다. 가즈코가 만나러 가고 싶었지만 기회가 없어서 그대로 작별이 되고 말았다.

사이판에 있던 남편은 패전 후 자마미 섬으로 돌아왔다. 얼마 후 두 번째 아이가 태어났는데, 그 아이가 아장아장 걷기도 전에 남편은 병사했다. 그때부터 가즈코 씨는 혼자서 두 아이를 키워 냈다.

아마의 본부, 즉 나카무라 씨 집에서 자마미 수용소로 옮겨진 도미요 일행은 다시 오키나와 본도의 이시카와 수용소로 이송되었다. 봉기가 이시카와의 민간인 수용소에 있을 무렵 우연히 도미요를 만난 적이 있다. 봉기는 도미요의 이름은 모른다. 하지만 자마미 섬에서 다른 여자들을 위해 일한 여자라면 도미요밖에 없다. 도미요는 나하에 남아 정산을 맡았다. '삼촌'의 내연녀였다. 도미요는, 일본군에 섞여 야카 포로수용소에 수용된 '삼촌'을 미군이 좀처럼 만나게 해 주지 않는다고 한탄했다. 그녀는 여자 세 명을 데리고 있었다. 다른 세 명은 죽었다고 했다. 그중 한 명은 자신이 좋아하는 일본군이 전사하자 그를 따라 자살했다고 했다.

봉기 씨가 도미요에게 들은 이야기로 기억하는 여자의 죽음은 섬사람들이 말하는 에이코의 자결과 일치한다. 섬사람이 말하듯 함께 중상한 모리이 요시히코 소위와 에이코가 3월 26일 저녁 본부 참호에서 같이 자결했을까? 아니면 봉기 씨가 기억하는 것처럼 에이코가 죽은 일본군을 따라 자결했을까? 그때 두 사람의 죽음을 확인한 사람이 없기 때문에 확실한 건 아무도 모른다.

최초의 증언자인 하츠에 씨는 두 사람의 관계를 연결하는 일에 신중했다. 하지만 미요 씨는 패전 후 '○○ 소위'의 이름과 나란히 적힌 '처 에이코'의 묘비를 보았다. 다카라 할머니는 모리이 소위와 에이코가 같이 자결했다고 단언했다. 가즈코 씨도 에이코가 한 장교에게 마음을 준 모습을 기억하고 있다. 에이코의 죽음을 간접적으로나마 접한 사람들의 증언으로 하루하루 전황이 악화하는 긴박한 상황에서 급속하게 서로의 마음을 확인한 두 사람의 모습이 떠오른다. 두 사람의 죽음이 동반 자살이었을까, 에이코가 장교를 따라 자살했을까, 아니면 각각의 자결이 우연히 겹친 것일까? 사실이 어떤지는 알 수 없어도 에이코의 죽음을 이야기한 사람들이, 한국에서 전쟁 중에 끌려온 젊은 아가씨의 절망적인 죽음에 꽃이라도 바치고 싶은 심정이 된 것만은 확실하다.

다른 두 사람은 도미요 일행이 모두 같이 도망 다니다 폭음에 겁을 먹어 몸을 움츠리고 있을 때 총알을 맞아 죽었다고 봉기 씨는 들었다. 섬사람들 사이에서는 에이코 이외의 여자의 죽음은 전하지 않는다. 봉기 씨의 기억이 확실하다면, 자마미 섬에서도 역시 일곱 명 가운데 세 명이 생명을 잃은 것이다.

아카 섬

훅 빨아들일 듯 파랗고 투명한 해면에 남국의 밝은 햇살이 사정없이 쏟아지고 있다. 배는 넘실대는 햇살을 가르듯 하얗게 물보라를 일으키며 나아갔다. 나는 마침 점심시간이라 식사하러 집으로 간다는 자마미 마을 사무소 직원에게 자가용 모터보트를 태워 달라고 부탁해서 자마미 섬에서 아카 섬으로 건너갔다. 그는 아카 섬에 살면서 자마미 섬에 있는 마을 사무소에 근무하는데 연락선은 일주일에 두 번, 그것도 하루에 한 번만 왕복하기 때문에 출퇴근은 자가용 모터보트를 이용하고 있다. 교통편이 나쁜 농촌에서 자동차가 필수품이듯 작은 섬에 사는 사람들에게는 모터보트가 일상생활에 녹아들어 있다.

"가격도 승용차와 거의 비슷할 겁니다. 젊은 사람들은 자동차 대신 모터보트를 사지요."

그가 말했다.

작은 섬과 암초가 여러 개 보인다. 지금은 도카시키, 자마미, 아카, 게루마를 제외하면 무인도다. 1945년 3월 25일부터 미군 함정들이 이 아름다운 해협을 한 치의 틈도 없이 빼곡하게 채워, 섬사람들에게나 일본군에게나 큰 충격을 주었다. 보트는 오른쪽으로 크게 돌았다.

"저기 해안에도 특공대 함정의 참호가 있었습니다. 참호는 지금도 남아 있지요."

한타자키라는 곳이라고 한다. 나는 눈을 밝혀 찾아본다. 그러나 특공대 함정, 즉 돌격용 선박 마루레의 엄폐 참호가 바다에서 보일 리 없다. 수목과 생명력이 왕성한 잡초에 덮여 있을 것이다. 엷은 먹구름 색깔을 하고 바다 위로 튀어나온 작은 곶이 보일 뿐이다.

자마미 항에서 아카 항까지는 약 5킬로미터. 아카 섬은 자마미 섬에서 남남서로 있는 약 3제곱킬로미터 넓이의 정말 작은 섬이다. 이 작은 섬에 고가 소이치 대위가 이끄는 해상 정진 기지 제2대대 약 900명이 1944년 9월 9일에 상륙했다. 이어서 9월 27일에 노다 요시히코 대위가 이끄는 해상 정진 제2전투부대의 주력부대도 도착했다. 아카 섬과 그 남쪽의 더 작은 섬 게루마에 해상 정진 기지를 설정하기 위해 기지대 및 전투부대는 두 섬에 분산 주둔했다. 위안소는 아카 섬 쪽에만 설치되었다.

보트는 아카 섬과 게루마 섬 사이, 폭 100미터의 해협을 지나 아카의 해변에 도착했다. 해변에는 자가용 보트들이 묶여 있었다. 집들은 남쪽 바다를 향해 서 있었다.

"전쟁 때 이야기를 들으려면 동쪽 끝, 학교 부근에 있는 '핫찬'이라는 민박이 좋을 겁니다. 그곳 아주머니는 계속 이 섬에 있었고 위안소도 가까웠기 때문에 여러 가지를 알고 있을 거예요." 하고 마을 사무소 직원이 말했다. 바닷가에서 그와 헤어진 나는 바다를 등지고 마을로 들어가 민박이 있다는 방향으로 난 길을 걸어갔다. 3, 4분쯤 걸으니 벌써 마을을 빠져나와 길은 밭으로 통하고 있었다. 학교는 보이지 않는다. 민박도 알 수 없지만, 더 가 봐도 인가는 있을 것 같지 않았다. 생각다 못해 잠시 길가에 멈춰 서 있는데, 밭에서 돌아오는 듯한 아주머니가 지나갔다. 민박을 물어볼 겸 잠시 이야기를 나누기로 했다.

그 아주머니는 1941년에 간호사로 마셜제도 잴루이트 섬에 가서 2년 정도 남양청에서 일하다 돌아왔는데, 곧바로 다시 야카비 섬 구리 광산의 병원으로 일하러 갔다. 어머니의 출산 때문에 섬으로 다시 불려 온 것은 1945년 2월이다. 아카 섬 위안소에 있던 일곱 여자들은 그해 2월 중순 기지대가 오키나와 본도로 이동할 때 같이 데리고 갔다. 그래서 위안소에 대해서는 아무것도 모른다고 했다. 하지만 딱 한 번 위안부의 모습을 보기는 했다고 한다.

"학교에서 노래 부르는 걸 본 적이 있어요. 예쁜 드레스를 입고 노래를 아주 잘했어요."

그것은 군이 주최하는 행사였을까? 농부 아내의 뇌리에는 뒷자리에서 사람들의 머리 너머로 본 아름다운 드레스를 입은 한국 여자들의 모습이 남았다.

숙소는 그 아주머니가 소개한 곳이 아닌 다른 민박으로 가기로 했다. 비수기라 그런지 간판은 나와 있지 않다. 민박 아주머니는 성수기를 지나 찾아든 손님 한 명에 대해 처음에는 조금 주저했는데 결국 받아들여 주었다. 방에 짐을 놓고 가키노하나 부에이 씨 집을 방문했다. 기지대와 전투부대에서 살아남은 옛 일본군이 이따금 섬을 찾아오는데, 그럴 때면 가키노하나 씨가 자주 안내를 맡았다고 한다.

가키노하나 씨는 해안으로 나와 통나무를 손질하느라 여념이 없었다. 장식품을 만드는 것이라고 한다. 위안소에 대해서라면 취사를 맡았던 가네시마 기쿠에 씨에게 물으면 좋겠지만, 기쿠에 씨 부부가 같이 산에 들어가 일하고 있어서 저녁이나 되어야 돌아온다고 한다.

"밤에 민박으로 같이 찾아가지요. 남편이 까다로운 사람이라 집을 찾아가는 것보다는 그 편이 나을 거요. 내가 기쿠에 씨한테 일러둘 테니까."

일하는 손길을 멈추지도 않고 그렇게 말했다.

이 섬에서 일곱 여자들과 가장 가까이 지냈다는 취사 담당 여성을 어렵지 않게 만날 수 있는 행운이 일단 기뻤다. 저녁까지는 시간이 넉넉해서 가키노하나 씨에게 위안소가 있던 자리를 물어 찾아가 보기로 했다. 위안소로 사용된 집은 마을 동쪽 끝에 두 채가 나란히 지어져 있는 '요나미과'와 '아가리야東家'라고 한다. 요나미과도 아가리야도 집의 이름이다. 가장 동쪽 끝에 있는 집이 아가리야인가 싶었다. 그런데 동쪽 끝은 요나미네 씨 집이고 동쪽에서 두 번째가 본가의 동쪽으로 분가했다는 뜻에서 아가리야라고 불리게 된 긴조 씨 집이라고 한다.

나는 짐작으로 해변 길에서 한두 골목 안으로 들어간 오솔길을 따라 동쪽을 향해 걸었다. 오솔길은 모래밭이 계속 이어지듯 하얀 모래로 덮여 있어서, 한 발자국 내디딜 때마다 발이 빠졌다. 섬사람의 순수한 뜻인지 자연현상인지 산호 조각으로 덮인 오솔길이, 가끔 찾아오는 관광객에게는 아름답고 신기하겠지만 걷기에 힘들어 섬에서 일상을 보내는 사람들에게는 불편하지 않을까? 이런 생각으로 발이 푹푹 빠지는 모래밭을 밟으며 집과 집 사이의 골목을 따라 동쪽 끝까지 갔더니 갑자기 시야가 확 트이고 모래밭에서 벌판과 밭과 나지막한 산으로 이어지는 풍경이 눈앞에 펼쳐졌다.

요나미네 씨 집과 긴조 씨 집은 바다를 내려다보듯 나란히 지어져 있었다. 요나미네 씨 집은 집 주위를 여러 나무로 에워싼 기와집이고, 긴조 씨 집도 산울타리로 에워싸인 빨간 기와집이었다. 두 집 모두 당시를 아는 사람은 섬을 나가지 않았다고 들었다.

그날 밤 약속대로 가키노하나 씨가 가네시마 기쿠에 씨와 숙소로 찾아와 주었다. 낮에는 산으로 들어가 삼림 관계 일을 한다기에 작업복 차림의 부인을 상상했는데, 기쿠에 씨는 반소매 원피스를 입고 있었다. 불쑥 찾아온 외지인을 예의를 갖춰 조심스럽게 맞아 주었다.

기쿠에 씨도 남양에 갔다가 돌아왔다. 1944년에 약 6개월 동안 팔라우에 가 있다가 돌아왔다고 한다. 수송선 세 척에 구축함 일곱 척의 선단을 구성해 팔라우를 출발한 날이 4월 10일이었다. 그러나 물길을 출발한 지 얼마 되지 않았을 때 앞에서 달리던 구축함 한 척이 미군 비행기의 공격을 받고 침몰했다. 그때 기쿠에 씨는 갑판에서 궤짝을 둘러싸고 식사하고 있었는데, 충격이 너무 커서 자신이 탄 배가 공격받은 줄 알았다고 한다. 선단은 일단 항구로 돌아갔다가 다시 출발했다. 전쟁 국면은 남태평양에서 차츰 북상하고 있었다. 팔라우도 3월 말에 대규모 공습을 받았기 때문에 기쿠에 씨가 더는 팔라우에 있을 수 없겠다고 생각해 철수하기로 한 것이다. 일행은 요코하마에 도착했지만, 오키나와로 가는 배가 없었다. 요코하마에서 두 달, 고베에서 한 달, 다시 가고시마에 가서도 한동안 대기했다가 아카 섬에 도착한 것은 9월 초다. 전쟁을 피해 고향으로 돌아왔지만 할 일이 없었다. 그래서 옆에 있는 야카비 섬의 구리 광산으로 돈을 벌러 갔다. 그런데 얼마 뒤 10·10공습을 당해 다시 아카 섬으로 돌아왔다.

위안소의 취사를 맡은 아주머니가 표준어를 모르기 때문에 의사소통이 쉽지 않고 군에서 식량을 받을 때 전표도 쓰지 못해 불편하니 도와 달라는 군의 요청은 야카비 섬에서 돌아온 지 한 달이나 지나서 받았을까? 당시 아카 섬에서 표준어를 하는 사람은 소수였다. 기쿠에 씨가 초등학교에 다닐 무렵에는 수업도 오키나와 사투리로 했을 정도다. 기쿠에 씨는 팔라우에 있을 때 전국 각지에서 모인 이주자들을 상대하다 보니 표준어를 배울 수 있었다. 그 무렵 기쿠에 씨는 스무 살, 기쿠에 씨보다 먼저 취사 담당이 된 사람은 두 아이를 둔 아주머니인데도 나이는 스물대여섯 살이었다.

하루의 일은 아침 10시에 군의 배급부로 가서 그날 필요한 물건을 전표에 적는 것으로 시작했다. 전표를 제출하고 그날 식량을 받았기 때문에, 품목과 수량이 전표와 맞는지 확인하고 위안소로 운반했다. 위안소에 도착하면 즉시 점심 준비를 시작한다. 목욕물도 오전 중에 데워야 했다. 여자들은 손님이 오기 전에 목욕을 마쳐야 했다. 우물에서 물을 길어다 장작을 때서 데우는 목욕탕이었다. 물이 식으면 장작을 더 넣고 뜨겁다고 하면 통에 길어 놓은 물을 넣어 주는 등, 알몸으로 들어오는 또래 여자들의 목욕 시중을 들었다. 그리고 저녁식사와 야식을 만들어 놓고 퇴근했다.

일곱 명 중 가장 젊은 여자가 마치코라고도 불린 고마치, 18세였다. 고하루와 미하루는 20세, 아케미가 23세, 유키코라고도 불린 고유키와 시노부가 25세, 나이가 가장 많은 고하나는 30세 정도나 되었을까? 고마치는 일본어가 거의 통하지 않았지만, 다른 여섯 명은 소통의 차이는 있어도 그럭저럭 말이 통했다. 그중에서도 고하나 언니는 일본어가 유창해서 자세한 내용까지 불편 없이 전할 수 있었다.

손님이 오지 않는 한가한 날 여자들이, 묻지도 않은 어릴 때의 추억이나 기구한 푸념을 서툰 일본어로 털어놓을 때가 있었다. 이야기할 때마다 눈물을 글썽이고 고향에 남기고 온 자식을 떠올린 사람은 아케미다. 아케미는 친정어머니에게 어린 아들을 맡기고 오키나와로 왔다. 남편과 사별하고 돈을 벌러 왔다고 했다. 하지만 이 먼 곳까지 끌려와 언제 돌아갈 수 있을지, 이대로 죽어서 이 작은 섬의 흙이 되는 게 아닌지 모르겠다며 눈물로 나날을 보냈다. 일반 군인은 여자들과 술을 대작할 여유 같은 건 없었을 테니까 아마 장교한테 얻어 마셨을 것이다. 아케미는 술만 마시면 어김없이 대성통곡을 하며 울부짖었다. 그리고 말리려는 동료의 손을 뿌리치고 밖으로 뛰쳐나가 소리를 지르면서 비틀거리는 몸으로 주변을 돌아다녔다.

고유키도 일본어를 잘했다. 17세 때부터 그 일을 하고 있다고 했다. 일본어를 잘해서인지 인기가 많았고, 특히 장교들로부터 사랑받았다. 미하루는 얼굴이 예쁘고 일본어도 잘했다.

기쿠에 씨는 일곱 여자들이 모두 시골 출신일 거라고 생각했다. 그 주변 들에 자생하는 식물 중 가는 파같이 생긴 '네비루'라는 것이 있는데, 그걸 직접 꺾어다 잘게 썰어 기름에 볶은 된장에 넣어 반찬으로 먹었기 때문이다. 도시에서 산 사람이라면 먹을 수 있는 야생초를 찾아내지 못했을 것이다. 여자들은 네비루를 '탄디'라고 부르며 고향에서도 자주 먹었다고 했다.

정산소를 맡은 사람은 스즈키라는 30세가 넘은 도쿄 출신 남자였다. 이미 병역을 마쳤고 군대에서 지휘관까지 지냈다고 했다. 여자들은 스즈키를 '오빠야'라고 불렀다. 회계는 가장 끝 집인 요나미네 씨 집에 두고 있었다. 장병은 여기서 돈을 내고 표를 받으면 미리 골라 둔 여자의 방으로 들어간다. 영업시간은 정오부터였고, 귀대 시간이 다가오면 밖에서 순서를 기다리는 군인이 "빨리 해!" 하고 문을 두드리기도 했다. 일주일에 한 번 화요일에 군의관이 여자들의 성병 유무를 알아보는 검사를 했다. 기밀이 누설된다는 이유로 여자들과 민간인의 접촉은 금지되었다. 아카 섬의 위안소도 도카시키 섬과 자마미 섬의 위안소와 마찬가지로 앞에서 언급한 산 3475부대의 내무규정에 거의 가까운 형태로 영업했다.

일곱 여자들이 아카 섬에 있었던 기간은 길어야 3개월 남짓했다. 1945년 2월 17일, 해상 정진 기지 제2대대의 주력부대가 독립 대대로 개편되어 오키나와 본도로 이동했을 때 일곱 여자들도 같이 데려갔기 때문이다. 가키노하나 씨의 느낌으로는 기지대의 고가 대장과 전투부대의 노다 대장이 극도로 사이가 나빠 기지대가 열심히 주워 모은 장작을 하나도 남김없이 본도로 가져갔으니까, 위안소도 기지대가 필요해 설치했다며 여자들을 데려갔을 거라고 한다.

나중에 나하에서 만난 이제나 료다츠 씨에 따르면 나하에서 슈리로 올라가는 길 초입 부근 마와시라는 곳에 보통 관음당으로 불린 친숙한 자비원이 있는데, 그 사찰 근처에 위안소가 설치되어 아카 섬에서 데려온 여자들은 이곳으로 들여보냈다.

당시 아카초등학교 교감이던 이제나 씨의 집은 장교와 하사관 네 명의 숙소로 되어 있었다. 그중 시바타라는 대장이 있었는데, 기지대가 본도로 이동하고 아직 게라마 공략이 시작되지 않던 2월 17일 이후 3월 22일 이전에 군 용무로 나하에 나간 적이 있다. 그때 관음당 근처 위안소로 가서 아카 섬에 있을 무렵 친했던 여자의 방에서 2, 3일 묵고 왔다고 했다.

오키나와 본도는 1945년 4월 1일에 미군이 상륙했다. 그리고 제32군이 붕괴한 6월 23일까지 사람들이 '철의 폭풍'이라고 부르는 처참한 전쟁 피해를 겪었다. 당시 오키나와 인구 약 60만 명 가운데 주민 9만 4754명, 현지 소집된 방위대원 2만 8228명, 학도병을 비롯한 전투 협력자 5만 5246명 등 전사자가 18만 명이나 나왔다. 이것은 일본의 정규군 전사자 6만 5908명의 약 세 배나 된다.

관음당 근처 위안소로 옮긴 일곱 여자는 '철의 폭풍' 아래 어디로 어떻게 피해 굶주림을 면했을까? 독립 대대로 개편된 기지대는 오키나와 전쟁 중에서도 가장 전투가 치열했던 슈리 공방전을 겪었다. 일곱 여자들도 독립 대대를 따라 슈리 부근에 있었을까?

기쿠에 씨는 전후 아카 섬을 방문한 옛 일본군으로부터 고유키와 미하루가 죽었다고 들었다. 아카 섬에 있을 무렵 고유키에게는 고모리라는 중위가 자주 오곤 했다. 이 중위의 죽음을 알고 포탄이 날아다니는 가운데 시체 옆으로 달려가다가 고유키도 총에 맞아 죽었다. 미하루도 전우의 죽음을 확인하러 가는 어떤 군인을 따라가다가 폭사했다.

패전 후 10여 년이 지났을 무렵 일곱 여자들 중 하나가 나하의 아자에서 일한다는 말을 들었다. 그 이야기를 기쿠에 씨에게 전한 사람은 '요나미과'의 셋째 딸 미요코 씨다.

"기쿠에라는 사람이 있었을 텐데, 잘 있나? 그 무렵 최고였는데, 이제 살림을 차려 아이도 많이 낳았겠지." 하고 그 여성이 기쿠에 씨의 안부를 물었다고 한다. 미요코 씨의 이야기를 들으면서 기쿠에 씨는 그 사람이 고하나 언니가 아닐까 하고 생각했다. 기회가 되면 만나고 싶었다. 하지만 나중에 그 사람의 행방을 묻자 소식이 끊겼다고 했다.

기쿠에 씨가 그 이야기를 들은 지도 이미 20년이 넘었다. 소식이 끊겼다지만 요나미네 미요코 씨를 만나면 그 여성의 발자취를 알아낼 수 있지 않을까 하고 나는 희미한 기대를 품었다.

나하로 돌아가 미요코 씨에게 연락했더니 마침 며칠 후 아카 섬 출신 사람들이 모이는 향우회가 열리니 그 모임에 오지 않겠느냐며 나를 초대해 주었다. 그날 모임 장소에 갔더니 나하 국제거리의 호텔에서 향우회가 성대하게 열리고 있었다. 하얀 천으로 덮은 탁자에 온갖 요리가 놓여 있고 연단에서는 대표자의 인사가 차례로 이어졌다. 그리고 아카 섬의 노래와 춤도 있었다. 작은 섬에서 도시로 나온 사람들의 공동체 의식이 그곳을 뜨겁게 달구고 있었다. 화려하게 펼쳐지는 잔치에서 독한 술에 취하면서 나는 몇 10분쯤 전에 들은 미요코 씨의 이야기를 곱씹고 있었다.

미요코의 집은 바닷가 마을에서 동쪽 끝에 있었다. 그 무렵 오키나와의 농어촌에 일반적으로 초가가 많았지만 가다랑어잡이로 경제 사정이 윤택해진 게라마에서는 그것을 기와지붕으로 고치고 있었다. 미요코의 집과 옆집인 긴조 씨 집도 기와지붕이었다. 당시 긴조 씨 집은 식구들이 모조리 야카비 섬으로 돈을 벌러 가고 빈집이 되어 있었다. 미요코 씨 집은 장남, 장녀를 제외한 4남매가 부모님과 살았다.

'요나미과'와 '아가리야'는 위안소로 삼기에 충분한 조건, 즉 마을 끝의 크고 넓은 집에 딱 들어맞았다. 빈집이었던 아가리야는 문제가 없었지만 한창 자랄 나이의 4남매가 있는 요나미네 씨 집은 집을 비워 주면 당장 살 곳이 없었다. 군은 산기슭에 오두막을 지으라고 주민에게 명령했다. 미요코 씨 일가는 섬사람들이 급하게 임시로 지은 허술한 오두막으로 옮겨 살아야 했다. 산기슭의 오두막으로 옮긴 지 얼마 되지 않은 어느 날 밤 아이들이 잠든 조용한 시간을 기다려 부모님이 몰래 나눈 대화가 지금도 뇌리에 각인되어 있다.

"얼굴을 보니 아직 어린애 같은 아가씨가 있던데, 그 아이들은 인신매매로 팔려 왔을까요?"

요나미네 씨 집은 돼지를 키우고 있었고 돼지우리를 원래 집에 두고 왔기 때문에 어머니가 매일 먹이를 주러 갔다. 군에서는 먹이를 주는 시간마저 몇 분 동안이라고 엄하게 지정했는데, 그 짧은 시간에 엿본 일곱 여자들에 대해 어머니가 아버지에게 묻는 것이었다. 비슷한 또래의 딸을 가진 부모로서 어머니도 아버지도 한국에서 온 여자들의 처지를 남의 일로만 보고 넘길 수는 없었을 것이다.

요나미네 씨 집 아이들은 절대로 위안소가 된 자기 집 쪽으로는 가지 말라는 부모님의 엄격한 지시에 따라 학교에 오갈 때도 뒷길을 이용했다. 군 시설에 대한 출입 금지는 군의 엄명이었다. 하지만 부모들은 군대가 들여온, 성을 사고파는 부정한 일을 자식들이 절대 접촉하지 않게 하고 싶지 않다는 생각이 그보다 더 강했을 것이다.

아카 섬은 1945년 3월 23일 정오 무렵부터 공습을 받았고, 26일 오후 6시에는 미군이 상륙했다. 이것은 오키나와에서 첫 번째 미군 상륙이다. 공습이 시작되었을 때 요나미네 씨 가족은 모두 임시 오두막을 나왔다. 그러나 얼마 후 큰 폭음이 들린 순간, 눈앞에서 어머니의 몸이 공중으로 붕 떴다. 즉사였다. 정신을 차리니 작은언니도 죽어 있었다. 오두막이 그날 다 타 버려서 가재도구를 하나도 건지지 못했다.

제2전투부대는 아카 섬의 거의 중앙에 있는 해발 165미터의 언덕으로 퇴각했고, 주민들은 그 근처 스기야마라 불리는 산의 계곡으로 숨어 들어갔다. 그리고 긴 굶주림과 싸워야 했다. 얼마 안 되는 식량을 훔쳤다는 이유로 제2전투부대에게 학살당한 한국인 징용병의 수는 밝혀진 것만 해도 10여 명이다. 또 섬의 노부부가 간첩 혐의로 '처형'되었다.

미요코는 아버지, 남동생과 셋이서 스기야마로 들어갔다. 6남매 중 장남은 이미 독립해 다른 섬에 살고 있었다. 큰언니도 같은 아카 섬이긴 했지만 시집을 가서 아이도 있었다. 차남은 기지대가 오키나와 본도로 이동할 때 소집되어 본도로 갔다. 3남은 미군 공격이 시작되자 군의 부역에 의용군으로 동원되었다. 미요코는 산속에 들어가 피란 생활을 계속하느라 식량이 바닥이 났을 때 아버지에게 버림받았다고 생각했다. 그 무렵 한국인 징용병이 일본군의 손에 학살되었다. 미요코도 그 현장을 직접 봤다. 사촌 언니들과 폐허가 된 들판으로 식량이 될 만한 풀을 찾으러 나갔을 때의 일이다. 눈을 가린 한국인 징용병 여섯 명이 손을 뒤로 묶인 채 걸어갔다. 잠시 후 총성이 들렸다. 미요코 일행이 풀을 뜯던 손길을 멈추고 총성이 들린 방향을 조심스럽게 보니 나무 너머로 조금 전에 본 한국인 징용병이 쓰러져 있었다. 숨을 죽이고 꼼짝 않고 있으니까 일본군이 쓰러진 징용병들 위로 흙을 덮었는데, 미처 숨이 끊어지지 않았는지 흙이 꿈틀꿈틀 움직이는 게 보였다.

한국인 징용병이 아군이어야 할 일본군에게 학살당한 후 섬사람들 사이에서는 괴소문이 하나 돌았다. 아카 섬에는 이미 식량이 없기 때문에 군이 한국인 징용병을 죽인 다음에 섬 주민을 죽일 거라는 내용이었다. 때마침 스기야마의 피란처에 군의 명령으로 참호를 파기 시작했는데, 그 방공호가 주민을 한곳에 모아 죽이기 위한 구덩이라는 소문이었다. 주민들 사이에서는 아군에게 살해당하기보다 자결하는 게 낫겠다는 말이 오갔고, 식량을 찾아 게루마 섬으로 건너가는 사람도 생겼다.

아버지가 게루마 섬으로 건너가려고 했을 때 미요코는 자기도 데려가 줄 거라고 믿었다. 그러나 아버지는 남동생만 데려간다고 했다. 미요코는 발에 부상이 있었다. 아카와 게루마 간 해협의 폭은 가장 좁은 곳도 100미터였다. 아버지는 두 아이를 업고 수영해서 건너갈 수는 없다고 판단했을 것이다. 아버지는 게루마 섬으로 피할 거라는 말은 한 마디도 하지 않았다. 게루마 섬으로 건너가나 아카 섬에 있으나 어차피 살아남을 수는 없겠지만, 남동생이 배가 고프다고 보채니까 아카 섬보다는 조금이나마 식량 사정이 나을 거라는 게루마 섬으로 가 보겠다는 말이었다. 미요코는 아버지나 남동생이나 자신 중에 누가 먼저일지는 몰라도 어차피 죽는가 보다 하고 느꼈다. 그래서 아버지의 말을 이해하기로 했다.

게루마 섬에서는 미군 상륙 직후 약 100명 가운데 53명이 자결했다. 제2전투부대가 제1중대를 배치했는데, 4월 상순에는 아카 섬으로 철수하고 남은 주민은 미군 지배하에 들어갔다. 그래서 미군이 식량을 배급했고, 아카 섬과 같이 식량을 둘러싼 문제는 발생하지 않았다.

아직 스기야마에 있을 무렵 아버지가 어디에선가 고깃덩이를 가져왔다. 가축류를 다 먹어 버린 지 한참 지났을 무렵이다. 미요코는 무슨 고기일까 하고 의아했다. 해변 쪽에서 주워 왔다고 했는데 죽은 사람의 허벅지나 엉덩이 살을 발라낸 게 아닐까 추측해 보기도 했다. 전쟁이 끝나고 어느 날 미요코가 오랫동안 품고 있던 질문을 해 보았지만, 아버지는 입을 굳게 다물고 아무 대답도 하지 않았다. 아버지와 남동생이 게루마 섬으로 건너간 후 미요코는 큰언니 집에 맡겨졌다. 방위소집된 큰형부는 부근을 지날 때 집안이 궁금해서 잠깐 들르는 정도였다. 언니는 어린아이를 데리고 불안하게 피란 생활을 하고 있었다. 미요코의 부상은 걸을 수 없을 정도로 악화하고 있었다. 상처에 생긴 구더기는 계속 털어도 자꾸만 솟아났다. 하지만 약은 없었다. 자기 오줌으로 상처를 소독하는 게 유일한 치료였다.

미요코가 패전 후 10년이 지나서 만났다는, 아카 섬 위안부로 있던 여성의 이름은 게이코다. 봉기 씨처럼 그 여성도 과거의 치부를 지우려는 듯 위안소에서 쓰던 이름을 바꿨다. 이름을 말하지는 않았지만 아카 섬에서 고유키라는 이름으로 불렸을 거라고 미요코는 생각했다. 그러나 기쿠에 씨가 옛 일본군에게 듣기로는, 고유키가 오키나와 본도로 건너가고 나서 고모리 중위의 죽음을 확인하려다가 총탄을 맞아 죽었다고 했다. 옛 일본군이 오키나와 본도에서 사망한 여자의 이름을 기쿠에 씨에게 잘못 전했을까, 아니면 미요코가 착각했을까? 미요코는 자기 집을 군에 넘기고 나서는 집에 접근할 수 없었기 때문에 일곱 여자들의 모습을 거의 기억하지 못했다. 게이코가 다른 섬이 아니라 아카 섬에 있었을 거라고 느낀 것은 기쿠에에 대해 물었기 때문이다. 전에도 말했듯이 기쿠에 씨는, 미요코 씨가 말하는 게이코의 생김새와 옷차림을 고려할 때 고하나 언니일 거라고 추측한다. 미요코는 친구를 통해 게이코를 만났다. 어느 날 친구가 같은 요정에서 일하는 동료라며 게이코를 미요코 씨 집에 데리고 왔다. 그러나 그로부터 얼마 후 친구가 자궁암으로 죽어서 게이코의 소식을 물어볼 수도 없었다. 미요코 씨는 게이코의 행방을 찾아보았다. 아버지가 아카 섬에서 나하의 미요코 씨 집에 놀러 왔을 때 게이코를 만나고 싶어 했기 때문이다. 아버지는 기지대의 주력부대가 오키나와 본도로 건너간 시기에 소집되어 본도로 간 뒤 행방불명된 차남의 행적을 알고 싶어 했다. 기지대와 함께 본도로 간 사람이라면 차남에 대해 실낱같은 정보라도 줄 수 있지 않을까 하는 희미한 기대를 갖고 있었던 것이다.

게이코는 친구를 따라 미요코 씨 집을 찾아왔다가 돌아갈 때 미요코 씨가 "또 와요." 하고 인사하자 오키나와 사투리로 "운츤로.", 즉 또 오겠다고 응답했다. 그 한마디를 기억에 담고, 게이코가 언젠가 다시 올 거라고 생각했다. 그러나 게이코는 두 번 다시 모습을 보이지 않았다.

미요코 씨는 그날 게이코에게 사는 곳을 물어보았다. 그러자 옆에 있던 친구가 나서서 대답했다.

"이 친구는 떠돌이 인생이라 한군데 오래 있지 않아서 언제 어디에 있을지 몰라."

요정이나 술집에 입주하는 조건으로 일하는데, 업소를 자주 바꾸는 바람에 거주지가 일정치 않다고 했다. 게이코는 친구가 '떠돌이 인생'이라고 단정하는 말이 불만스러운 듯했다. 직장을 바꾸는 것은 변덕 때문이 아니고 자기가 갖고 있는 백지 위패를 고용주가 싫어하기 때문이라고 했다.

그날도 게이코는 보자기에 싼 백지 위패를 소중하게 갖고 있었다. '백지 위패'란 위패 전면에 백지를 붙인 것으로, 사망자가 생기면 이것을 두 개 준비해서 영전과 묘지에 하나씩 놓았다가 49재 때 소각하는 관습이 있다. 49일 이후에는 옻칠을 한 위패로 바뀐다. 조상숭배가 신앙의 근간에 있는 오키나와에서 조상신과 불단에 나란히 안치될 위패를 49일이 지나도 백지 위패 그대로 갖고 다니는 것은 관습에 어긋나는 일로 꺼렸다. 위패가 된 사람은 생전에 게이코가 마치나토에서 집을 빌려 살 때 같이 지냈다고 했다. 오키나와 사람이 아니라 한국인이었을 거라고 미요코 씨는 생각했다. 오키나와 사람이라면 위패가 안치될 곳이 저절로 정해져서 게이코가 백지 위패를 갖고 다니는 일은 있을 수 없기 때문이다. 게이코는, 백지 위패를 갖고 다니는 것을 고용주가 탐탁지 않게 여겼기 때문에 자꾸 직장을 바꿀 수밖에 없다고 말했다. 그러나 한 직장에서 오래 일하지 않은 원인이 과연 백지 위패뿐이었을까?

봉기는 이시카와 수용소를 나오고부터 꽤 오랫동안 하루하루 잠자리를 바꿔 가며 중부에서 남부로 폐허에 생긴 도시들을 떠돌아다녔다. 가건물 환락가에 모여드는 남자들에게 술을 따르고 취객에게 몸을 맡겨 버스비가 생기면 버스를 타고, 걸을 수 있는 만큼 걸어서 낯선 도시의 가건물 환락가로 가 똑같은 일을 되풀이했다. 피로에 지쳐, 술을 따르면서 졸기도 하고 취객이 하자는 대로 몸을 맡겼다. 이 절망적인 방랑이 답답해서 "왜?"라고 물으면 봉기 씨는 비명을 질렀다.

"불안해! 가만히 있을 수가 없어. 어딜 가도 불안한걸."

마치나토에서 같이 지내던 사람이 살아 있었다면, 게이코는 그 사람과 평온한 나날을 보낼 수 있었을지도 모른다. 그러나 객지에서 만나 서로 의지하며 살아온 반려를 잃었을 때 오키나와에서 자신이 머물 자리마저 같이 잃은 게 아닐까?

게이코는 불단에 안치되어야 할 위패를 몸에서 떼어 놓지 못하고 백지 위패로 갖고 다니며 오키나와 술집을 전전했다. 그 모습은 마치 봉기가 이시카와 수용소를 나와 옷가지가 든 보따리 하나를 이고 황군의 작업화를 든 채 하루살이처럼 잠자리를 바꿔 가며 취객에게 몸을 맡기는 수밖에 없던, 그런 모습과 닮았다. 패전 직후 봉기의 방랑도 반려를 잃어버린 게이코의 방황도 결코 우연이 아니고, 식민지 지배를 받은 고국이 짊어진 역사의 무참함을 전쟁터 위안부가 되어 끌려가는 식으로 겪어야만 했던 여자들의 저항하기 힘든 숙명이 아니었을까? 자기 몸에 생명을 잉태해야 할 여자로서 자연스러운 성을 파괴당하고 낯선 땅에 던져진 봉기와 게이코는 방황할 수밖에 없었다.

봉기 씨는 신경통이 심해 걸을 수 없게 되고서야 비로소 생활보호를 받고 거주지가 정해졌지만, 분명 지금도 오키나와에 있을 게이코는 늙어서 어떤 생활을 하고 있을까? 미요코를 만나면 혹시 게이코의 소식에 대해 수소문할 실마리를 찾을 수 있을지도 모른다고 기원하는 심정이었지만, 그 실마리는 20여 년 전에 이미 사라졌다.

3

신례원으로

신례원으로

몇 해 전 2월이었나, 내가 봉기 씨에게 고향 신례원에 같이 가자고 권했다. 고향의 바람이라도 한번 맛보고 싶지 않을까 하는 생각에서였다. 아니, 봉기 씨가 말하는 방랑의 세월 속에서 유일하게 그리운 감정을 담아 입에 올리던 땅이었기 때문이다. 봉기 씨는 처음에 가고 싶다고 했다. 그러나 막상 여권을 받는 상황이 되자 단호하게 거절했다. 고향에 가고 싶던 것은 봉기 씨의 꿈이다. '가 봐야 뭘 어쩌겠는가?' 하는 현실적인 생각이 봉기 씨를 붙잡아 앉혔다. 보기 드물 정도로 단호하게 의지를 표현하는 봉기 씨를 보면서 나는 다시는 돌이킬 수 없는 봉기 씨가 걸어온 기구한 세월을 맞닥뜨린 것 같아 전율했다.

지금 신례원에 간다고 해도 여섯 살 때 뿔뿔이 흩어진 가족을 만날 수 있을 거라는 생각은 하지도 않는다. 아버지는 살아 있어도 90세가 훨씬 넘었을 것이다. 봉기 씨보다 먼저 남의 집 일꾼으로 들어간 언니의 행방은 더욱 알 수 없을 것이다. 봉기 씨가 여섯 살 때 잠시 둘이서 산 세 살 아래 남동생은 가능한 한 꼭 만나고 싶지만, 겨우 세 살 때 가족을 떠난 남동생을 찾는 일은 더욱 어려울 것이다. 설사 태어난 고향이라고 해도 혈연의 끈이 남아 있지도 않는 곳에 가 본들 어쩌겠단 말인가? 고향 신례원에 꼭 한 번 가 보고 싶다는 꿈을 꿈꾸듯 쉽게 이룰 수 있다면, 그것도 나쁘지는 않을 것이다. 그러나 봉기 씨에게 신례원은 애당초 그리운 추억만으로 채워져 있는 것도 아니다. 생각해 보면, 봉기 씨의 반생은 신례원에서 멀리 더 멀리 벗어나는 것으로 일관했던 게 아닐까?

봉기 씨가 꿈 이야기를 해 준 적이 있다.

"오키나와에 오고 나서 두세 번인가, 이런 꿈을 꾸었어요. 고향에 갔는데 집이 없더군요. 아무것도 없었다니까요. 밖에서 이리저리 돌아다녔어요. 집에 못 들어갔어요. 애당초 집이 없었으니까. 꿈에서도 그랬어요. 그리고 꿈을 다시 꾸었을 때도 집이 없어서 들어갈 수 없었어요. 그래서 강에 가서 놀았지요. 강가에는 빨래할 때 쓰는 큰 돌이 있어요, 깨끗한 돌. 거기서 빨래를 비비곤 했는데, 내가 이 돌 위에 앉아서 혼자 '아, 오키나와에 오지 않았으면 좋았을 걸.' 하는 꿈도 꾼 적이 있어요. 강에 앉아 있는데 조금 추웠어요. 그래서 일어나 보니까 꿈이에요. 꿈에라도 고향에 갔는데 집도, 아무것도 없으니 강에 가서 앉아 있었던 거예요. 길에서 두리번거리기만 했어요. 잠에서 깨어 생각해 보니까 너무나 쓸쓸한 거예요. 꿈에서는 자주 갔어요."

신례원으로 돌아가는 것은 분명 봉기 씨의 꿈이다. 봉기 씨는 신례원으로 돌아가는 꿈을 꾼다. 그러나 그 꿈속에서도 고향 신례원에 편히 쉴 곳이 없다는 것을 깨달았다. 봉기 씨가 가지 못하는 고향, 꿈까지 꾸는 신례원에 가려고 하는 내 심정은 답답하고 복잡하다. 나는 봉기 씨가 태어나고 자란 신례원을 알지 못한다. 한국에 대해서도 아는 게 별로 없다. 하지만 봉기 씨의 소녀 시절을 더듬으며 신례원의 들과 산을 보고 싶었다. 한국의 하늘이 어떤 색깔인지 보고, 공기나 물이 어떤 감촉인지 만지고 싶었다.

"아주머니, 정말 안 가실 거예요?"

나는 봉기 씨에게 다시 한 번 확인했다. 결국 봉기 씨와 동행하는 신례원행은 포기하고 계절이 바뀐 초여름에 지인과 한국을 방문했다.

서울에서 부산으로 향하는 야간열차는 장대비가 쏟아지는 어둠 속을 나아갔다. 굵은 빗방울이 열차 지붕과 창을 거칠게 두드린다. 서울을 10시쯤 출발했을까? 열차를 타기 전, 안내를 맡아 준 박수복 씨가 매표소에서 역무원과 거칠게 실랑이를 벌였다. 우리가 부산행 열차의 개찰을 기다리는 긴 줄에 있었는데, 막상 개찰이 시작되어 표를 내밀자 우리 표의 열차는 이미 출발했다며 개찰구 역무원에게 거절당했다. 박 씨는 그럴 리 없다고 얼굴을 붉히며 매표소에 사정을 물으러 갔다. 우리는 그날 오후에 출발할 생각으로 일단 서울역에 갔는데, 오후 열차가 만석이었기 때문에 하는 수 없이 밤까지 출발을 늦추고 표만 사두었다. 나는 박 씨가 기다리고 있으라는 매점 앞에 서서, 박 씨가 창구에서 싸울 기세로 역무원에게 덤벼드는 모습을 보고 있었다. 역 구내는 매우 혼잡했다. 혼잡해서 박 씨의 모습이 잠깐씩 안 보였다. 한국 사람들과 한국어의 소음에 파묻혀 언어라는 가장 중요한 전달 수단이 통하지 않는 불안함에 나는 덜컥 겁이 났다. 그리고 패전 직후 말도 통하지 않는 오키나와에서 혈연은 물론이고 지인도, 먹을 것도, 집도 없이 몸 하나로 살아야 했던 봉기 씨의 불안을 상상했다.

잠시 후 박 씨가 흥분을 바로 가라앉히지는 못하는 얼굴로 돌아왔다. 이야기하는 낌새로 볼 때 박 씨는 낮에 서울역에 왔을 때 오후 기차의 지정석을 사려고 한 모양이다. 그런데 표가 다 팔리고 자유석도 없다는 말에 야간 지정석을 주문했다. 그런데 무뚝뚝한 역무원이 건넨 건 오후 열차 자유석 표였다. 박 씨가 그걸 제대로 확인하지 않았다. 그리고 우리는 야간 지정석을 산 줄 알고 밖으로 나와 몇 시간을 돌아다니다가 다시 서울역으로 간 것이다.

박 씨는, 히로시마와 나가사키에서 피폭하고 전후 한국으로 돌아왔지만 치료 수단이 없어서 원폭 후유증에 시달리는 사람들을 묘사한 창작물과 르포르타주를 여러 차례 발표한 우수한 방송 작가였다.

열차는 어둠 속을 달리고 또 달렸다. 장대비가 지붕을 때리고 창문을 두드리는 소리가 기차가 삐걱거리는 소리와 교차한다. 우리 맞은편에 앉아 있던 청년이 박 씨에게 나에 대해 물은 모양이다. '일본 사람'이라는 말이 들렸다. 1944년에 태어나 나보다 한 살 적은 그 청년은 일본에서 태어나 아직 전쟁이 끝나기도 전에 한국으로 돌아왔다고 했다. 나는 전쟁 때 일본에서 생활하는 데 절망해 고향으로 돌아와 다시 생활을 꾸려 나가야 했던 그 청년의 가족과 젖먹이를 안은 청년의 어머니를 떠올려 보았다. 청년의 숙부는 지금도 일본에 살면서 이따금 고향에 온다고 한다. 그쪽은 일본에서 성공을 거둔 모양이다. 청년의 숙부는 친척 집이 있는데도 대개는 서울에서도 특급 호텔에 묵으며 돈을 물 쓰듯 하고 떠들썩한 소란을 남긴 채 일본으로 돌아간다고 한다. 청년은 허세라고 해야 할 정도로 씀씀이가 큰 그 모습에서 이국에서 사는 늙은 숙부의 쓸쓸함을 엿본 듯했다. 청년의 말투에서 성공한 숙부에 대한 선망을 느낄 수 있었지만, 그런 한편으로는 고국으로 돌아와 자신을 키워 준 부모의 고생을 부드럽게 옹호하는 것이 보였다.

계속 달리기만 하던 열차가 덜커덕하고 열차 연결부가 부딪치는 소리를 내며 어둠 속에 멈췄다. 청년이 자리에서 일어나 정차의 원인을 확인하러 갔다. 달릴 때 빗줄기가 창문을 두드렸는데, 고개를 내밀어 가까운 승강구로 밖을 보니 차내의 불빛을 반사한 은빛 빗줄기가 어둠 속에서 수직으로 떨어지고 있었다. 바람은 없는 것 같다. 그러나 빗줄기는 줄어들지 않는다. 지붕을 타고 내려오는 빗물이 승강구 끝 물받이 홈통에서 넘쳐 물방울을 튕기고 있다. 청년이 자리로 돌아왔다. 근처에서 낙뢰 사고가 있었다고 한다.

열차는 그날 밤 12시에 우리가 숙박할 천안에 도착했다. 청년도 같이 열차에서 내렸다. 이 도시에서 옷가게를 운영하는 그는 서울에서 물건을 사서 돌아오는 길이었다.

이튿날은 엷은 구름이 남긴 했어도 상쾌한 초여름 날씨였다. 우리는 버스를 타고 예산읍으로 갔다. 예산군의 군청이 있는 곳이다. 읍사무소에서 봉기 씨의 호적을 열람할 생각이었다. 우리는 업무 시작 시간에 맞춰 사무소를 찾아갔다. 박 씨가 용건을 말하자 담당관은 친절하게 우리를 창구 안으로 불러들였다. 그날은 오전 10시에 방공연습이 예정되어 있어서, 그 시간이 되면 신호 사이렌과 함께 온 도시 사람들이 대피 태세에 돌입하고 사무소 업무도 중지된다고 했다. 담당관은 "10시 전에 찾으면 다행이겠는데." 하며 다른 청사 건물로 통하는 복도를 건너갔다.

응접용 소파에 앉아 기다리기를 30분, 담당관이 "있습니다. 여기 있네요." 하며 호적대장을 펼친 채 가지고 왔다. 본적은 충청남도 예산군 예산읍 신례원리 ○○, 호주 최부기의 '자子' 칸에 봉기奉奇라는 글자를 보여 준다. 봉기 씨의 호적이 틀림없었다.

최 씨 일가의 호적부는 조선총독부 시절에 작성된 것이다. 한국은 일본의 식민지 지배를 벗어난 뒤에도 한국전쟁이라는 치열한 전쟁을 겪었다. 어려운 시대를 지나온 이 나라의 호적에, 30여 년 전에 떠난 한 사람의 존재 증명이 사라지지 않고 있었다. 게다가 그 가족은 50여 년 전에 뿔뿔이 흩어졌다. 담당 직원은 멀리 고국을 떠난 사람에게, 더구나 직접 본인이 오지 않았는데도 도움이 되었다는 사실이 꽤 반가운 듯 싱글싱글 웃으며 호적대장을 복사하러 갔다.

우리는 복사된 호적부를 다시 본다. 호주는 최부기. 호주의 적요 칸에 최부기가 호주가 된 이유와 날짜가 기록되어 있다.

일가 창립에 인하여 서기 1914년 11월 15일 호주가 됨.

최부기의 생년월일이 서기 '일천팔백팔십'까지는 보이는데 나머지는 공교롭게도 복사 상태가 좋지 않아 판독할 수 없다. 최부기는 이정순과 혼인해 일가를 창립했다.

처 이정순 서기 1889년 7월 19일 출생.

최부기와 이정순의 자로 세 명의 이름이 이어져 있다.

봉선 여 서기 1912년 2월 5일 출생.

봉기 여 서기 1914년 9월 5일 출생.

용갑 남 서기 1917년. (유감스럽게도 출생 월일은 판독할 수 없었다.)

장녀 봉선과 차녀 봉기의 출생지는 기록되지 않았지만 장남 용갑이 본적지에서 태어났다는 사실은 기록되어 있다.

예산군 예산읍 신례원리 ㅇㅇ에서 출생.

최부기와 이정순의 혼인은 차녀인 봉기가 태어나고 2개월 남짓 지나서야 호적에서 성립되었다.

부모 칸에는 사망 연월일이 기록되지 않았다. 호적상으로는 1880년대에 출생한 아버지 최부기도 1889년에 태어난 어머니 이정순도 살아 있다는 의미가 된다. 그러나 호적의 이런 공백이 두 사람의 장수보다는 최 씨 일가가 50여 년 전에 이산가족이 되었음을 나타내는 듯하다. 남동생 용갑의 칸에도 현재 행방을 찾을 만한 기록은 전혀 없다. 언니 봉선의 칸은, 이름이 × 표시로 지워졌고 '아산군 도고면 금산리 125번지 김금룡과 혼인 서기 1938년 10월 4일 신고 도고면장 같은 달 6일 송부'라는 글자가 보인다. 언니는 김금룡이라는 사람과 결혼했다. 혹시 지금도 도고면 금산리에 살고 있을지도 모른다. 혹시 금산리에 살지 않아도 도고면 면사무소에 가면 현재 주소를 알 수 있을지 모른다. 나는 마음이 한껏 들떴다.

우리는 그날 밤은 예산에서 자고 이튿날 아침 일찍 버스를 타고 도고면에 갔다. 도고의 면사무소는 아침 이슬에 흠뻑 젖은 초목 안에 있었다.

박 씨가 호적과 담당 직원에게 용건을 말했다. 담당자는 호적대장 몇 권을 차지하는 김씨 성 중에서 한참 동안 뒤진 뒤 김금룡 항목을 찾아냈다. 한국 민족은 세어 보자고 들면 세어 볼 수 있을 정도의 성만 사용하지만, 그중 김씨 성은 압도적으로 많은 부류에 속한다고 한다. 그래서 작은 마을에서도 김씨 성의 호적대장이 몇 권씩이나 되는 것이다.

담당 직원은 마침내 찾아낸 김금룡의 호적부를 눈으로 좇으면서 봉기 씨의 언니 봉선과 혼인한 것을 확인했지만 김금룡이 이미 사망한 것으로 나와 있다고 말했다. 사인은 1942년에 일어난 철도 사고였다고 한다. 우리는 담당 직원이 직접 적어 준 쪽지를 받아들었다. 그것을 보면, 김금룡은 호주 김만손 본처의 자식으로 기록되어 있으며 이복 남매가 다섯 명 있었다. 김 씨 일가는 1938년 5월 5일에 도고면을 본적지로 했다. 그 전 본적지는 홍성군 광천면 신진리다. 분명 봉기가 소녀 시절에 민며느리로 갔던 곳이다. 김 씨 일가가 금천에서 도고로 본적지를 옮긴 해 10월 4일, 김금룡과 최봉선의 혼인이 신고되어 있다. 두 사람의 혼인 기간은 4년이 채 안 된다. 혼인신고의 옆줄에 김금룡의 사망에 대한 기록이 있다.

서기 1942년 7월 19일 오후 10시 10분 아산군 도고면 금산리 신덕철교에서 사망 호주 동일 신고 이하 여백

1912년생인 봉선 씨가 호적상으로는 26세에 결혼했다. 만약 실제 결혼과 동시에 관청에 신고했다면, 당시로서는 만혼이었을 것이다. 4년의 결혼 생활 동안 아이는 없었다.

봉기는 두 살 위의 봉선과 여섯 살 때 헤어졌다. 봉선이 다른 집으로 일하러 갔기 때문이다. 여덟 살에 남의집살이를 하러 가서 20대 중반이 지나 결혼했지만 자식도 갖지 못한 채 남편이 불의의 사고로 죽어 30세에 과부가 되었다.

봉선 씨가 산 일상이 어떻게 채색되어 있었는지 아직은 모르지만,

봉기 씨의 유년 시절 기억과 호적에서 드러난 여자의 색채는 박복하기 그지없는 모습이다.

전날 예산읍 읍사무소에서 김금룡이라는 이름을 찾았을 때는 '도고면의 금산리라는 곳에 가면 봉기 씨의 언니 봉선 씨를 만날 수 있겠지.' 하고 농촌 초가의 늙은 여인을 상상했다. 박 씨는 낙담한 내게 서울로 돌아가 김 씨 일가 사람을 만나면 봉선 씨의 소재를 알 수 있을지 모른다고 했다. 김 씨의 호적이 1967년 10월 5일에 서울특별시 서대문구로 이전되어 있었기 때문이다. 박 씨의 말은 나를 위로하려는 배려라고 생각했다. 김금룡의 이복 남매와 봉선 씨가 30여 년이 지난 지금까지 서로 연락을 취하고 있을 거라고는 생각할 수 없었기 때문이다.

나는 봉기 씨의 고향 신례원에 가 보고 싶었다. 박 씨는 신례원에 가 봐야 아무런 단서도 찾지 못할 거라고 예상했다. 박 씨의 예상이 맞을 가능성이 높았다. 오키나와에서 봉기 씨가 특별 체류 허가를 받을 때 출입국관리사무소가 영사관을 통해 조사한 결과, 언니 봉선 씨도 남동생 용갑 씨도 행방불명이었다. 다만 앞에서 말한 대로 사망 연월일이 기록되지 않은 아버지가 혹시 살아 있지 않을까 하는 의미를 전하고 있었다. 살아 있다면 90대 중반일 테니 기적 같은 장수다. 본적지로 가도 반세기 이상 흩어져 있던 가족의 행방을 찾기는 어려울 것이다. 그러나 나는 봉기 씨가 소녀 시절을 보낸 신례원이 어떤 곳인지 한 번은 봐 두고 싶었다.

도고면 면사무소를 나와 마을의 작은 식당에서 점심을 먹은 우리는 다시 버스를 타고 신례원으로 갔다. 신례원에 도착한 박 씨가 가장 먼저 찾아 들어간 곳은 부동산 중개소였다. 안에는 남자들 네댓 명이 있었다. 박 씨가 최 씨 일가에 대해 물었다. 그러자 한 남자가 일어나 밖으로 나가 200~300미터 떨어진 어떤 농가를 가리키며 최용갑이 그 집에 자주 드나들었다고 말했다. 우리는 반가운 마음으로 신례원의 중심가인 듯한 길을 걷기 시작했다. 그러자 얼마 후 스쿠터 한 대가 눈앞에 멈췄다. 전날 예산읍 읍사무소의 홍보실에서 만난 홍보 담당관이었다. 동행하던 새마을운동원이 그 지역에 대해 잘 안다며 안내를 자처하고 나섰다.

부동산 중개소에서 말해 준 집은 최용갑과 전혀 관련이 없었다. 새마을운동원은 근처에 교장 선생의 집이 있으니 물어보겠다며 앞장섰다. 불행히도 교장 선생은 집에 없었다. 그 대신 교장의 부인이, 노인이 있는 집을 찾아가면 뭔가 알 수 있을지 모른다며 알려 주었다. 새마을운동원이 다시 앞장섰다. 그리고 토담으로 둘러싸인 농가로 들어갔다. 마당 가득 깔린 멍석에 수확물이 펼쳐져 있었다. 느릿하게 일하던 노부부도 최 씨 일가에 대해서는 무엇 하나 아는 게 없었다.

인구가 어느 정도인지는 몰라도 도로변 좁은 마을이라는 분위기의 신례원에서 닥치는 대로 부딪혀 본 바로는, 직접 관련이 있던 사람이 아닌 이상 50여 년 전에 농가의 머슴살이를 하며 근근이 살던 일가의 행방에 대해 기억하는 게 오히려 이상한 일이다. 부동산 중개소에 있던 사람의 말을 단서 삼아, 다른 사람이 가르쳐 주는 대로 세 집을 다녀 보았지만 최 씨 일가의 행방을 찾을 만한 실마리는 맥없이 끊어지고 말았다.

나는 문득 이 일대 사람들을 고용해 사업을 크게 했다는 일본인 다나카 씨에 대해서라면 기억하고 있을지 모른다는 생각이 들었다. 봉기는 14세부터 시집을 간 17세까지 자주 다나카의 집에 일을 도우러 갔다고 했다. 봉기 씨가 말한 소녀 시절 중 다나카 집에서 겪은 일이 특히 즐거운 기억으로 남아 있었다. 더욱이 "열셋, 열넷, 열다섯, 열여섯, 그런 시절이 또 있을까." 하며 먼 곳을 바라보는 듯 실눈을 뜨고 회고하던 그 시절은 음식을 보이는 족족 훔쳐 먹던 일로 채워져 있었다. 제갈 씨네 집에서 아이 보기나 잔심부름을 하며 살던 그 시절의 봉기는 늘 배가 고팠고 틈만 나면 음식을 훔쳐 먹었다. 제갈 씨네 집 근처에 있었다는 일본인 다나카의 집에서 일을 도우러 와 달라고 하면 신이 나서 달려갔던 것은 그 집에서 주는 충분한 식사가 좋은 데다 간식까지 얻어먹었기 때문이다. 다나카의 집이 고용인을 특별히 우대한 건 아니다. 봉기가 고용되어 있던 제갈 씨 집보다 임시로 고용되는 다나카의 집이 비교할 수 없을 정도로 유복했다. 다나카의 집 양계장과 큰 돼지우리, 복숭아와 배나무, 창고 안의 술통과 설탕 자루가 봉기에게는 부의 상징처럼 보였을 것이다.

나는 박 씨에게 다나카라는 일본인에 대해 물어봐 달라고 부탁했다. 박 씨가 노부부에게 물었다. 그러자 무슨 인연이었는지, 다나카의 집은 노부부 집의 바로 옆이었다고 한다. 즉각 옆집 사람을 불러다 주었다. 정낙일 씨였다. 정씨는 소년 시절부터 줄곧 다나카의 집에서 일하다가 1945년 8월 일본의 패전으로 다나카가 한국에서 철수해야만 했을 때 그 집을 양도받았다고 한다.

우리는 정 씨 집으로 가 보았다. 봉기 씨는 다나카의 집을 엄청 큰 집이라고 말했다. 그러나 눈앞에 있는 정 씨의 집은 특별히 크다고 강조할 정도는 아니었다. 건평 20~30평 정도나 될까? 신례원의 중심가에 면한 기다란 단층집이다. 정 씨는 전후에도 크게 고치지 않고 그 집에 살고 있다고 했다. 소녀 시절의 봉기에게는 20~30평 정도의 집이 무척 크게 보인 것이다.

봉기 씨의 기억에 있는 다나카의 집은 단순히 농사를 짓는 집일 뿐이었다. 그러나 정 씨 말로는 농업경영에 머물지 않고 지주이기도 했으며 인천에 3층짜리 건물을 갖고 무역업에도 크게 손을 댔다고 한다. 정 씨는 다나카의 집에서 마부로 일했다. 신례원에서 모은 농작물을 약 100킬로미터 떨어진 경기만 연안의 항구도시 인천으로 운반하고, 돌아올 때는 일본에서 오는 소금이나 설탕과 잡화류를 짐마차에 실었다고 했다.

나는 봉기 씨를 알지 않을까 싶어서 정 씨에게 물어보았다. 그러나 밥 짓기나 허드렛일이나 양잠을 임시로 도왔을 뿐인 어린 봉기를 정 씨는 기억하지 못했다. 집을 양도받았을 정도니까, 정 씨는 다나카의 집에 고용된 사람들 중에서도 고참이었을 것이다. 봉기 씨에게는 다나카의 집이 소녀 시절의 기억을 채색해 주는 중요한 장소였을지 몰라도 정 씨에게 봉기는 여러 명이 모여든 계절노동자 중 한 명에 불과했을 것이다.

봉기가 아홉 살 때부터 일하던 제갈 씨 집은 다나카의 집에서 "봉기야, 내일은 바쁘니까 와서 밥을 좀 해 주지 않겠니?" 하고 부탁하는 목소리가 바로 들릴 만큼 가까웠다. 다나카의 집 근처에는 봉기에게 친절하게 대해 준 선애 어미의 집도 있었을 것이다. 선애 어미가 혹시 장수를 누린다면 지금도 살아 있을지 모른다. 나는 정 씨가 가르쳐 주는 대로 할머니가 계시다는 세 집 정도를 다니며 물어보았다. 그러나 봉기를 아는 할머니는 없었다.

새마을운동원은 전쟁 전에 이장을 한 분을 만나면 뭔가 알 수 있지 않겠느냐고 했다. 나는 이 마을에서 아무리 다양한 일들을 두루 아는 분이라도, 덧없는 발자취밖에 남아 있지 않은 최 씨 일가에 대해서는 기억하지 못할 거라고 예감했다. 그러나 만에 하나의 가능성이라도 소홀히 할 수 없었고, 새마을운동원의 호의를 함부로 거절할 수 있는 심정이 아니었다. 우리는 그 집으로 갔다. 정 씨도 같이 가 주었다. 마을 중심지를 조금 지나 오른쪽으로 꺾어 논두렁길로 접어들자 강이 보였다. 강폭은 6, 7미터나 될까, 인근 사람들이 빨래를 하고 채소나 그릇을 씻기에 적당해 보였다. 강물은 이틀 전의 큰비로 탁했다. 나는 얼른 봉기 씨가 소녀 시절에 자주 갔다는 강을 떠올렸다. 건너야 할 다리는 떠내려갔다. 작은 나무다리였을 것이다. 우리는 제방 길을 빙 돌아 걸어갔다. 그러자 논둑 너머에서 우리를 부르는 남자가 있었다. 부동산 중개소에서 만난 사람이었다. 자기가 잘못 가르쳐 준 것 같다며 일부러 알려 주려고 오는 길이었다.

전쟁 전에 이장을 했다는 분의 집은 하얀 벽으로 된 담이 있는 큰 농가였다. 안에 대고 누가 있는지 몇 번 불렀지만 대답이 없었다. 초여름 오후의 햇살이 나른했다. 나는 봉기 씨의 본적지에 가고 싶었다. 새마을운동원은 '저쪽은 전쟁 후에 이사 온 사람들이 많은 신흥 주택지라서 아무 정보도 얻을 수 없을 것'이라며 지친 표정으로 말했다. 박 씨도 이 지역 사람의 조언에 동조했다. 그래도 나는 가고 싶었다. 여기까지 와서 봉기 씨가 태어나고 자란(그때는 그렇게 생각했지만 실제 출생지는 외가가 있는 용곡리라는 이웃 마을이었다.) 신례원의 그 장소를 보지 않고 돌아갈 수는 없다는 심정이었다.

그 장소를 묻자 새마을운동원은 파란 밭 너머를 가리켰다. 나는 어디쯤을 가리키는지 알 수가 없었다. 새마을운동원도 박 씨도 어차피 거기 가 봐야 헛수고라는 표정이 역력했다. 새마을운동원에게 안내를 더 부탁하기가 부담스러웠다. "내일 박 씨랑 둘이서 택시라도 타고 갈까요?" 내가 제안했다. 그러자 부동산 중개소에 있던 남자가 "아니, 걸어서 갈 수 있습니다. 갑시다, 가 보자고요." 하고 걸음을 옮겼다. 박 씨는 피곤했을 것이다. 나도 피곤했다. 부동산 중개소에 있던 남자는 그런 내 모습을 재빨리 알아채 우리 짐을 억지로 빼앗듯이 받아 들고 자기 어깨에 멨다. 남자는 강을 따라 나 있는 길로 걸었다. 새마을운동원도 정 씨도 같이 걸었다. 오른쪽으로 탁류가 흐르고 왼쪽으로는 파릇한 논이 펼쳐져 있었다. 벼는 어른 무릎 정도 길이로 자라 있었다. 내리쬐는 햇살이 눈부시다. 강가에서 아낙네 하나가 뭔가를 씻고 있었다. 나는 가슴이 뛰었다. 이 강은 봉기 씨가 소녀 시절에 자주 오던 강일지도 모른다. 지금은 비 때문에 탁해진 이 강에서 어린 봉기는, 돌보던 아이의 기저귀를 빨았을 테고 겨울에 선애 어미가 빨래를 도와 달라고 부탁해도 찬물에 도저히 손을 넣을 수 없어서 켕기는 마음으로 선애 어미가 열심히 빨래를 헹구는 모습을 바라보기만 했을 것이다. 그리고 최근 고향 신례원으로 돌아가는 꿈을 꾸었을 때 그녀를 맞아 주는 집도 없어서 하는 수 없이 마을 안을 헤매다가 빨래하기에 적당한 돌 위에 앉았던, 그 강이 아닐까? 길가에 하얀 꽃이 피어 있었다. 아이들 네댓 명이 놀고 있었다.

나는 드디어 봉기 씨의 본적지까지 갔다. 그곳에는 세 집이 있었다. 모두 전쟁 후에 온 사람들의 집이라고 한다.

이현무 노인의 집을 찾아 준 사람은 누구였을까? 나는 몇 채 떨어진 집을 향해, 손을 잡혀 끌려가듯 집들의 뒷마당을 빠져나갔다. 눈앞에 토담을 두른 집이 있었다. 높은 문지방을 넘어 마당 끝에 섰다. 반쯤 열린 문에서 노인 하나가 얼굴을 보였다. 이 노인이었다. 이 노인은 최 씨 일가와는 먼 친척이라고 한다. 외가 쪽이었다. 가까운 이웃에 다녀온 듯한 노부인도 우리 앞에 모습을 드러냈다. 예전에 한국 여자들이 대부분 그런 차림을 하지 않았을까 싶게 쪽 찐 머리에 하얀 무

명 치마저고리를 입고 있었다. 조금 수줍은 듯, 그러나 빙그레 웃으며 뭐라고 한두 마디 했다. 박 씨가 통역해 주었다. 할머니는 봉선 씨와 소꿉친구였다.

이 노인은 봉선 씨가 태어난 집으로 우리를 안내했다. 이 노인의 집에서 서너 채 떨어진 데 있는 아담한 집이었다. 안으로 들어가기 직전에 박 씨는 우리가 취재 때문에 방문했다는 것을 밝혀야 좋을지를 귓속말로 물었다. 나는 고개를 가로저었다. 박 씨도 고개를 끄덕였다. 밝히지 않는 게 좋겠다고 합의하고 만약을 위해 확인만 하자고 한 것이다. 만약 이 여행의 목적이 취재라고 한다면, 취재 내용을 자세히 설명해야 할 것이다. 그러면 필연적으로 봉기 씨가 오키나와에 온 과정, 즉 위안부로 끌려간 사실을 밝혀야 할 것이다. 그것만은 피하고 싶었다. 나는 봉기 씨와 절친한 사람이고 한국에 온 김에 봉기 씨의 고향을 방문해 본 것으로 하기로 했다. 신분을 속이고 있다는 부담감 때문에 제대로 묻지 못한 사항이 많다.

'이李' 자로 시작되는 문패가 있던 그 집이 봉기 씨와 어떤 관계가 있을까? 아무래도 어머니 이정순과 관련된 집일 것이다. 주인은 병으로 누워 있다며 그 집 딸이라는 분이 마루 끝에 모습을 보였다. 서른을 조금 넘겼을까? 마당을 가득 채운 갑작스러운 방문객을 보고 곤혹스러운 듯 안쪽 방에 있는 사람에게 도움을 구하고 싶었는지, 아니면 환자가 신경이 쓰였는지 이따금 안쪽 방을 의식했다. 우리는 서둘러 그 집을 나왔다.

그런데 이 노인이 최근 몇 년 전에 봉선 씨를 시장에서 봤으니까 짚이는 것을 알아봐 주겠다고 한다. 생각지도 못한 일이었다. 한국에서는 일정한 나이가 되면 모든 국민에게 신분증명서를 교부하는데, 국민들은 언제든 그것을 지니고 있어야 하며 그것 없이는 하루도 살 수 없다고 들었다. 봉선 씨에게 신분증명서가 교부되었다면 당연히 현주소는 호적에 기록되어 있을 테고, 그것이 없다면 오키나와의 출입국관리사무소가 조사한 대로 언니 봉선도 남동생 용갑도 행방불명일 거라고 박 씨가 추측했다. 우리는 4, 5일 후에 다시 방문하기로 약속하고 이 노인과 헤어졌다.

해가 기울기 시작했다. 새마을운동원과 정 씨, 부동산 중개소에 있던 남자와 강을 따라 난 길을 되짚어 걸었다. 주홍색으로 비치는 햇살을 받아 수면이 반짝이고 있었다. 봉기 씨가 소녀 시절에 친숙했던 신례원의 강은 역시 이 강이었을 것이다. 강을 따라 난 길을 걸어가는 동안 내내 나는 봉기 씨가 꿈에서까지 봤다는 그 강에서 눈을 뗄 수 없었다.

4, 5일 후에 다시 신례원을 방문할 생각을 하며 서울의 여관으로 돌아갔는데 이튿날 오후에 이 노인으로부터 전화가 왔다. 봉선 씨가 있는 곳을 알았다며, 용무가 있어서 서울에 왔으니 내가 묵는 여관으로 오겠다고 한다. 우리가 떠난 뒤 이 노인이 봉선 씨가 있을 만한 곳을 부지런히 수소문해 준 것이다. 갑작스러운 연락이라 박 씨는 일이 있었고, 그 대신 동행해 통역해 줄 예정이던 신영수 씨의 사정도 여의치

않았다. 그래도 하루라도 빨리 봉선 씨를 만나고 싶었다. 내가 아는 한국어는 단어 열 개 정도밖에 안 돼 통역이 없다는 것이 마음에 걸렸지만, 서툴게나마 일본어를 아는 이 노인과 둘이서 봉선 씨가 있다는 곳에 가기로 했다.

이튿날 아침 일찍 우리는 버스로 서울을 출발했다. 온양온천에서 차를 갈아타고 신례원에 도착했다. 작은 광장이 버스 터미널로 쓰이고 있었다. 음료와 과자, 빵 종류를 파는 가게 앞에서 몇 사람이 버스를 기다리고 있었다. 우리 앞에서 택시 한 대가 떠났기 때문에 나는 그 자리에서 기다리면 택시가 또 올 거라고 생각했다. 그런데 택시의 수가 적었는지, 이 노인은 기다리고 있을 수 없다는 듯 차편을 알아보러 갔다. 잠시 후 이 노인은 젊은이가 운전하는 자가용을 타고 왔다. 조수석에는 또 다른 젊은이가 타고 있었다. 이 노인은 차를 찾느라 고생을 꽤 한 것 같았다. 나는 미안해하면서 뒷좌석에 앉았다. 카스테레오가 볼륨을 높여 뭐라고 소리를 지르고 있었다. 로큰롤이었다. 조수석의 젊은이는 리듬에 맞춰 상체를 흔들었다. 차는 구불구불한 밭둑길로 들어갔다. 10분 정도 간 곳에서 이 노인이 분명히 그 근처라며 차를 세운 뒤 농가 마당 끝에 있던 여자에게 물으러 갔다. 차를 세운 곳 주변은 완만한 언덕이었다. 여자가 언덕 아래쪽에 있는 집 두 채를 가리켰다. 봉선 씨가 그중 한 집에 있을 것이다.

이 노인이 언덕을 내려가기 시작했다. 나도 따라갔다. 완만한 비탈을 내려가면서 이 노인이 말했다. "봉선 씨는 가끔 정신이 이상해지는 모양입니다." 조금 전 그 여자에게 들었을 것이다. 나는 무의식중에 숨이 멎는 것 같았다. 처음 봉기 씨를 만나러 갔을 때 봉기 씨에 대해 똑같이 평하는 말을 들었기 때문이다.

눈 밑에 보이는 집 두 채까지 도착하기도 전에 "밭에서 아주머니가 일하고 있을 텐데……." 하고 이 노인이 말했다. 그리고 사람의 키만큼이나 넝쿨이 뻗은 콩밭에서 일하는 아낙네를 발견하고 큰 소리로 뭔가를 물었다. 봉선 씨가 있는 집에 사는 사람 같았다. 나는 콩밭 쪽으로 다가가 보았다. 아주머니도 내 쪽으로 왔다. 이 노인은 다시 큰 소리로 뭐라 했고, 아주머니는 걸어오면서 노인의 질문에 대답하고 있었다.

우리는 언덕에 있는 두 채 가운데 아래쪽 집으로 안내를 받았다. 문을 들어서자 안마당이 있었다. 이 노인이 안마당을 따라 나 있는 마루 끝에 앉았다. 나도 나란히 앉았다. 봉선 씨와 사촌간이라는 아주머니는 우리에게 설탕물을 대접해 놓고 어느새 모습을 감췄다. 의아하다고 생각했는데, 이 노인이 일본어로 더듬더듬 설명해 주었다. 봉선 씨가 두세 달 전까지 그 집에서 일했는데, 지금은 다른 곳으로 옮겼다고 했다. 행선지를 아는 사람이 곧 올 테니 기다리자는 것이었다. 이 노인은 여기에 오기만 하면 봉선 씨가 있을 거라고 믿은 것 같았다.

30분 정도 기다렸을까? 아주머니가 돌아왔다. 그로부터 얼마 후 아기를 업은 여자가 나타났다. 우리를 안내하러 와 준 듯했다. 이 노인과 나는 여자를 따라갔다. 밭둑길과 좁은 논두렁의 풀을 밟으면서 15분 정도 갔을 것이다. 고지대에 지은 농가 앞에 도착한 여자가 우리에게 기다리라는 손짓을 하고 집으로 들어갔다. 잠시 후 반소매 셔츠를 입은 40세 안팎의 남자가 나타나 우리 쪽으로 내려왔다. 그때까지 논에서 일하다 외출복으로 갈아입고 나온 것 같았다. 그가 봉선 씨의 의붓아들이라는 것은 나중에 알았다.

봉선 씨는 철도 사고로 남편을 잃고도 몇 년 동안 시댁에서 시어머니와 살다가 네댓 명의 아이가 있는 사람과 재혼했다. 재혼한 상대와 아이를 낳아 전처 아이와 함께 키웠다. 아이들은 이미 성인이 되어 각자 독립했고, 남편은 네댓 해 전에 죽었다. 남편이 죽은 뒤 한동안은 장남 부부와 같이 살았는데, 며느리와 사이가 좋지 않아 집을 나와서 농가 일을 돕는다고 한다. 그 며느리라는 사람이 바로 그 전에 우리를 안내해 준 여자였다.

우리는 버스를 탔다. 그리고 합덕이라는 작은 마을에 도착했다. 봉선 씨가 일하고 있다는 농가는 버스 정거장에서 꽤 떨어진 것 같았다. 땀과 먼지를 뒤집어쓰며 찻길을 한참 걸었는데도 목적한 곳에 좀처럼 닿을 것 같지가 않았다. 약간 살진 노구가 무거웠는지 질질 끌듯 걷는 이 노인을 돌아보니 얼굴에 홍조를 띠고 이마에는 굵은 땀방울을 맺고 있었다. 흰색이던 저고리 동정은 땀이 배어 누런 얼룩이 생겼다. 나는 택시 타지 않은 걸 후회했다. 이 노인은 오전에 부잣집 불량 아들 같은 젊은이에게 바가지를 써 엄청난 차비를 뜯긴 게 민망해서 더는 택시를 잡지 않은 것 같았다. 봉선 씨의 의붓아들이 조금만 더 가면 된다는 듯 눈짓으로 격려했다. 포장도로의 가로수 그늘이 직사광선을 간신히 가려 주었다. 봉선 씨가 일하는 농장은 버스 정거장에서 한 시간 정도 걸어간 곳에 있었다.

그러나 봉선 씨는 거기에도 없었다. 안마당에서 기다리는데 그 집 주인이 나타났다. 우리가 온다는 연락을 받은 봉선 씨가 주인에게 양해를 구하고 외삼촌 집으로 돌아가서 우리를 기다린다는 것이다. 농가의 주인은 봉선 씨의 외삼촌 집으로 안내해 주겠다며 자전거를 끌고 걷기 시작했다.

내 실망이 얼굴에 나타난 모양이다. 이 노인이 "괜찮아요, 오늘 안에는 만날 수 있습니다." 하고 위로했다. 그러고 나서 다시 30분 정도 걸었을까? 마을을 지나고 숲을 지나자 완만하게 굴곡진 밭 안에 초가가 보였다. 사발을 엎어 놓은 듯한 초가지붕의 둥그런 모습이 정말 푸근하게 사람들의 삶을 감싸 안고 있는 것 같았다. 둥그스름한 초가지붕을 가진 농가가 봉선 씨의 외삼촌인 이현환 씨 집이었다. 마당 가득 보리를 말리고 있었다. 우리 네 명이 문 안에 들어서자 안마당이 가득 찼다. 나는 봉선 씨를 찾았다. 눈이 토끼같이 귀여운 할머니가 있었다. 그 분이 봉선 씨라는 것을 단박에 알 수 있었다. 현환 씨의 장남인 이 집 주인 명철 씨는 일터에서 돌아오지 않았지만, 그 부인과 두 자녀와 현환 씨에다 마침 지나가는 길이었다는 이장까지 구경하러 와 있었다.

나는 봉기 씨의 사진 몇 장을 확대해서 갖고 있었다. 그것을 봉선 씨에게 보였다. 봉선 씨는 읽지 못하는 신문을 눈앞에 들이댄 듯 사진을 들고 어리둥절한 표정이었다.

"이 사람이 내 동생 봉기라면 이마 끝, 관자놀이 위쪽에 흉터가 있을 텐데……."

그러자 여주인이 봉선 씨의 말을 받아 말했다. 그 흉터는 두 자매가 설날에 큰아버지 집에 놀러 갔을 때 선물을 가져오지 않았다며 사촌 오빠가 "가! 너희 집으로 가!" 하고 막대기로 때려서 생겼다고 했다. 큰아버지의 아들이 자주 괴롭혔다는 이야기뿐 아니라 (동네 아이들에게) 돌팔매를 맞았다는 이야기를 들었지만 관자놀이의 상처에 얽힌 이야기는 듣지 못했다. 나는 관자놀이에 있다는 상처를 보지도, 알지도 못했다. 내가 나중에 이 이야기를 전하자, 봉기 씨가 어릴 때부터 있었다는 관자놀이의 흉터를 보여 주었다. 봉기 씨 자신도 그 상처의 유래를 모르고 있었다.

우리가 여주인과 이야기를 나누는 동안 사진을 뚫어져라 들여다보던 봉선 씨가 의아해하는 표정으로 내게 뭔가 묻고 싶은 듯 중얼거렸다. 이장도 봉선 씨의 의문에 맞장구를 치고 있었다. "남자, 남자." 하는 소리가 들린다. 봉기 씨는 머리를 늘 짧게 자르고 있었는데, 그 사진을 찍었을 때는 특히나 더워지면 답답하다며 과감하게 자르고 파마를 했다. 봉선 씨로서는 노경에 접어든 여자가 머리를 짧게 하는 것이 생각도 못 할 일인 듯, 머리가 짧은 걸 보니 남자가 아니냐는 것이었다. 그렇구나! 사진 속 봉기 씨의 얼굴을 다시 보니 눈은 쓸쓸한 듯 부드럽지만 홀쭉한 볼, 굳게 다문 입술, 그리고 등줄기를 곧게 펴 어깨선이 부드러워도 맞바람에 몸을 맡기는 듯한 자세가 남자 같았다.

나는 예산읍에서 떼어 온 호적 사본을 꺼내 거기 기록된 '최부기와 이정순의 자 봉선'이 봉선 씨가 틀림없다면, '봉선'과 나란히 기록된 '봉기'는 봉기 씨가 맞고 봉선 씨의 여동생이라는 것을 확인했다. 그리고 이 노인과 봉선 씨의 의붓아들, 고용주 들과 함께 별채 쪽으로 들어갔다. 저녁 어둠에 싸인 안마당 저쪽 본채에서 봉선 씨가 작은 체구를 부지런히 움직이며 바쁘게 일하는 모습이 보였다 사라졌다 했다. 우리 앞에 상이 차려지고, 남자들은 넘칠 듯 따른 막걸리를 맛있게 마시기 시작했다. 그중에서도 아침 일찍 서울을 출발해 나를 여기까지 데려와 준 이 노인은 유독 맛있게 탁주에 입맛을 다시며 얼굴이 불콰해지고 눈이 가늘어지고 있었다. 이 집 주인 이명철 씨도 일을 마치고 조금 늦게 자리 잡았다. 상에는 정성껏 차린 음식들이 놓여 있었다.

술자리의 흥이 무르익자 화제가 봉선 씨로 집중되었다. 사람들은 일본에서 성공한 봉기 씨가 봉선 씨를 찾으려고 나를 한국까지 보냈다고 믿었다. 나는 당황스러웠다. 어떻게 그런 오해가 생겼을까? 생각해 보면 당연한 일이지만, 오랫동안 생이별하고 있던 육친을 찾는 재일 한국인들이 대부분 금의환향하듯 귀향한다는 것을 나중에 신영수 씨와 다시 봉선 씨를 방문했을 때 알았다. 봉기 씨의 지인이 일본에서 봉선 씨를 찾으러 왔다고 이 노인이 전했을 때, 봉선 씨 주위 사람들도 가끔 소문으로 듣던 재일 한국인의 성공담을 떠올렸을 것이다. 나는 오해가 없도록 봉기 씨의 상황을 설명했다. 지금 오키나와에 있다는 것, 종전 후 오랫동안 고생했다는 것, 신경통으로 움직일 수 없게 된 뒤로 나라의 생활보호를 받고 있다는 것 등을 전했다. 당장이라도 여동생 봉기 씨가 자신을 일본으로 초청해 줄 거라고 믿었던 봉선 씨는 말없이 그저 남자들의 이야기에 귀를 기울였다. 봉선 씨의 의붓아들은 연로한 봉선 씨가 혹시 남의 집에서 병이라도 나면 큰일이니까 이참에 집으로 돌아오라고 여러 번 말했다. 자식이 노부모를 돌보는 게 당연하다고 생각하는 한국에서는 피가 섞이지 않은 계모라도 남의 집에서 일하게 두는 것은 자식으로서, 특히 장남으로서 부끄러운 일이라고 했다. 그러나 봉선 씨는 결코 그 말에 고개를 끄덕이지 않았다. 며느리와 사이가 나쁘기도 했지만 그 전에 남편이 죽을 때 자녀들과의 관계는, 그 집에서 더는 못 산다고 굳게 다짐할 수밖에 없는 상태였다고 한다. 봉선 씨가 재혼했을 때 이미 사춘기에 접어든 장남과는 모자 관계로 나눌 만한 정이 생기지 않았다.

전처가 낳은 아들이 집으로 돌아오라고 설득하는데 봉선 씨가 고집스럽게 받아들이지 않는 모습을 보고 이 노인은, 임금도 안 주면서 일을 시키고 있으니 일본에 갈 여비 정도는 주는 게 어떻겠냐며 고용주를 추궁한다. 봉선 씨는 애당초 명절에 새 옷을 받고 먹고 자는 것만 해결해 주는 조건으로 일했다고 한다. 그것은 50여 년 전에 소녀 봉기가 민며느리로 남의 집에 들어가 잔심부름이나 하며 살던 고용 관계와 조금도 다르지 않다. 경제가 급속히 발전하고 있는 현대 한국 사회에서 소외된 봉선 씨의 노동력은 여전히 봉건적 인습에 갇혀 있었다. 고령이라는 이유로 봉선 씨를 무급으로 부리는 것을 사람들 앞에서 지

적당한 고용주는, 거북한 듯 머리를 긁적이면서도 자기 형편에 일본에 갈 만한 큰돈을 어떻게 마련할 수 있느냐며 이 노인의 제안은 그 자리만 벗어나면 신경 쓰지 않아도 된다고 안심하는 눈치였다.

밤 8시쯤, 봉선 씨의 고용주와 의붓아들이 돌아갔다. 이 노인도 돌아갔다. 이미 서울로 가는 버스는 없을 테니까 하룻밤 묵고 가라는 제의를 받은 나는 그 호의를 받아들이기로 했다.

이튿날 5시 반에 눈을 뜨니 명철 씨 가족은 벌써 일어나서 이부자리가 정리되어 있었다. 역시 농가의 아침은 이르다. 방문을 열어 보니 봉선 씨가 본채 청소를 마친 뒤 안마당을 쓸고 있었다. 우물 주위에서부터 마당 구석구석까지 정갈하게 비질이 되어 있었다. 바지런히 몸을 움직여 일하고 있었다. 봉선 씨는 평생 그렇게 쉴 새 없이 일했을 것이다. 밖으로 나갔는데, 명철 씨가 벌써 보리 탈곡을 시작하고 있었다. 두 아이도 일을 돕고 있었다.

주변은 완만한 구릉지대다. 대충 경계를 가른 채소밭이 희미하게 남은 아침 이슬 속에서 싱싱한 잎을 펼치고 있었다. 나는 상쾌한 공기를 가슴 가득 들이마셨다.

그날 아침은 밥상이 세 군데로 차려졌다. 두 아이는 부엌 옆 봉당에 앉고, 여주인이 그 시중을 드는 모습이 보였다. 봉선 씨의 외삼촌과 명철 씨는 본채 마루에서 벌써 식사를 시작했다. 그리고 나를 포함한 여자 세 명의 밥상은 별채로 들고 갔다. 감자조림과 김치와 젓갈. 말은 안 통해도 봉선 씨와 식사할 수 있어서 기뻤다. 봉선 씨가 반찬에는 거의 손대지 않고 고춧가루로 새빨갛게 버무린 김치의 국물을 밥에 넣고 휘젓더니 힘차게 입안에 쓸어 넣었다.

전쟁 때 히로시마에 있다가 피폭했다는 신영수 씨와 다시 이 씨 집을 찾은 것은 그로부터 이틀 뒤였다. 이틀 뒤에 다시 찾겠다는 뜻을 필담으로 전해 두었지만, 과연 정확하게 전달되었을지 불안했다. 그래도 한자만으로 한 필담에 이쪽 마음이 전달된 것 같았다. 봉선 씨가 외삼촌 집에서 기다리고 있었다. 나는 가는 길에 산 카디건을 조촐한 선물로 건네주었다. 여주인은 그것을 자녀에게 입혀 주는 듯한 손길로 봉선 씨의 어깨에 걸쳐 주었다. 봉선 씨는 여주인이 하는 대로 몸을 맡기고 있었다. 여주인이 잘 어울린다고 했는지, 팔을 소매에 끼우면서 봉선 씨가 수줍어했다. 그러나 쓸쓸해 보였다.

봉기 씨는 혹시 아버지가 살아 있을지 모른다는 희미한 기대를 갖고 있었다. 나는 두 여인의 아버지인 최부기 씨에 대해 물어보았다. 최부기 씨는 56세에 병사했다고 한다. 봉기 씨는 아버지를 열아홉 살 때 마지막으로 만났다. 그때 아버지는 54세였다. 그로부터 2년 뒤, 봉기 씨가 한심한 남자와 엮인 결혼 생활을 스스로 끝내고 서산을 나온 지 얼마 안 되었을 무렵에 아버지는 이미 고인이 되어 있었다.

어머니 이정순 씨에 대해서도 물어보았다.

봉기 씨는 그때까지 어머니에 대해서는 한마디도 하지 않았다. 어머니에 대해 물을 때마다 "죽었는지…… 아, 몰라요." 하고 아무렇게나 대답했다. 봉기 씨와 친하게 지내는 몇 안 되는 사람들도 어머니에 관해서는 아무 말도 하지 않으려고 하는 봉기 씨의 고집스러운 태도를 지적했다. 어떤 사람은 "어머니한테 어지간히 구박을 받았는지 죽어도 말하고 싶지 않은 뭔가가 있나 봐." 하고 말했다. 나는 어머니에 관한 기억은, 그것이 봉기 씨의 성장을 결정짓는 중요한 의미를 갖고 있어도 그녀의 입에서는 절대로 나오지 않을 거라고 생각했다. 어머니에 관해 다른 사람에게 말하려고 하지 않던 봉기 씨의 상처, 긴 세월을 보내고도 치유되지 않은 생생한 상처가 될 만한 일화를 들려준 사람은 우물에서 설거지를 하고 있던 여주인이다.

어머니 이정순 씨는 남편 최부기와 세 아이를 남기고 모습을 감췄다. 마을을 떠날 때 어머니는 혼자가 아니었다. 철도 인부와 함께였다. 당시 신례원에서는 천안과 이리(지금의 익산)를 잇는 장항선 철도 공사를 하고 있었다. 어머니는 그 장항선 부설 공사에서 일하던 타지 남자와 눈이 맞아 집을 나가 버린 것이다.

통역해 주던 신 씨가 말했다.

"일본이 만든 철도입니다."

일본은 한국 침략 뒤 얼마 있다 교통·운수 지배를 시작해 철도 부설권을 손에 넣었다. 1910년 한일병합조약에 조인하기 전에 이미 1000킬로미터의 철도를 갖고 있었던 것이다. 조선총독부를 설치하고 나서도 철도국을 만들어 철도 부설에 힘을 기울였다. 그 목적은 한국에 대한 경제적·군사적 침략을 더 유리하게 추진하는 것이었다. 더 나아가 1917년에는 '만철'이라고 불린 남만주철도주식회사에 한국 철도 운영을 위탁하는 협정을 맺었다.

어머니가 집을 나갔을 때 봉기는 여섯 살, 봉선은 여덟 살이었다. 봉선은 그 뒤 바로 남의집살이를 하러 집을 떠나면서 봉기와 헤어졌다. 봉기의 가족이 뿔뿔이 흩어진 원인이 어머니의 실종이었다. 여주인이 우물가에서 냄비를 씻으며 어머니에 관해 이야기하는 동안 봉선 씨는 본채 마루 끝에 앉아 다리를 늘어뜨린 채 고개를 숙이고 있었다.

여주인은 봉선 씨가 의붓아들의 집을 나온 사정도 말해 주었다. 집을 나올 때 봉선 씨는 자신이 있을 데가 없다며 달리는 버스에 뛰어들었다. 버스는 멈췄고, 봉선 씨의 자살 미수 사건은 작은 마을에 떠들썩하게 퍼졌다. 그 뒤 봉선 씨는 오라는 대로 이리저리 농가를 전전하며 살았다고 한다.

남동생 용갑에 대해서도 물어보았다.

봉선이나 봉기와 마찬가지로 어릴 때부터 머슴살이를 하러 갔던 용갑은 자란 뒤에 강원도로 간다며 마을을 떠나고부터 아무 소식도 없이 행방불명이라고 한다. 강원도는 탄광이 많은 산악 지대로, 일자리를 찾는 떠돌이들이 모인다고 한다.

아버지 최부기 씨는 지주로부터 소작지조차 얻지 못하고 농가에 고용되어 일했다. 어머니 이정순 씨는 친정에서 세 아이를 키우다 친정 부모가 돌아가신 뒤 가족이 모여 살 형편도 안 되는 빈곤을 견디지 못해 마을을 떠났다. 봉기 씨는 열일곱 살에 신례원에서 나온 뒤 방랑의 세월을 살았다. 남동생 용갑은 행방불명. 신례원 부근 마을에서 농사꾼으로 살면서 노쇠한 봉선 씨도 지금은 안주할 곳이 없다. 50여 년 전에 뿔뿔이 흩어진 봉기 씨의 가족은 지금까지도 서로 행방을 모르는 채 긴 세월을 살아왔다.

내가 그곳을 떠나기 전에 봉선 씨가 말했다.

"동생 소식은 모르는 게 나을 뻔했어요."

말이 통하지 않는 봉선 씨의 마음을 헤아린 여주인이 옆에서 설명해 주었다.

"당신이 여기까지 찾아와 주신 것에 감사하지만 여동생에 대해서는 모르는 게 나았다고 하네요. 알고 난 지금은 마음만 어지러울 뿐 동생을 만나지도 못하고 아무것도 할 수 없으니……."

그 말이 내 마음을 아프게 했다. 검고 무거운 피의 파문波紋이 몸속 가득 퍼지는 느낌이었다.

보이지 않는 실에 이끌리듯 봉선 씨를 찾아오긴 했지만 내가 더듬어 온 길이 잘못된 걸까? 사촌 오빠라는 이 노인을 처음 만나고 얼마 있다 봉선 씨가 태어난 집으로 안내받았을 때 여행 목적이 취재에 있다는 것을 숨기자고 박 씨와 짜고 찾아온 경솔함이 후회스러웠다. 목적을 숨긴 나의 애매한 자세가 봉선 씨나 그 주변 사람들에게 큰 오해를 불러일으켰다. 내가 좀 더 신중하게 배려했다면, 육친을 찾기 위해 일부러 사람을 보낼 만큼 봉기 씨가 일본에서 크게 성공했을 거라는 기대는 막았을지도 모른다. 하지만 어쩌면 그것은 본질적인 문제가 아닐 것이다. 최 씨 일가, 특히 두 자매의 결코 바꿀 수 없었던 불우한 과거를 새삼스럽게 들춰내는 짓을 했다는 점이 봉선 씨의 마음을 크게 혼란스럽게 하지 않았을까?

봉선 씨는 여주인과 무성한 솔숲이 있는 곳까지 배웅해 주었다. 우리는 아무 말도 주고받지 않고 그저 손을 마주 잡았다. 봉선 씨는 흘러내리는 눈물을 닦으려고도 하지 않고, 자기 마음을 오키나와에 있는 봉기 씨에게 전해 달라는 듯 내 손을 꼭 잡았다. 그리고 내가 걸음을 옮기고 나서도 오래도록 솔숲에 서서 손을 흔들어 주었다.

그로부터 4개월이 지났을 때 봉기 씨에게 봉선 씨를 만났다는 사실을 알리기 위해 오키나와로 갔다. 크게 확대한 봉선 씨와 외삼촌 일가의 사진을 가지고 간 나는 그날 나하에 도착하자마자 봉기 씨를 찾아갔다.

아버지 최부기 씨는 56세에 타계했다는 것, 봉기 씨가 가장 보고 싶어 하던 남동생 용갑 씨는 강원도로 간다며 마을을 떠난 뒤 행방불명이라는 것, 합덕이라는 마을에서 봉선 씨를 만났다는 것 등을 모두 설명해 주었다. 봉기 씨는 조용히 들었다. 마주 앉은 내가 불안해질 만큼 아무 질문도 없이 깊이 체념한 표정으로 묵묵히 듣기만 했다. 봉선 씨가 지금도 여전히 남의 농가에 들어가 살면서 아무 보수도 없이 일하고 있다는 것을 전했을 때 딱 한 마디를 했다.

"가련한 태생이라는 게 이런 거지요."

아무리 세월이 흐르고 세상이 바뀌어도 자신들의 계급은 변하지 않는다고, 빈곤이라는 저주에 묶인 자신의 반생을 돌아보기라도 하듯 중얼거렸다.

나는 그날 전해야 할 것들을 모두 전하고 나서 숙소로 돌아왔다. 이튿날 다시 봉기 씨를 찾아가 늘 하던 대로 봉기 씨의 이야기를 테이프에 녹음하는데, 얼마 뒤에 맥락도 없이 불쑥 "그래, 언니는 건강하던가요?" 하고 어제 내가 돌아간 뒤 궁금했을 것을 물었다. 더는 아무것도 묻지 않았다.

어릴 때 헤어진, 만날 가능성도 거의 없는 언니의 소식을 듣고 나서 아무 말도 할 수 없었을 것이다. 그로부터 또 며칠 뒤 신례원의 모습 같은 것을 찍은 사진을 보면서 봉선 씨와 외삼촌 일가에 대해 다시 이야기를 나누었다. 봉기 씨가 봉선 씨와 똑같은 말을 했다.

"신례원까지 갔어도 언니는 만나지 않는 게 좋을 걸 그랬어요."

여섯 살과 여덟 살 때 뿔뿔이 흩어져 살아온 가족, 이 늙은 자매의 절망을 내가 감히 추측할 수는 없을 것이다.

해설 근대화의 미로 속으로

전쟁이 끝나고 반세기 넘게 흘렀다. 악몽 같은 태평양전쟁, 아니, 그 전부터 부국강병을 국시로 아시아 정책을 펴는 과정에 만든 식민지와 패배로 끝난 전쟁을 모르는 세대가 더 많아졌다. 전후 일본인은 어제까지 국가가 저지른 행위에 관심을 갖지 않고 살아왔으니.

《빨간 기와집》은 저자가 그 무관심에 대항해 일본 민족 안팎에 인간성 회복을 추구한 기도와도 같은 역사 여행이다. 원래 부제는 '한국에서 온 군 위안부'로 되어 있다. "한국에서 왔다고?" 하며 의아해하는 사람이 지금은 더 많을 것이다. 식민지 시대의 한국에서 군 위안부로 전쟁터에 끌려온 여성들이 최근 일본 정부에 사죄를 요구하는 행동을 일으키고 있다. 그래서 처음으로 군 위안부의 존재를 알게 된 일본인은 그들이 국외의 여러 전쟁터 중 어딘가로 끌려갔을 거라고 막연하게 받아들이고 있다. 하지만 이 책은 일본 땅에 '한국에서 온' 여성에 대한 이야기다. 자신의 의지로 온 것이 아니다. '일하지 않고도 돈을 버는 곳이 있다'며 알선하는 사람이 감언이설로 끌어모아 배에 태워 군대의 기지로 배치했다. 그런 기지들 중 하나였던 오키나와의 외딴섬으로, 한국에서 봉기 씨가 군 직속 위안부로서 끌려온 것이다. 오키나와는 일본에서 유일하게 전쟁터가 되었다.

전쟁터의 정황은 어떤가? 오키나와 전쟁에 대해 언급한 많은 서적과 함께《빨간 기와집》도 그 한 부분을 생생하게 말해 준다. 장병들 성욕의 대상으로 끌려온 여성들의 무방비한 모습과 그렇게 노출된 살아 있는 몸에 가해진 살육은, 아시아 태평양 지역의 광활한 생활 현장을 전쟁터로 만들었다는 사실을 떠올리게 한다. 이렇게 투사된 전쟁과 여자, 전쟁과 성이 이 책을 고발서로 머물게 하지 않고 독자를 여전히 살아 있는 역사의 진수로 이끌어 줄 것이다.

이 책을 쓴 가와다 후미코 씨는 전쟁터에 대해서는 한마디도 말하지 않는다. 오히려 담담하게, 그리고 정확하게 봉기 씨의 발자취를 더듬어 가려고 애쓴다. 전쟁터의 위안부로 어쩔 수 없이 끌려온 발자취를. 그리고 현장의 일상을. 도대체 사람들에게 성교란 무엇인가? 그 불안정하고 불확실한 행위가 일상성을 벗어난 끔찍한 전쟁터에서 펼쳐진 이유는 무엇일까? 일본인이 패전하는 날까지 부르짖던 "군인 아저씨 고마워요!"가 구체적으로 어떻게 현실화되었는지가 이 전쟁터의 위안부 문제에 집약되어 있다.

어느 시대나 시대정신의 상징적 존재에 대해 제삼자가 표현하는 일은 지난한 작업이다. 그것은 시대를 개척한 개인에 대해서든, 시대의 직접적 피해자라는 처지에 몰린 개인에 대해서든, 같은 어려움이 따른다. 시대적 조류는 그것이 성숙함에 따라 격류가 되어 모든 개개인의 고유한 정신까지 삼켜 버리는 데다 모든 개인에게 시대적 구실의 몫을 나누어 정하면서 그 종언으로 향하기 때문이다. 참혹한 피해자에게 첩첩 쌓인 한 시대의 조류는 드디어 조용해지고 방향을 바꾼다. 군 위안부는 일본의 근대화가 성에 대한 인식 위에 전개한 시대적 필연의 산물이었기 때문에 군인들, 즉 남자들에 대한 성적 위안은 가족제도와 표리일체하고 있던 공창제도의 연장에 지나지 않았다.

그 조류를 근원적으로 비판하려고 하는 저자의 비범한 방법과 시선이 독자를 넓고 깊은 전쟁터로 이끌어 준다. 격정에 휘말리지 않고, 전체적인 모습에 대한 사상성을 잃지 않고, 그렇다고 주관적인 판단을 일반화하지도 않고 세심한 정감을 드러내면서 지금은 늙어 홀로 조용히 사는 봉기 씨 마음의 전쟁터를 차근차근 걸어간다. 아니, 언급하고 싶지 않은 한 개인의 성역, 그 배경이 된 한 시대를 재현하기 위해 참으로 세심한, 그리고 일상적인 상호성에 대한 배려를 담으면서 봉기 씨가 살아온 시대를 걸으려고 노력하는 것이다. 한 개인이 살아간다는 것, 그것은 보잘것없는 사소한 모습이나 사적인 작업이나 공동체 내의 노동 같은 상호성에 따라 성립한다. 그 개인의 나날을 지탱하는 풍물이나 이웃에 사는 타인, 인간관계, 전승된 습속 등의 상호성이다. 저자의 이런 인식이 여러 군데에 살아 있어서, 개인을 보는 정확한 시선에 감동한다. 개인에게 전혀 관계없을 것 같은 요건이 뜻밖의 깊이로 개인을 지탱하고 인생을 바꾸게 하고 시대를 상징하게 하는 처지로 몰아간다. 봉기 씨에게 근대화 과정에서 드러난 일본인의 성 의식은 그녀를 군 위안부로 몰아간 사회적인 원인이었다. 당시 일본이라는 나라는 사회제도로서 조직화한 매춘 제도를 펼치고 있었고, 사적 매춘은 죄로 여겼다. 군 위안부를 감언이설로 끌어모은 '업자'들도 사적 행위를 저지른 것은 아니라는 의미다. 개인 생활 속으로 침투해 온 공적인 제도가 피지배 민족의 처지에서는 특히 꼼짝도 못 하게 하는 요건이 되어 버린다. 일본에서 태어난 여자로서 저자는 군 위안부라는 존재를 만들어 낸 우리 근대정신의 미로를 끝까지 보겠다는 듯 봉기 씨의 깊은 고뇌를 응시한다.

온갖 사회적 속박이 패전과 함께 무의미해지고 개인은 해방되었다. 일본이라는 근대국가는 피지배 처지에 갇힌 봉기 씨와 같은 사람들에게 아무런 사죄도 배상도 하지 않고 등을 돌렸다. 살아갈 방도조차 없이 이국에 방치된 봉기 씨의 견딜 수 없는 방황이 시작된다. 송곳 하나 꽂을 생존의 터전도 없이 고독하게 거주지를 바꾸며 사는 봉기 씨의 처지는, 그대로 여자와 성과 아시아가 일본 국내에서 응축적으로 표현된 모습이었다는 점에서 가슴을 찌르는 듯하다. 역사가 할퀴고 간 상처는 시대를 상징하는 개인의 육체에 각인되어, 봉기 씨는 기억에 시달리면서 육체의 아픔을 견뎌 낸다. 독자로서 나는 참으로 기도할 수밖에 없다. 빈약한 힘을 모아 일본인으로서 성 의식을 인권과 연결하는 일을 하는 수밖에 없다. 그보다 그저 말없이 그녀의 옆에서 살고 싶다. 그녀의 마음이 편안해지는 고향의 강가 빨래터 돌이 되어.

그리고 지금, 같은 생각을 모아 예전 그 넓은 전쟁터에서 있던 낯선 개인을 생각한다. 《빨간 기와집》에 깊이 감사드린다.

옛 식민지 한국에서 태어난

모리사키 가즈에森崎和江

빨간 기와집

일본군 위안부가 된 한국 여성 이야기

2014년 8월 15일 1판 1쇄

지은이 가와다 후미코
옮긴이 오근영

기획 평화를품은집
편집 김정민 박소현
디자인 디자인굴뚝
마케팅 양은영

펴낸이 황수경
펴낸곳 ㈜꿈교출판사
등록 2011년 3월 24일 제406-2011-000035호
주소 경기도 파주시 파평산로 389번길 42-19
전화 031-953-1628
팩스 031-953-1626
이메일 bbanh@hanmail.net
카페 http://cafe.daum.net/ggoom.g

꿈교출판사는 자연과 사람, 사람과 사람이 더불어 사는 세상을 만들고자 합니다.

ISBN 979-11-85928-02-9 03830

이 책의 국립중앙도서관 출판시도서목록(CIP)은 국가자료공동목록시스템
(http://www.nl.go.kr/kolisnet)에서 이용하실 수 있습니다.
(CIP제어번호: CIP2014022987)